순
례

순례 그 높고 깊고 아득한

초판 1쇄 인쇄 2023년 3월 15일
초판 1쇄 발행 2023년 3월 22일

지은이 박범신
펴낸이 정해종

펴낸곳 ㈜파람북
출판등록 2018년 4월 30일 제2018-000126호
주소 서울특별시 마포구 토정로 222 한국출판콘텐츠센터 303호
전자우편 info@parambook.co.kr **인스타그램** @param.book
페이스북 www.facebook.com/parambook/ **네이버 포스트** m.post.naver.com/parambook
대표전화 (편집) 02-2038-2633 (마케팅) 070-4353-0561

ISBN 979-11-92964-07-2 03810
책값은 뒤표지에 있습니다.

그 높고
깊고
아득한

순
례

박
범
신

산
문

파람북

인생이란 시간을 따라 걷는 하나의 순례이다

앞부분의 두 장, 〈비우니 향기롭다〉와 〈카일라스 가는 길〉은 오래전 책으로 펴낸 적이 있는 순례기를 삼분의 일로 줄이고 목차를 새로 만들고 군데군데 수정 보완한 것들이다. 민망한 바가 없지 않다. 그러나 뒷부분의 두 장 〈산티아고 가는 길〉과 〈폐암일기〉는 책에 수록된 일이 없는 비교적 최근에 쓴 원고들이다. '순례'라는 주제를 앞세워 두 그룹의 원고를 합쳤더니 제목에 합당한 자연스러운 하나가 되었다. 글 쓴 시기는 사뭇 다르지만, 평생 그리워 한걸음으로 걸어온 날들이 맞춤하니 한통속인지라 어색하지 않아 다행이다.

나의 지향은 이를테면 두근거리는 고요, 혹은 고요한 파동이겠다. 내 목숨이 애당초 거기에서 왔을 터, 지난날 나의 순례 또한 언제나 그를 좇아 걷는 일이었을 것이다. 더러 에푸수수한 적도 많았으려니와, 그조차 살아서 짐 지고 갈 부끄러움이라고 여기고 모두 용서하고자 한다. 남은 날들이 부디 여일했으면 좋겠다.

2023년 새봄
보현봉 남쪽 기슭에서

차례

3장
그 길에서 나는 세 번 울었다
– 산티아고 순례

4장
새로운 순례길의 황홀한 초입에서
– 폐암일기

1장

비우니 향기롭다

― 히말라야에서 보내는 사색 편지

위대한 사랑을 꿈꾸며

나는 자주 먼 산으로 흘러 다녔다. 봄엔 봄꽃이 다 질 때까지 내내 히말라야 설산 밑을 걸었고, 겨울 녘엔 아프리카 킬리만자로 정상의 빙하를 밟고 돌아왔다. 동남아 최고봉이라는 코타키나발루의 암벽 정수리를 오르기도 했다. 고소증에 걸려 바람 찬 낯선 여인숙에서 앓아누운 적도 있었고, 눈 쌓인 비탈길에 죽을 둥 살 둥 구른 적도 있었으며, 때론 '사람'이 그리워 사람들과 등지고 길 없는 길로 도망친 적도 있었다.

나는 무엇을 찾아 산에서 산으로 흘러 다녔던 것일까. 아니 '우리'는 왜 일상을 멈추고 먼 산으로 떠나지 않으면 안 되는 것일까.

감히 말하지만, 나는 평생 주기적으로 '혁명'을 꿈꾸었다. 누군들 그렇지 않겠는가. 내게 혁명이란, 세계를 송두리째 바꾸는 것이 아니라, 내가 선험적으로, 혹은 환경이나 습관의 축적에 의해 결정되었다고 느끼는 일상 속의 나를 통째로 뒤집어 변화시키는 일이다. 나를 근본적으로 변혁시

키지 않고선 세계가 변화하지 않기 때문이다.

그리운 것들은 너무 멀고 높은데 나의 실존은 여전히 너무도 가깝고 낮은 것이 나의 문제이며, 곧 '우리'의 문제라고 생각한다. 사는 게, 이대로 좋은가. 괜찮은가. 지금 충만하고 향기로운가. 의미를 찾았는가. 인생에서, 과연 '남는 장사'를 하고 있는가. 혹시 맹목적인 경쟁을 통해 달콤하고 안락한 곳만을 좇아, '사색'하고 '사랑'할 겨를도 없이, 내 발의 물집조차 굽어볼 틈도 없이 허위허위 달려가느라, 더 드높은 가치들을 모두 내다 버리지는 않았던가. 나의 영혼과 나의 사랑, 혹은 나의 눈물, 나의 목숨에 깃들어 있는 숨은 꿈같은 것들은 지금 어디에 버려져 있는가.

아랫글들은 히말라야를 혼자 걸으면서 마주쳤던, 존재의 가없는 하찮음과 존재의 가혹한 무거움에 대한 상념들을 편지글로 써 모은 것이다. 누구인들 그리운 '저기'와 비천한 '여기'의 가파른 단층에 사다리 하나 놓고 싶은 열망이 왜 없겠는가. 그 열망을 버리는 것은 삶의 유기이자 죄일 터, 신과 우주로 나아가는 길을 잊고 있던 내게 히말라야는 죽비로 내려쳐서, 내가 무엇을 그리워하는지 가열차게 깨닫도록 해주었다는 고백을 먼저 하고 싶다.

나는 그러므로 새봄을 기다리며,
더욱 눈물겹고 더욱 위대한 새 '사랑'을 요즘 꿈꾸고 있다.

왜 떠나는가

티베트 불교의 성자 밀라레파는 "길을 떠나는 것만으로도 법의 절반을 이룬 것이다"라고 했습니다. 법은 깨달은 진리니, 길이 곧 불멸의 '다르마'라 해도 과언이 아니겠지요. 선업善業으로, 사물로, 속성으로 끝내 명확히 행하고 마는 비밀스러운 에너지의 원천은 기실 길에 있는 게 아닐는지요. "혼자 걷는 게 아니다. 길이 나를 보살핀다." 히말라야로 혼자 떠나면서 나는 이렇게 중얼거렸습니다. 길과 깊이 맺어진다면 어디로 가든 나의 여로는 충만으로 가득 찰 것이라고 믿기 때문입니다.

그리운 K형.

인간은 불완전한 동물입니다. 저 스스로 불완전하다는 걸 알아서 '사회'라는 집을 만든 것일진대, 불완전한 그들이 만든 사회가 그들의 의지처가 되는 건 당연한 일입니다. 그러나 안타깝게도 우리 사회는 이미 의지처로서의 역할을 다 잃은 듯합니다. 경쟁은 가파르기 이를 데 없고, 분열은 자학적 수준에 도달했으며, 생명 가치는 효율성에 따라 일사불란한 서열화를 이루었습니다. 실패하면 죽는다고 우리는 생각합니다. 폴 발레리의 말처럼 '생각하는 대로 사는 일'은 거의 불가능하고 '사는 대로 생

이곳에서 할 수 있는 일은 걷는 것뿐입니다.

자동차도 없고 비행기도 없습니다.
오직 내 앞에 놓인 길만이 나를 도울 뿐입니다.

각'할 수밖에 없게 된 게 현실이라는 걸 K형도 인정할 것입니다.

　그렇지만 K형, 우리는 인간입니다. 인간은 어떤 그릇 속에 지속적으로 완전히 담기지는 않습니다. 생각하는 힘과 함께 감정이 있기 때문입니다. 질주하지 않으면 실패하기 십상인 우리의 반사회적 구조를 생각하면 너나없이 오로지 앞으로 달려갈 뿐일 듯하지만, 인간이기 때문에, 우리는 서류철을 정리하다가, 출근 시간에 쫓겨 씹지도 못한 밥알을 허겁지겁 넘기다가, 질주의 걸음새로 만원 전철에 뛰어오르다가, 오로지 앞만 보고 내달리다가, 어떤 새벽이나 한낮, 또는 어떤 저녁 어스름에 순간적으로 가슴 한쪽을 면도날로 긋고 가는 듯한 예리한 동통을 느끼면서 이렇게 중얼거리는 순간을 경험합니다.

'이게 아닌데…, 사는 게… 이게 아닌데….'

이것은 상주불멸의 본성이, 경쟁력 제고를 위한 정보 라인에 온전히 점령당한 우리 머릿속 미세한 틈을 솟아 나와 울리는 은혜로운 생음^{生音}이라 할 수 있지요. 어리석은 자는 달려가는 관성 때문에 그 생음을 살비 듬처럼 떨어뜨리고 지나가고 말지만, 생의 비의^{秘意}에 대해 조금이라도 예민한 자는 달려가고 있을 때조차 그 목소리 때문에 불현듯 죽비를 맞은 듯한 서늘한 각성을 만나고 맙니다.

'그래, 사는 게… 이게 아냐!' 그는 마침내 멈추어 서서 속으로 외칠 것입니다. 그런 순간엔 전투적인 갑옷과 투구를 착용하고 본래의 자신과 유리된 '독종'이나 '괴물'이 돼서 오로지 앞으로 달려가게 만든 반인간, 반문화적 세계 구조가 보이기도 하겠지요. 아울러 처음 걸어 나올 때 품었던 자신의 꿈들이 자신과 너무도 먼 곳에 유리된 채 부패하고 있는 것도요.

그렇습니다, K형. 이런 순간이야말로 삶을 더 높은 곳으로 끌어올릴 절호의 기회입니다. 티베트에선 이런 순간을 '바르도'라고 부릅니다. 바

순례

르^{bar}는 '사이'를 뜻하고 도^{do}는 '거꾸로 매달린'이라는 뜻을 갖고 있습니다. '거꾸로 매달린 시간'이니 위태로운 과도기이자, 습관적 삶과 새로 생성되는 주체의 틈이라 할 것입니다. 그럴 때 나는 여기, 히말라야에 옵니다.

히말라야는 무엇보다 내가 내 집, 내가 속한 사회에서 악을 써가며 지키고자 했던 것, 사악한 전투, 거짓말, 허세, 그리고 성공과 실패의 이분법이 주었던 상처들까지, 얼마나 나와 상관없이 주입된 가짜 꿈들에서 비롯된 것인지 분명히 볼 수 있도록 도와줍니다. 이곳에서 할 수 있는 일은 걷는 것뿐입니다. 자동차도 없고 비행기도 없습니다. 오직 내 앞에 놓인 길만이 나를 도울 뿐입니다. 그러므로 영혼은 분산되지 않습니다. 멀리 있으니 오히려 내 나라가 조감도처럼 한눈에 보이고 그곳에서 습관에 의지해 죽을 둥 살 둥 달려온 나의 지난 삶도 아프게 보입니다. 바로 '은혜로운 생음'이 불러온 본원적 세계를 사실적으로 보고 느끼는 축복을 누릴 수 있다는 말입니다.

'나마스테…' 히말라야를 걸을 때 필요한 말은 그것뿐입니다. 안녕하세요, 라는 뜻의 네팔 말인데, '안녕하세요'만이 아니라 '안녕히 가세요' '건강하세요', 심지어 '행복하십시오' '사랑합니다'라고 해석해도 무방합니다. 사람과 사람 사이, 사람과 동식물의 사이, 사람과 광대무변한 우주 사이에 다리를 놓는 신비로운 소통의 시작이자 고귀한 합일의 끝이 모두 '나마스테'라는 한마디에 담겨있습니다. '나마스테'는 이를테면 본성이 열리는 시그널입니다.

나는 연전에 소설 《나마스테》를 썼습니다. 《나마스테》는 이주노동자들의 83일에 걸친 성공회에서의 농성을 기본 얼개로 삼아 쓴 소설입니다.

코리안 드림을 좇아 한국에 온 네팔 청년과 아메리카에 이민 갔다가 실패하고 돌아온 한국 여자의 사랑이 우리 사회 구조적인 배타성에 의해 끝내 비극적으로 해체되는 과정을 그린 《나마스테》를 쓸 때, 나는 자주 히말라야 설산들의 꿈을 꾸었습니다. 나는 산협으로 난 좁고 가파른 길을 걷는 꿈을 꾸기도 했고, 빙하 속 위태로운 단층에 혼자 우두커니 서 있는 꿈을 꾸기도 했습니다. 그런 꿈을 꾼 날 아침엔 서재 한편에 놓아둔 배낭을 습관처럼 오래 만지작거렸지요. 언제나 그곳에 놓인 채 내게 늘 눈짓을 보내오는 정인 같은 배낭입니다. 그 소설을 끝내고 나서 지체 없이 서울을 떠나온 것은 그런 기다림과 그리움이 있었기 때문입니다.

여기는 네팔의 수도 카트만두입니다, K형.

새 떼들 소리가 새벽을 깨우고 있습니다. 창 너머로 아열대 꽃들이 벙긋벙긋 열리는 중인데, 까마귀 떼가 새카맣게 그 너머 하늘을 덮고 있습니다. 이곳에선 어디서나 저런 까마귀 떼의 검은 장막을 봅니다. 이곳 사람들이 까마귀를 길조로 보는 것은 그들이 다른 사람들의 소식을 알려준다고 믿기 때문이지요. 이를테면, '나마스테'의 상징적인 새라고나 할까요.

순례

내일은 에베레스트로 혼자 떠납니다. 오해는 하지 마십시오. 등산하겠다는 것이 아니라 에베레스트의 발치까지 겸손과 갈망의 마음으로 걸어가겠다는 것입니다. 길이 나를 이끌고 보호할 테니 두려운 건 전혀 없습니다. 아시겠지만 트레킹은 산을 정복하는 것이 아닙니다. 순례지요. 이곳 사람들은 산을 정복해야 할 대상이 아니라 오체투지의 낮은 자세로 스며들어 참된 나를 열게 하는 신의 품이라 여깁니다. 팔만대장경에서 큰 산을 가리켜 높은 덕德이라 이른 것도 그런 의미라고 생각합니다.

K형, 나는 내 가슴속 폐허 때문에 이곳에 왔습니다.

천연의 사원

에베레스트에 가장 가깝게 접근할 수 있는 '칼라파타르Kala Patthar'가 이번 트레킹의 최종 목적지입니다. 해발 5,545미터의 칼라파타르는 '검은 바위'라는 뜻입니다. 에베레스트 베이스캠프 앞을 슬쩍 비껴나 주름진 언덕을 계속 오르다가 최종적으로 마주치는 검은 바위의 마지막 지점이 바로 칼라파타르입니다. 칼라파타르라는 이름이 없었다면 아무도 주목하지 않았을 그런 바위 언덕입니다.

칼라파타르 바로 앞에 에베레스트가 있습니다.

에베레스트는 티베트어로 '초모룽마'인데 세계의 어머니라는 뜻을 갖고 있습니다. 로체Lhotse · 8,516미터나 눕체Nuptse · 7,879미터 같은 수많은 설산의 호위를 받고 있어 접근은 물론 그 웅장한 형태를 바라보는 일도 쉽지 않지요. 하나의 초월이자 불멸의 상징이라 할 것입니다. 그러므로 나는 단지 검은 바위 칼라파타르를 가고자 하는 게 아닙니다.

K형, 고흐가 그랬듯이 나 역시 '걸어서 별까지' 가고 싶습니다.

이곳 사람들에겐 등산의 개념이 없습니다. 7~8천 미터 준령들이 5천여 킬로미터나 뻗어 있는 지구의 등뼈 히말라야에 기대고 사니, 감히 산을 정복한다고 생각할 수는 없겠지요. 산은 신적神的인 존재이고, 갈망과 헌신의 상징이며, 상주불멸의 본성입니다. 정복하는 게 아니라 낮은 어깨와 고요한 걸음새로 그이의 품속에 깃들어 마침내 존재의 시원에 닿고자 하는 꿈이 순례의 본뜻이라 할 것입니다. 이 길에선 빨리 가고 늦게 가는 것의 차이는 없습니다. 자동차나 오토바이, 자전거도 소용이 없습니다. 사람과 사람의 층하도 없고 사람과 나귀의 층하도 없습니다. 살아있는 모든 것에게 공평한 길입니다.

먼저 경비행기로 '루클라Lukla'까지 갑니다. 육로만을 이용해 칼라파타르까지 가려면 너무도 오랜 시일이 걸리기 때문에 해발 2,700여 미터의 루클라까지 경비행기를 타고 가는 것이 트레커들의 일반적인 방법입니다. 루클라까진 카트만두에서 40여 분 걸립니다. 날씨가 좋으면 히말라야 산맥의 위용도 한눈에 내려다볼 수 있고, 해발 4천여 미터까지 축조된 계단식 논밭의 놀라운 기하학적 문양도 볼 수 있으니 루클라까지 경비행기를 타고 가는 게 그다지 나쁘진 않습니다.

공항 활주로는 15도쯤 기울어 있습니다.

경비행기는 기울어진 활주로의 낮은 쪽에 바퀴를 내려 앉고 경사면을 따라 오르다가 이윽고 멈춥니다. 경사면을 이용하기 때문에 짧은 활주로만으로 충분합니다. 루클라는 에베레스트 쿰부 지역으로 가는 초입이기 때문에 많은 로지등산객을 위한 간이 숙소와 등산용품점들이 즐비한 곳입

낮은 어깨와 고요한 걸음새로 그이의 품속에 깃들어
마침내 존재의 시원에 닿고자 하는 꿈이
순례의 본뜻이라 할 것입니다.

니다. 나는 이곳의 한 로지에서 나의 배낭을 대신 짊어져 줄 짐꾼 한 명을 고용합니다. "나마스테!" 내가 활달한 목소리로 인사하며 손을 내밀고 "나마스테!" 상대편이 수줍은 듯 내 손을 맞잡습니다. 상대편의 손은 바위처럼 거칠고 투박합니다.

짐꾼 '로리스 라이'는 열여덟 살입니다.

라이족 총각인데 키가 작고 얼굴이 동그래서 얼핏 보면 열서너 살쯤 돼 보입니다. 그의 고향은 루클라에서 아래쪽으로 사흘이나 걸어가야 닿을 수 있는 곳입니다. 로리스는 어린 동생들이 많아 학교에 가고 싶은 꿈을 접고 이 일에 나섰다고 합니다. 포터 4년 차라고 하니 그는 열네 살 때부터 짐을 지고 히말라야 산비탈을 계속 걸은 셈입니다. 등이 해질 정도로 짐을 지고 히말라야 가파른 산길을 평생 오르내리는 당나귀의 삶과 다르지 않은 삶을 살고 있다고 해도 과언이 아닐 것입니다. 당나귀는 등에 짐을 얹고 걷지만, 로리스 라이는 짐을 끈으로 묶어 그 끈을 이마에 대고 걷습니다. 경사가 급한 길이라서 지게 따위는 질 수 없습니다. 로리스의 목 근육이 레슬링 선수처럼 발달해 있는건 그 때문입니다.

아직 꽃은 피어 있지 않습니다.

연전에 안나푸르나 트레킹 코스에서 보았던 온갖 꽃들이 떠오릅니다. "산을 내려올 때쯤 봄이 와 있을 거예요." 내가 실망한 눈빛을 하자 로리스가 웃으며 말해줍니다. 아열대 기후로 낮은 곳에선 사철 더운 네팔이지만 트레킹 길에선 산의 높이에 따라 여름-가을-겨울-봄이 순차적으로 온다는 걸 그제야 상기합니다.

　네팔에선 9월이 우리의 신년, 정월입니다. 우리가 한겨울에 새해를 맞는 것과 달리, 그들은 꽃이 피기 시작할 무렵 새해를 맞습니다. 인도 대륙으로부터 시작된 개화가 도미노로 이어져 카트만두 분지로 올라왔다가 욱일승천, 골골의 발치를 건들며 히말라야를 뛰어넘고 마침내 티베트 고원에 이르는, 그 활달하고 장대한 꽃의 파노라마를 한번 상상해보세요. 사람이 걸어서 넘을 수 없는 히말라야를 꽃은 소리도 없이 가볍게 넘습니다.

　가령 나팔꽃이 그렇습니다.

　나팔꽃의 꽃말은 그리움입니다. 나팔꽃의 원산지가 히말라야라는 걸 아시는지요. 막 봄이 오기 시작한 히말라야 산협 사이로 걸어 들어갈 때, 내겐 두 가지 그림이 동시에 떠올랐습니다. 하나는 작년에 내가 심어 길렀던 나팔꽃이고, 다른 하나는 지난겨울 K형과 함께 만취해 앉아있던 안국동 로터리 근처의 어느 길가입니다.

　인사동 한편은 어둠침침했고, 거리에는 차들이 발작적인 기세로 달리고 있었습니다. 바람 찬 그곳 가로에서 우리는 30여 분이나 앉아있었습니다. 더러 택시들이 왔지만 날쌔고 기운 좋은 사람들이 워낙 기민하게 타고 떠났으므로 도무지 우리의 차지가 돌아오지 않기 때문이었지요. 제집으로 돌아갈 길을 찾는 일조차 우리가 얼마나 전투적인지 K형도 잘 알 것입니다. 그래서 오늘은 단도직입적으로 묻고 싶습니다. 히말라야조차 가뿐히 넘어가는 나팔꽃이 힘이 더 셀까요, 문명의 주인인 우리가 힘이 더 셀까요?

순례

알베르트 아인슈타인은 말했습니다.

인간은 우리가 우주라고 부르는 전체의 한 부분이며 시간과 공간에 의해
제한된 존재이다. 인간은 자신의 사유와 감정이 주변의 다른 것들로부터
분리되어 있기라도 한 것처럼 생각하며 일종의 의식이 빚어낸 착시현상에
사로잡혀 있다.

나의 큰 가방을 메고 앞장선 로리스는 가방에 가려 보이지 않습니다.
가방만 저 혼자 꿀렁꿀렁 앞으로 나아가는 듯합니다. 에베레스트의 빙
하가 녹아 내려오는 두드코시강 물은 저 아래 있고, 가파른 절벽 위의 협
곡 사이로 개간된 좁고 긴 밭에선 지금 막 보리가 한 뼘쯤 자라 있습니
다. 나는 보리밭 사잇길을 걸어 두드코시강을 출렁다리로 횡단합니다.
아직 꽃이 피지 않아 여행객이 많지 않은 것도 행운이라면 행운입니다.

산은 고요하고 물은 세수하고 난 아이처럼 해맑습니다.

신의 창으로 들어가다

3월인데 아직 봄꽃은 피지 않았습니다. K형이 있는 그 서울은 더욱 그렇겠지요. 서울 집을 떠나오던 날 새벽, 회색으로 젖어있던 북악과 인왕산의 허리춤이 눈앞을 스쳐갑니다. 꽃들은 피진 않았지만 아열대 기후의 이곳 산허리는 연초록으로 싱그럽습니다. 계단식으로 축조한 밭에서 보리가 한창 자라고 있습니다.

나는 네팔식 허름한 식당에서 점심으로 '달밧^{네팔 가정식}'을 먹고 나서 신발은 물론 양말까지 벗은 채 보리밭 사잇길로 오종종 걸어갑니다. K형도 알다시피 여행은 공간 이동만이 아닙니다. 적막하고 작은 마을입니다. 심심한 개들이 뜰에 나앉은 어린아이들의 볼을 핥아주고 있습니다. 아이가 낯선 이방인을 쳐다보다가 입술까지 흘러내린 콧물을 후루룩 들이마실 때, 짐을 진 나귀 무리가 방울 소리를 울리며 아이와 나 사이를 지나갑니다. 네팔 식당 안주인이자 아이의 어머니는, 내가 먹고 난 밥상을 치우느라 아이를 돌볼 겨를이 없습니다. 거의 직벽인 웨스트 서미트봉^{West Summit · 5,572미터}

으로 새 떼들이 날아가고 있습니다.

나는 타임머신을 타고 이곳에 왔습니다. 반세기쯤 시간의 단층을 건너뛰고 나면 늘어진 콧물을 국수 가락처럼 들이마시면서 양지바른 마당에 앉아 너무 심심해 흙고물을 주워 먹고 있는 어린애가 있습니다. '몸뻬'를 입은 어머니가 어린 나를 팽개쳐두고 푸른 보리밭 속으로 걸어 들어가는 그림과 지금 내가 여기에서 보고 있는 삽화가 너무도 똑같습니다. 로리스가 내 짐을 묶다 말고 천방지축 보리밭 고랑에서 왔다 갔다 뛰노는 나를 물끄러미 바라보고 있습니다.

즐거움은 밑에 까는 방석
즐거움은 위에 걸친 누더기 면포
즐거움은 무릎을 받치는 명상대
즐거움은 배고픔을 잘 견디는 몸뚱이
즐거움은 바로 이 순간에 머물며
궁극의 목표를 인식하는 이 마음
나에겐 이 모든 것이 다 즐거움의 원천
즐겁지 않은 것은 하나도 없네.

티베트 불교의 성자 밀라레파는 이렇게 읊었습니다. 그가 지닌 것은 배고픔을 잘 견디는 몸뚱이와 누더기 면포와 헤진 방석뿐이었으나, 그는 세계를 다 가지고 있었습니다. 감히 밀라레파와 비교할 순 없겠지만, 나는 이제 내가 가진 모든 것, 이를테면 좋은 옷, 기민한 휴대전화, 요술 상자 텔레비전, 재빠른 자동차로부터 벗어나도 외롭지 않은 시간의 길로 들어갑니다. 느릿느릿, 걷겠습니다. 그것은 오래전 전근대의 '한량'들이 갔던 길이며, 밀란 쿤데라의 표현에 따르면 '신의 창'으로 들어가는 길이기도 합니다.

히말라야의 산들은 젊어 우뚝우뚝합니다. 빙하가 녹아내리는 두드코시강 물은 활달하기가 장난기 많은 소년 같습니다. 가파른 벼랑 위에는 어디든 곰파^{사원}가 아슬아슬 자리 잡고 있고, 마을 어귀에는 '옴마니밧메훔'이라고 새겨 넣은 돌탑들과 소망을 비는 '마니차'가 설치되어 있습니다. 마니차는 원통형인데, 손으로 돌릴 때마다 한 발짝씩 신에게 가까이 갈 수 있다고 그들은 믿습니다. 어떤 대형 마니차는 흐르는 물을 이용해 물레방아처럼 설치돼 있어서 손을 대지 않아도 하루 종일 돌아갑니다.

티베트에선 우리의 몸을 '뤼'라고 부릅니다. '뤼'는 자루, 그러니까 임시 거처라는 뜻을 포함하고 있습니다. 따라서 셰르파족들에게 한 생애란 그저 나그네가 하룻밤 자고 가는 산협 사이의 허름한 로지와 같은 것이 됩니다. 그들의 소망은 소박하기 그지없습니다. 집집마다 지붕이나 문 앞엔 흰 깃발이 나부끼고 있는데, 휘날리는 말갈기 같다고 해서 풍마^{風馬}라고 번역되는 그 '룽다'에 담긴 소망은 겨우 '거친 바람 부드럽게, 찬바람 따뜻하게' 정도입니다. 그들은 더 큰 아파트, 더 큰 텔레비전, 더 빠른 자동차를 원하지 않습니다.

순례

'룽다'에 담긴 소망은
겨우 '거친 바람 부드럽게,
찬바람 따뜻하게' 정도입니다.
그들은 더 큰 아파트, 더 큰 텔레비전,
더 빠른 자동차를 원하지 않습니다.

해가 기울자 갑자기 싸늘해집니다.

파딩Phakding · 2,610미터 마을에서 첫 밤을 보냅니다. 태양열 축전기를 이용해 켠 전등불은 그 명도가 겨우 남포 불빛 정도입니다. 나는 다시 네팔 정식이라고 할 달국, 밧밥, 타카리반찬로 저녁 식사를 합니다. 셰르파들은 수저와 포크를 사용하지 않습니다. 콩이나 녹두로 끓여낸 '달'을 불면 날아갈 듯 차지지 않은 '밧'에 붓고, 아주 익숙한 손놀림으로 먹습니다. 반찬 격인 '타카리'로는 감자 무침과 채소가 나왔습니다. 맘씨 좋아 보이는 안주인이 티베트식 막걸리인 창을 한 잔 권합니다. 고원의 코도기장로 빚은 술인데 우리의 막걸리보다 희고 맑은 것이 잘 빚은 동동주 같습니다.

히말라야의 밤은 빨리 찾아옵니다.

어둠이 깃들고 나면 새소리도 들을 수 없고, 오가는 행인도 물론 없습니다. 시간조차 정지된 듯 고요합니다. 가끔 밤 짐승들의 울음소리가 들리기도 하지만 금강석 같은 고요를 깰 정도는 아닙니다. 잠은 쉽게 오지 않습니다. 세계로 열린 길이 우뚝한 산들과 깊은 어둠으로 닫혔으니, 이제 누에의 고치 속에 웅크리고 누워서, 나아갈 길은 내면의 길뿐입니다. 간헐적으로 옆방, 건넌방에서 낮은 기침 소리, 뒤척이는 소리, 그리고 짧은 한숨 소리가 들립니다. 나그네들의 각방에선 지금 어떤 '안으로의 여행'들이 진행되고 있는 걸까요?

나는 침낭 속에 오그리고 누워서 내 발의 물집을 봅니다. 이제 겨우 하루 걸었으니까 발에 사실적인 물집이 생긴 건 아니지만, 그러나 오래

순례

마니차를 한 번씩 돌릴 때마다
한 발짝씩 신에게 가까이 갈 수 있다고 그들은 믿습니다.

걸어오며 생긴 생生의 상징적 물집들은 이럴 때 더 선명히 보입니다. 그것들은 더러 꽈리처럼 부풀어 있고, 더러 오래전 터져서 굳은살로 박여 있습니다. 어떤 물집들은 눈물겹고, 어떤 물집들은 억울하고, 또 어떤 물집들은 후회투성이 굳은살이 된 지 오래입니다. 나의 편협한 자의식 때문에 오래전 잃어버린 사람들이 떠오르기도 합니다. 들메끈 고쳐 맬 새 없이 물집들을 마구 터트리며 지나왔던 나의 젊은 날은 '싸가지' 없는 과오와 오류로 점철돼 있습니다.

참지 못하고 창을 엽니다.

히말라야에게 위로받고 싶어서 창을 열다 말고 아, 하고 나는 입을 벌립니다. 이렇게 소낙비처럼 쏟아지는 별빛은 어디에서도 본 적이 없습니다. 우주가 다 내 안으로 물밀듯 들어오는 놀라운 경험을 나는 오늘 밤 하고 있습니다. 신의 창 앞에 서 있는 것이지요.

거기 있는 K형의 눈에도 지금 별이 보입니까?

우유의 강을 건너면서

팍딩 마을을 출발한 건 아침 7시 30분. 두드코시강을 건너자 완만한 경사길이 나타납니다. 두드코시강은 뿌연 우윳빛, '두드^{dudh}'가 바로 우유라는 뜻이지요. 석회암이 많은 히말라야를 핥고 내려와 그렇습니다. 마치 '비슈누' 신의 아내인 '락슈미'가 금방이라도 현신해 떠오를 것 같습니다. 힌두교에서 세계를 유지시키는 신으로 일컫는 비슈누의 아내 락슈미는 우유의 바다에서 연꽃을 든 모습으로 나타나 '우유 바다의 딸' 혹은 '파드마 ^{padma}, 연꽃'라고 불립니다. 그녀는 가난하고 외로운 사람들의 보호자이며, 부귀와 행복을 관장할 뿐 아니라, 사랑의 신 카마^{Kāma}의 어머니이기도 합니다.

재작년 겨울, 우리가 한동안 함께 머물렀던 토지문화관 생각이 또 나는군요. 그때 원주시 변방의 외진 토지문화관에는 네 명의 작가가 들어있었습니다. 겨울이라서 우리들은 별관의 아래 위층에 나누어 기거했습니다. 나는 위층, K형은 아래층에 머물렀습니다. 방음이 잘 안 된 별관 건물이라서 옆방의 전화 소리까지 들릴 정도였지요. 행여 다른 사람 글 쓰는 일에 방해가 될까 봐 발소리조차 죽이고 걸었기 때문에 한낮엔 그나마 빈집처럼 조용했습니다.

그런데 별일도 다 있지요. 자정이 넘은 깊은 밤이 되면 아래 위층 여러 방에서 유난히 문을 여닫는 소리, 발소리가 쿵쾅쿵쾅 나곤 했었습니다. 그 외진 곳에서 우리들은 잠들어야 할 깊은 밤에 오히려 의식의 러시아워를 경험했던 것입니다. 위층을 쓰던 작가에게 물었습니다. "왜 그리 깊은 밤에 자주 문을 열고 나가나요?" 작가 C씨는 대답했습니다. "워낙 고요한 시간이라서 귀신들을 만나려고 들락거렸지요."

그래요, 그리운 K형.

산세가 깊어 그랬던지 밤마다 잠을 못 이루며 지낸 그곳에서조차 우리는 우리가 가진 아집과 습관을 버릴 수 없었습니다. 남을 대하는 얼굴엔 사회적 자아가 있고, 우리의 마음속에는 습관의 총체적 축적이 만든 자의식이 있으며, 그 자의식을 들어낸 밑바닥엔 본성이 숨겨져 있다고 생각합니다. 돌이켜보거니와 우리는 욕망과 본성 사이에서 분열하는 자의식의 허례들을 그곳 변방에서조차 이길 수 없었던 게 아닐는지요.

작가이므로 그때 우리의 욕망은 모두 '좋은 소설'을 쓰고 싶다는 것이었겠지만, 그러나 작가 생활 수십 년을 해왔는데도 솔직히 나는 '좋은 소설'이 뭔지 모르고 있었습니다. '좋은 인생'이 뭔지 모르는 것처럼요. 아니, 글쓰기가 나의 정체성에 따른 참 욕망에서 비롯된 것인지, 삶의 환경

순례

에 따른 우연의 발현으로 시작된 것인지도 나는 알지 못했습니다.

작가로서 다루어야 하는 '인물'의 사유와 감정이 세계의 모든 다른 사람들과 분리되어야 나의 소설 쓰기는 시작됩니다. 고유성과 보편성의 두 마리 토끼를 한 손으로 잡고 싶다고 말한 적도 있습니다. 그러나 내가 고유하다고 믿었던 것이 어떤 독자에게는 상투성으로 읽히고 내가 보편의 진리라고 암시했던 것이 어떤 독자에겐 가짜 담론으로 치부되는 경우는 허다합니다. 오해와 오류는 필연적이지요. 그 오류를 넘어서고자 더 많은 문장과 수사를 동원하고, 더 많은 문장과 수사를 동원하면 할수록 더 깊은 오해와 오류에 빠지는 오류의 반복이 내 작가 생활의 전부였을지도 모르겠습니다.

문장이 불러오는 오해와 오류의 함정이 독자와 나 사이에 언제나 존재한다고 생각하면 고통스럽기 그지없습니다. 어떻게 하면 오해와 오류의 함정을 피해를 피해 그리운 당신들에게 갈 수 있을까요. 그런 길이 있기는 있을까요. 분명한 것은 지금 내가 올려다보고 있는 저 설산들과 나 사이엔 아무런 오해가 없다는 것입니다. 나는 설산들과 최상의 정직성으로 마주하고 있습니다.

몬조Monjo 마을에 도착한 건 10시쯤입니다.

나는 고개를 갸웃합니다. 카트만두를 떠날 때 한 교민이 메모해준 것에 따르면 이곳, 네팔의 국립공원 사가르마타^{에베레스트의 네팔 이름} 입구가 되는 몬조에서 반드시 하룻밤을 유숙하라고 씌어 있습니다. 그런데 너무 빨리 걸어온 것일까요. 겨우 아침 10시쯤 됐는데, 카페나 술집도 없는 이 궁

벽진 작은 마을에서 하루를 머물라니, 내 체력을 노인의 그것으로 보았구나 싶어 섭섭하기까지 합니다. 이곳에서 조르살레^{Jorsale · 2,805미터}를 거쳐 쿰부 지역의 행정 중심지 남체바자르까지는 세 시간 남짓 걸릴 거라고 합니다.

'남체까지 가서 쉬지.'

나는 호기롭게 생각합니다. 몬조 마을이 해발 2,600미터쯤 되고 남체바자르가 3,400미터를 웃도니 하루 만에 해발 고도를 800여 미터 이상 더 올라간다는 걸 나는 '한국인'답게 간과했습니다. 조르살레를 지나면 남체바자르까진 경사가 거의 50도를 웃도는 비탈길입니다.

세 시간 만에 해발 남체바자르에 도착합니다. 자랑스럽고 용맹한 '한국인'다운 기상으로 전문 트레커의 충고도 뿌리치고 파죽지세 올라왔다는 게 뿌듯하게 느껴집니다. 그러나 히말라야 트레킹에선 자만이야말로 바로 함정입니다. 고소증에 대해 아시는지요. 남체바자르에 도착할 때까지만 해도 내가 고소증에 걸려 그처럼 고생하게 될 줄은 짐작조차 못 했습니다. 산은 반드시 우리에게 시험대를 배치해둡니다. 천연의 사원이 곧 큰 산이니까요.

실패하기 위해 히말라야에 온다

남체바자르는 사가르마타 국립공원의 중심 마을입니다. 거대한 힌쿠 히말Hinku Himal의 산군을 등진 삼태기 같은 협곡 안의 가파른 경사면에 셰르파의 집들과 여러 상점들과 로지들, 그리고 경찰 체크 포스트, 국립공원 관리본부, 우체국 등의 행정 관청이 자리 잡고 있지요. 등반팀들도 주로 이곳에서 일상용품을 사들입니다. 위로 올라갈수록 물품을 구하기가 어려울뿐더러 값이 천정부지로 치솟기 때문입니다.

길은 여기에서 두 갈래로 나뉩니다. 남체 오른쪽은 에베레스트 지역이 됩니다. 에베레스트 쪽으로 가는 칼라파타르 코스와 초오유Cho Oyu · 8,201미터 턱밑으로 뻗은 고쿄Gokyo · 4,760미터 코스가 모두 이곳을 지나갑니다. 그와 달리 왼편으로 꺾으면 티베트로 이어집니다. 지금도 현지 행상들은 야크 등에 물소나 코뿔소 따위의 가죽신을 싣고 6천여 미터의 히말라야 협곡을 걸어서 티베트로 넘어갔다가 소금이나 쌀, 옷 등으로 바꿔 옵니다. 티베트의 라사까지는 이곳에서 대략 12일 정도 걸린다고 합니다.

내가 머문 남체바자르의 한 평밖에 안 되는 작은 방 벽에 걸린 안내판을 보고 깜짝 놀랍니다. 그 방에서 하룻밤 유숙하고 간 카터 대통령의 이야기가 안내판에 쓰여 있습니다. 미국의 대통령이었던 카터도 이곳에선 별수 없었던 모양입니다. 더 좋은 시설이 따로 없으니 미국의 대통령이든 한국의 작가든 모든 순례자들이 공평히 취급되는 게 히말라야 트레킹의 장점이라 할 수 있습니다.

다음 날 아침, 곧바로 샹보체 언덕을 오릅니다. 자갈길이고 경사는 거의 50여 도에 이릅니다. 남체바자르의 아이들이 재잘대면서 허덕거리는 나를 계속 추월해 갑니다. 샹보체 언덕 너머의 쿰중Khumjung · 3,800미터 마을에 있는 힐러리학교 등굣길입니다. 3,800미터의 샹보체 언덕 7부 능선에 서면 세계의 어머니 신이라고 불리는 초모룽마, 바로 해발 8,848미터의 에베레스트가 손바닥처럼 환히 바라보입니다. 사우스 서미트South Summit · 8,749미터, 로체, 피크38 7,591미터, 아마다블람봉Ama Dablam · 6,856미터 탐세르쿠봉Thamserku, 캉테가봉Kangtega, 촐라체봉Cholatse · 6,335미터 등이 하나의 스카이라인으로 맺어져 있습니다. 산이라기보다 그것들은 백색의 파노라마, 혹은 죽음 직후에 만나게 된다는 '다르마타'의 광채 같습니다.

"마음의 본성은 모든 것의 본성"이며, "모래 한 알에서 세계를 본다"라던 선사의 말이 떠오릅니다. 임사 체험을 한 사람들의 공통된 증언 중 하나는 '눈부신 흰빛에 둘러싸여 서녘으로 갔다'는 것인데, 그 틈새의 흰 빛 다발이 바로 '다르마타'의 시간, 영혼의 참된 본성이 가장 극명하게 떠오

순례

르는 순간이라 할 것입니다.

고소증이 덮쳐온 게 이날 밤입니다.

남체바자르에서부터 시작된 전신 무력증이 캉지마 마을에서 급격히 깊어졌습니다. 전신 무력증과 함께 극심한 두통이 왔습니다. 해열제와 두통약을 복용했으나 차도는 없었지요. 헛배가 부르고 구토증이 나서 식사는 엄두조차 낼 수 없었으며, 손발은 물론 대퇴부까지 끓는 물에 집어넣은 것처럼 저렸고, 곧 극심한 설사가 찾아왔습니다. 아무것도 먹지 못한 채 밤새 화장실을 들락거리면서 앓았습니다.

로지 주인은 무조건, 신속히 내려가야 한다면서 "내려가지 않으면 큰 사고를 만날 거예요!"라고 일렀습니다. 그러나 나는 로지 주인에게 완강히 고개를 저어 보였습니다. 개발의 연대를 관통하면서 학습되어 내 심중에 DNA처럼 박힌 '실패하면 안 된다'는 생각이 거의 의식불명 상태에 이르렀는데도 나를 놓아주지 않았기 때문입니다.

아침이 그렇게 밝았습니다.

대부분의 증세는 그대로였습니다. 나는 간신히 일어나 앉아 창밖을 내다보았습니다. 다른 트레커들이 내 눈앞을 지나갑니다. 서양인도 있고 동양인도 있고 노인과 젊은이와 여자도 있습니다. 내가 목표로 삼은 칼라파타르 쪽으로 가는 길입니다. 모든 사람이 가고 있는 길을 나만 혼자 뒤처져 누워있다는 생각은 아프기 한정 없었습니다. '낙오자가 되긴 싫어'라고 나는 속으로 중얼거립니다.

개발의 숨 가쁜 반문화적 질주가 안겨준 독성을 빼버리자고 떠나온 길인데도 낙오자가 될까 두려워 올라가지도 내려가지도 못한 채 엉거주춤 누워 앓고 있는 내 꼴을 좀 보십시오, K형. 내가 겨우 이렇습니다. 산을 내려가는 게 실패입니까? 내가 목표로 정한 칼라파타르는 그냥 흔하디흔한 검은 바위일 뿐입니다. 심한 경우 사망에 이를 수도 있는 고소증을 막무가내 견디면서 나는 칼라파타르라는 허상의 '목표'에 이리 붙잡혀 있습니다.

K형이 지금 가진 목표는 무엇입니까.

더 빠른 자동차? 더 큰 아파트? 더 높은 자리? 보십시오. 삶의 진정한 지향과 아무 상관도 없는 칼라파타르라는 목표를 정해놓고서 실패할까 두려워 내려가지도 못하고 올라가지도 못하고 있는 나의 우스꽝스럽고 불쌍한 모습을요. 이것이 과연 나만의 모습일까요. 상투적 욕망이 불러온 허상의 목표를 정해놓고 그걸 좇아 세계화의 분주한 골목길을 배회하고 있는 게 혹 우리 모두의 자화상은 아닐는지요.

순례

히말라야는 묵음의 언어이다

보고 싶은 K형. 아침에 '캉지마' 마을을 떠납니다. 만 이틀 동안 온갖 고소 증세로 아무것도 먹지 못하고 앓아눕는 바람에, 개발의 채찍이었던 '실패'와 '성공'의 이분법적 관성에 시달려온 내 몸은 야윌 대로 야위어 홀쭉해진 느낌입니다. 눈은 쑥 들어가고 수염은 성기게 자랐으며 피부 색깔도 그냥 고동색이니, 거울에 비친 내 모습은 그야말로 이방인처럼 낯섭니다. 그래도 나는 오늘 다시 길을 떠납니다. 고통스런 증세는 그쳤지만, 여전히 식사를 할 수 없는 상태입니다.

'아마다블람봉'이 손에 잡힐 듯 눈에 들어옵니다. 이쪽 칼라파타르 코스는 처음이지만, 안나푸르나 트레킹을 여러 차례 했으니까 내가 만난 설봉도 수십 수백은 되련만, 아마다블람봉처럼 단아하고 수려한, 그러면서도 부드럽게 느껴지는 봉우리는 아직 본 적이 없습니다. 아마다블람봉을 닮고 싶습니다. 해발 6,856미터지만 아마다블람봉은 미적 균형이 뛰어나면서도 그 높이로 저를 드러내지 않고, 만년 빙하를 이고 바람 속에 있으면서도 날카로움으로 자신을 무장하지 않으며, 산맥의 중심에서 살짝 비켜나 앉아있으면서도 쓸쓸한 자기 연민으로 자신을 과장하지도 않습니다. 이름도 모자상母子像인 저 단아한 아마다블람봉이야말로 내 그리움의 참된 표상이라고 나는 느꼈습니다.

길은 끊어질 듯 이어집니다.

산기슭부터 정수리까지, 가만히 앉아 들여다보면 수많은 길들이 맺어지고 풀어졌다가 또 맺어져 흐릅니다. 이제 막 봄을 맞아 유난히 많은 생필품들과 건축 자재 따위가 굼실거리며 길마다 흐르는 것을 봅니다. 층층을 이룬 컨베이어벨트가 작동하는 것 같습니다. "히말라야에도 사람이 살고 있었네." 나는 중얼거립니다. 해발 4천 미터의 고원으로 난 수많은 길들 위로 분주하게 흐르는 삶을 본다는 것은 감동적입니다. 더 빠른 자와 더 느린 자의 구분은 없습니다. 서열도 없습니다. 그래서 히말라야의 길에 흐르는 존재들은 몸은 고될지언정 불안감에 사로잡히진 않습니다. 깨달은 자는 이렇게 노래했지요.

태어난 것은 죽게 되고
모인 것은 흩어지고
축적한 것은 소모되고
쌓아올린 것은 무너지고
높이 올라간 것은 아래로 떨어진다.

순례

이곳에선 더 빠른 자와 더 느린 자의 구분은 없습니다.
서열도 없습니다.
그래서 히말라야의 길에 흐르는 존재들은 몸은 고될지언정
불안감에 사로잡히진 않습니다.

    트레킹을 시작할 때 대부분의 나그네들은 만나는 사람마다 "나마스
테!", "나마스테!", 청명한 소리로 인사를 합니다. 옆 사람이 깜짝 놀랄 만
큼 쩌렁한 목소리로 인사하는 사람도 많습니다. 산이 말의 울림을 부드럽
게 받아주니 소리 질러 인사해도 나쁠 건 없습니다. 나마스테, 라는 말을
들으면 주위가 환해지는 것 같은 느낌을 곧잘 받습니다.
    그러나 고도가 올라가면 달라집니다.

해발 4천여 미터를 넘어가면 "나마스테!"라고 큰소리로 인사하는 사람이 거의 없습니다. 목소리는 절로 낮아지고 울림은 길어집니다. 주문처럼 들리기도 하고 연인들의 밀어처럼 들리기도 하지요. 낮은 목소리의 속삭이는 듯한 "나마스테"는 더욱 다정하고 달콤합니다.

그리고 5천 미터쯤 걸어 올라가면 "나마스테!"는 당연히 거의 묵음 상태에 이릅니다. 눈길이 마주치면 누가 먼저랄 것 없이 '나마스테!' 하고 모두들 인사하지만 겨우 입만 달싹거릴 뿐입니다. 그러니까 소통의 알파이자 오메가인 '나마스테'는 산행의 과정에서 음계를 짚어 내려오듯 낮아지다가 마침내 소리는 사라지고 울림만 남는 것입니다.

해발 5천여 미터가 되면 숨쉬기도 어려운 참인데 누가 소리쳐 "나마스테!" 하고 인사하겠습니까. 고산 등반가들은 8천 미터 고봉에 올랐을 때 서로 말을 하지 않아도 맘속 말을 알아듣는다는 이야기를 들은 적이 있습니다. 혹시 진실로 본성을 회복하고 나면 침묵으로 하는 말을 서로 알아듣게 되는 게 아닐는지요.

나는 혼자서 길을 떠나왔습니다. 작가이니 당신도 느끼시겠지만, 내가 글을 쓸 때 받는 고통의 하나는 뭐든지 단정짓고 마는 언어의 속성을 어떻게 뚫고 나가느냐 하는 점입니다. 산문은 추상적 관념들의 감각적 구체화라고 할 수 있습니다.

훌륭한 목수는 집을 지을 때 우주를 끌어와 집에 담으려 할까요, 아니면 그 집을 우주로 데려가려 할까요? 내가 우주를 가리켜 사랑이라고 불렀을 때, 어떤 독자는 사랑이라는 말에서 침대를 떠올리기도 합니다. 극

순례

단적인 비유지만 사실입니다. 언어를 동원하면 할수록 의미는 오히려 한정되고 왜곡은 커지는 걸 당신도 경험한 적이 있을 것입니다. 간밤에 우주적인 농담을 썼다고 생각했는데 아침에 다시 읽어 보면 천박한 개그에 불과한 경우도 많지요.

내 문장들이 '소음'이 되어 내 몸으로 다시 꽂혀 들어올 때, 나는 매번 미치기 직전의 상태가 됩니다. 그런 점에서 보면, 고도가 높은 곳에서의 인사말 '나마스테!'처럼 소리 없는 '묵음의 소설'이 제일 좋은 소설이라 할 것입니다.

그러나 도대체 '묵음의 소설'은 어디서 그 길을 찾아야 할까요.

그렇습니다, K형. 내가 혼자 짐을 꾸려 떠나온 것은 내 조국의 '말'을 잠시라도 등지고 싶었기 때문입니다. 존재의 근원적인 쓸쓸함에서 하루라도 온전히 해방될 수 없기 때문에, 오류와 왜곡과 한정이 카르마^원처럼 따라붙을 걸 뻔히 알면서도 나는 평생 소음 같은 말 속에 갇혀 살았고, 소음 같은 말을 계속 지어냈으며, 짐작하거니와 앞으로도 그럴 것입니다.

그와 달리 히말라야는 거대한 '묵음의 언어'입니다.

나는 지금 유서 깊은 텡보체 마을, 투명한 햇빛 속에 쭈그려 앉아 눈물이라도 날 것처럼 행복하게 묵음의 언어를 히말라야로부터 듣고 있습니다. 아, 히말라야는 '말 없는 소설'을 얼마든지 쓸 수 있겠구나, 문득 그런 생각이 듭니다. 이런 경지야말로 참 자유일지도 모르겠습니다.

자유는 티베트 말로 '네중'입니다. 네^{nge}는 '틀림없이'라는 뜻이고 중^{jung}은 '벗어나다'라는 뜻을 갖고 있습니다. 이 여로가 끝나면 나는 '틀림

아마다블람봉은 그 높이로 저를 드러내지 않고,
만년 빙하를 이고 바람 속에 있으면서도
날카로움으로 자신을 무장하지 않습니다.

없이 벗어날' 수 있을까요. 무엇으로부터 벗어나야 참으로 자유로워질까요? 욕망? 가정? 언어? 벗어나기는커녕 무엇으로부터 먼저 벗어나야 하는지도 모르니, 히말라야 산협 사이의 위태로운 길을 혼자 흐르고 있는 장년의 내가 참으로 딱하기 이를 데 없습니다.

아마다블람봉의 정수리는 어느새 구름 속에 숨고, 강 건너편 벼랑이 저 스스로 허물어져 강으로 쑤셔 박히는 굉음이 가슴에 사무치게 들어옵니다. 오늘은 티베트 불교의 큰 스승 '뇨슐 켄포 린포체'가 썼다는 시를 옮겨 적으면서, 사람이 그리워 쓰는 나의 두서없는 편지를 이만 끝낼까 합니다. 부디 평안하십시오.

> 모든 것은 근본적으로 환상이고 덧없나니
> 이원적으로 느끼는 사람들은
> 고통을 행복이라 여기는구나.
> 마치 칼끝에 묻은 벌꿀을 핥는 것처럼
> 실재인 것으로 굳게 집착하나니
> 얼마나 어리석은가!
> 관심을 안으로 돌리게나, 친구여.

갈망과 염원이 솟아날 때

텡보체에서 30여 분간 급경사 길을 내려가면 로지도 겨우 두 군데뿐인 작은 마을 데보체Deboche에 도착합니다. 의사가 있다고 해서 일부러 머물기로 한 마을입니다. 사흘째 먹지 못한 데다가 도무지 설사가 그치질 않아 고통입니다. 로지에서 나를 맞아준 소녀에게 병원이 있느냐고 묻습니다. 소녀는 카트만두에서 고등학교를 다니다가 휴학하고 로지 주인인 사촌 언니를 도우러 이곳에 왔다고 합니다. 산에 들어온 이후 루주를 빨갛게 바른 여자를 만나기론 이 소녀가 처음입니다.

병원은 시늉뿐입니다. 늙은 여의사가 낡고 컴컴한 집안에서 티베트 경전을 든 채 나를 맞습니다. 쿤데Khunde · 3,250미터 마을에 있는 힐러리 병원에서 파견 나온 의사였습니다. 간호사도 진찰실도 물론 없습니다. 섬뜩할 만큼 추워서 몸이 더욱더 떨립니다. 여의사는 골무 같은 걸 내 손가락 끝에 끼우고 고소증이 얼마나 깊은지 진찰해봅니다. "한나절 후에 다시 오세요." 한나절 후에도 상태가 호전되지 않는다면 무조건 산을 내려가는 게 좋겠다는 것입니다. 나는 설사약을 받고 미국 돈 10달러를 냅니다. 네팔 물가로 따지면 꽤 비싼 약값인 셈인데, 여의사도 그걸 느꼈던지 약값은 자신이 갖는 게 아니라 쿤데 병원으로 보낸다고, 묻지도 않은 설명을 합니다.

"여기 비구니 사원이 있는데 가 봐요."

내 의견을 미처 말할 새도 없이 열여섯 살 소녀 '파생 셰르파'가 앞장서 갑니다. 요즘은 트레킹 손님이 거의 끊기다시피 한 철입니다. 그동안 너무 심심하고 외로웠던지, 소녀는 여간해서 나를 쉽게 놔둘 것 같지 않습니다. 나는 개울가 쪽으로 내려앉은 오래된 곰파사원로 갑니다.

여자 승려들만 있는 비구니 절이라 흥미롭기도 했습니다. 사원 입구에서 창이 모두 밀폐된 퇴락한 집 한 채가 먼저 손님을 맞습니다. 너무 퇴락한 데다 출입구도 단단히 잠겨있어 나는 그냥 빈집인 줄 알았습니다. 그러나 빈집이 아니라 그것은 한 비구니 승려가 무려 25년간이나 문밖으로 나오지 않고 수행하는 도량이었습니다. 파생 셰르파가 밀폐된 그 집의 창을 한참 두드리고 나서야 창문이 열리더니 늙은 비구니가 두 손을 합장하고 내게 인사를 합니다.

"돈을 좀 줘요."

파생 셰르파가 내게 속삭입니다. 나는 얼결에 주머니에서 500루피짜리 지폐를 꺼내 창 안쪽의 비구니에게 건넵니다. 어둠을 등지고 있기 때문일까. 돈을 받아가는 비구니의 얼굴은 핼쑥하고 주름투성이입니다. 파

산기슭부터 정수리까지 수많은 길들이 맺어지고 풀어졌다가
또 맺어져 흐릅니다.

"히말라야에도 사람이 살고 있었네."
나는 중얼거립니다.

생 셰르파의 설명에 따르면 비구니가 그 집에 들어가 스스로 갇힌 것은
아주 젊었을 때였는데, 25년의 세월이 지났으니 이제 노인이 된 거라 했
습니다. 비구니는 이내 창을 닫았습니다.

25년이나 자신을 밀폐된 집에 가두고 사는 그 비구니의 꿈은 무엇일
까요. 티베트 불교에서 명상은 미혹에 빠진 마음을 정화하는 최고의 해독
제입니다. 마음을 뒤덮어 삶을 어둡게 하는 온갖 번뇌, 망상 같은 장애물
을 제거할 수만 있다면 우리는 단번에 부처가 될 수 있습니다.

순례

명상은 전통적인 수행법의 하나입니다. 25년이나 고독한 명상을 통해 부동심으로서의 진리에 도달하기 원했던 그 비구니는 과연 지금쯤 무엇을 얻었을까요. 분명한 것은 그녀의 수행이 아직 끝나지 않았다는 것입니다. 만약 그녀가 이미 부동심不動心을 얻었다면 그녀 자신을 가두고 있는 그 집의 빗장을 풀었을 것이기 때문입니다.

사원에선 네 명의 비구니가 기도 중입니다. 두 명은 젊은 비구니였고 두 명은 늙은 비구니였습니다. 특히 한 비구니는 너무 노쇠해 앉지도 못하고 누운 채 기도하고 있었지요. 이곳에서 승려가 되는 것은 선택받은 인생을 사는 일이 됩니다. 승려가 되면 결혼할 수 없고, 보통사람보다 훨씬 더 높은 지식을 습득해야 하며, 평생 영적 세계만을 추구하고 삽니다. 티베트 불교에서 영적 세계에 대한 추구는 곧 헌신이며, 헌신은 절대적 진리에 도달하는 가장 빠른 길입니다.

그러나 헌신을 감내하려면 무엇보다 먼저 마음 깊은 곳에서 갈망과 염원이 솟아나야 합니다. 삶의 '순수한 비전'에 대한 갈망과 염원이 없으면 헌신은 불가능하기 때문입니다. 깊은 갈망과 염원을 갖고 삶의 진실에 대해 헌신할 준비가 된 사람에게 필요한 것은 스승입니다. 티베트 불교에서 영적인 인도자가 되는 스승의 존재는 매우 중요합니다. 내적 스승의 권능을 받아들이는 것이야말로 참된 진리를 받아들이는 것이 됩니다. 갈망과 존경을 함께 아우르는 티베트 말로 '모귀mogu'가 있습니다. 모귀의 마음으로 스승의 뒤를 따라가면 누구나 윤회의 바다를 건널 수 있다고 그들은 믿습니다.

K형, 당신은 어떻습니까.

우리에게는 어떤 갈망과 염원이 남아있으며, 모귀의 마음으로 헌신할 어떤 스승을 품고 있는가, 묻고 싶습니다. 삶의 순순한 비전을 향한 갈망과 염원이 없는 삶은 우물이 없는 집과 같이 삭막한 게 아닐는지요.

히말라야의 어둠은 토치카처럼 아주 단단합니다. 전기는 물론 오늘따라 달빛 별빛조차 없는 밤입니다. 밥 끓인 물로 요기를 하고 내 방침대로 돌아와 눕자 창이 다르르르 떨리는 소리를 냅니다. 추위보다 더 견딜 수 없는 것은 적막입니다.

아래층 부엌에서 노랫소리가 들립니다. 로지 주인은 젊은 부부로서 열 살이 채 안 된 두 딸과 카트만두에서 온 처녀 파생 셰르파와 함께 삽니다. 처음에 노랫소리를 무심코 들었습니다. 그러다가 곧 그 노래가 한 사람이 부르는 것이 아니라 온 가족이 둘러앉아 차례대로 부르며 돌아가는 '돌림노래'라는 것을 알았습니다. 돌림노래는 한 시간이 훨씬 넘도록 계속 이어졌습니다.

돌림노래는 길고 따뜻했습니다.

간간이 웃음소리와 잡담이 돌림노래 사이로 섞여 들어왔습니다. 촛불도 켜지 않은 어둠 속에서 손에 손을 잡고 둘러앉아 돌림노래를 부르면서 밤을 보내는 저들에게 '가족'은 과연 무엇일까요. 제 눈엔 자꾸, 온 가족이 모여도 서로 마주 앉기보다 일렬로 앉아 현대인의 신이기도 한 텔레비전을 향해 경배드리는 우리네 가정의 밤 풍경이 자꾸 떠올랐습니다.

순례

제안 드리니, 만약 지금 당신이 가족과 함께 있다면, 텔레비전을 끄시고 온 가족이 마주 앉아 돌림노래를 한번 해보시지요. 틀림없이 큰 소득을 얻을 거라고 믿습니다.

우리가 별처럼 영원할 수 있을까

아침 일찍 데보체 마을을 떠납니다. 열여섯 살 소녀 '파생 셰르파'가 동구까지 따라 나와 배웅을 합니다. "나마스테"라고 인사하는 파생 셰르파의 눈가에 눈물이 어리는 것도 같습니다. 겨우 하루를 묵었을 뿐인데도 나와 헤어지는 파생 셰르파의 자태와 표정은 연인의 그것과 크게 다르지 않습니다. 카트만두에서 살다 가난을 견디지 못하고 설산으로 둘러쳐진 이 깊은 산골로 쫓겨 들어와 살고 있는 파생 셰르파로선 문명의 나라에서 온 이방인이 곧 그리움 자체일 것입니다.

두 시간 만에 팡보체에 닿습니다. 고소 후유증이 남아있어 이제 겨우 점심때지만 팡보체에서 하루를 머물기로 합니다. 희끗희끗 눈발이 흩날리기 시작합니다. 룽다風馬가 눈바람에 격렬히 펄럭이는 소리 사이사이로 난로 속에서 야크 똥이 타는 소리가 간간이 섞여 들립니다. 나는 난롯가에 앉아서 휘날리는 눈발을 내다봅니다. '사람'이 그리워 눈물이라도 날 것 같습니다. 모든 사물이 다 그러하듯, 나의 내부엔 초월적인 세계로 떠나고 싶은 원심력과 사람들 사이로 들어가 함께 사랑하며 살고 싶은 구심력이 동시에 존재합니다. 두 개의 세계는 때로 자웅동체의 미물처럼 내 안에서 가깝게 붙어 있고, 또 멀리 떨어져 있습니다. 붙어있다고 느낄 땐 마음이 안정되지만, 두 개의 세계가 멀리 떨어져 있을 땐 불안하고 외롭습니다.

히말라야 사람들은 '예티'를 믿습니다. 예티^{Yeti}는 설인^{雪人}으로서, 히말라야산맥과 중앙아시아를 잇는 긴 회랑 지대에 살고 있다고 합니다. 흰털로 뒤덮인 예티의 존재는 히말라야 사람들에게 친근하면서도 두려운 형이상학적 이미지로 형상화되어 있습니다. 그들에게 예티는 영원히 의지하고 살아갈 신성^{神性}이 됩니다. 문명인의 고독은 신성을 잃어버린 데에서 비롯된 것인지도 모릅니다.

그렇습니다, K형, 나는 신성^{神性}을 찾아 여기 왔습니다.

불현듯 잠을 깬 것은 마당에 매어둔 야크들의 방울 소리 때문이었습니다. 나는 화장실에 가려고 침낭에서 빠져나와 방문을 열고 나옵니다. 마당에는 눈이 덮여 있고 하늘엔 별이 가득합니다. 별에게도 생로병사가 있다는 걸 모르는 건 아니지만, 별을 볼 때마다 나는 늘 '영원'이라는 낱말을 떠올립니다. 별이 무리 지어 떠 있는 것은 영롱한 빛을 뿜어내고 있는 영원, 영원, 영원…이 떠 있는 셈이지요. 유한한 삶에서 영원한 삶으로 나아가려면 스스로 별이 되는 수밖에 없습니다. 일찍이 반 고흐는 이렇게 썼습니다.

지도에서 도시나 마을을 가리키는 검은 점을 보면 꿈을 꾸게 되는 것처럼, 별이 반짝이는 밤하늘은 늘 나를 꿈꾸게 한다. 그럴 땐 묻곤 하지. 프랑스 지도 위에 표시된 검은 점에게 가듯, 왜 창공에서 반짝이는 저 별에게 갈 수 없는 것일까. 타라스콩이나 루앙에 가려면 기차를 타야 하는 것처럼, 별까지 가기 위해선 죽음을 맞이해야 한다. 죽으면 기차를 탈 수 없듯, 살아있는 동안에 별에 갈 수 없다. (…) 늙어서 평화롭게 죽는다는 건 별까지 걸어간다는 것이지.

이 편지를 쓸 때 고흐는 불과 35세였습니다. 그러나 고흐는 동생 테오에게 보낸 이 편지의 앞부분에서 "남자는 더 이상 발기할 수 없는 순간부터 야망을 품게 된다"는 누군가의 말을 인용하면서, 자신의 육체가 이미 쇠락의 길로 접어들었음을 암시하고 있습니다. 발기할 수 없는 고흐가 품었던 '야망'은 물론 영혼이 깃든 뛰어난 그림이었겠지요. 고흐는 그 편지를 쓰던 그해, 〈별이 빛나는 밤〉이라는 유화를 그렸습니다. 그 그림 속에서 별들은 푸른빛을 내뿜고 있습니다. 그의 육체는 '발기'를 걱정할 만큼 쇠락해 있었지만, 그의 영혼은 그 순간 너무도 간절하게 영원을 향해 나아가고 있었던 것입니다.

나는 아버지 꿈을 꾸었습니다. 지금의 내 나이보다 더 젊은 시절의 아버지였으나 꿈속의 아버지 얼굴은 온통 주름살투성이였습니다. 속병이 깊었을 때, 병원에도 가보고 온갖 민간요법을 써 봐도 효과가 없자 아버지는 어느 날 똥물을 마셨습니다. 꿈이 아니라 내가 직접 목격한 일입니

순례

히말라야 사람들은 만트라가 의심, 불안, 고독,
욕망 따위로부터 자신을 보호할 수 있는
단단한 갑옷이라고 믿습니다.

다. 똥물이 약이 된다는 말을 어디선가 들으셨던 게지요. 재래식 화장실
에서 미리 떠놓은 똥물을 하룻밤 재우고 거른 뒤 아버지는 툇마루 끝에
앉아 비장한 표정으로 단숨에 한 대접의 똥물을 마시는 것이었습니다. 잊
을 뻔했던 기억인데, 그 광경이 난데없이 꿈속에서 완벽하게 재현됐습니
다. 꿈속의 아버지 얼굴은 하회탈 같았습니다.

그렇습니다, K형.

나는 시간의 주름살을 본 것이요. 꿈속의 아버지 얼굴에서만 그것을 본 것은 아닙니다. 고소에 의한 심한 설사 때문에 거의 탈진해서 설산 사이의 이 길을 걸어올 때, 나는 계속 시간의 마성魔性에 대해 생각했습니다. 어쩌면 모든 일을 뿌리치고 무엇엔가 홀린 듯 혼자 홀연히 이곳으로 떠나올 때부터 '시간에 쫓기고 있는 나'가 내 안에 깊이 깃들어 있었던 것인지도 모르겠습니다.

나는 오랫동안 '청년작가'라 불리며 지냈습니다. '영원한 청년작가'라고요. 단순한 별칭이지만 나는 '청년작가'라는 말에 깃들어 있는 현역작가로서의 이미지가 좋았고 또 그걸 사랑했습니다. 그러나 두말할 것 없이 나는 '청년작가'가 아닙니다. 아니 내가 진짜 '청년작가'라 할지라도 생로병사의 사이클을 벗어날 수는 없습니다. 누구든 제 몸 중심에 죽음의 씨앗을 잉태한 채 세상에 나와 시간을 따라 그 씨앗을 키워가는 것이 삶의 도정입니다. 열 살 아이에겐 열 살짜리 죽음이 깃들어 있고 쉰 살 어른에겐 쉰 살짜리 죽음이 깃들어 있습니다. 탄생 이전에 부여받은 그 슬픔은 언제나 나를 떠나지 않습니다.

그 슬픔을 극복하는 길을 찾고 싶습니다.

페리체Pheriche · 4,240미터를 지나면 딩보체에 마을에 닿습니다. 팡보체를 떠나고 이틀만입니다. 딩보체는 꽤 큰 마을로서 에베레스트 베이스캠프 쪽으로 난 길과 피크38과 아일랜드 피크Island Peak로 가는 길이 갈라지는 요지입니다. 내가 머물기로 한 '프렌드십'은 낡은 이층집입니다. 나는 설산들로 둘러쳐진 2층의 한 평짜리 작은 방을 배정받습니다. 지구에서 가장 외진 모퉁이에 당도한 느낌입니다.

눈발이 다시 날립니다. 내일 아침에도 컨디션이 좋지 않으면 더 이곳에 머물면서 고소적응을 해야 합니다. 다음 마을 로부체는 해발 5천에 가깝기 때문입니다. 내일 무리하게 로부체로 가지 말고 아랫마을 추쿵 Chhukung · 4,740미터이나 다녀오며 고소적응을 더 해두는 게 좋을 것이라고, 로지 식당에서 만난 독일 남자가 충고합니다. 눈이 십 리쯤 들어간 나의 초췌한 면면을 살피고 나서 우정으로 던져주는 충고입니다. 매년 이곳에 온다는 그 독일 남자는 놀랍게도 반바지를 입고 있었습니다.

"춥지 않나요?"

"습관이 돼서 괜찮습니다."

추위에 떨고 있는 것은 그가 아니라 겹겹이 껴입고 앉은 내 쪽입니다. 하루하루 날짜를 계산하고 있는 것도 마찬가지입니다. 매년 이곳에 오면서도 그 남자는 날짜를 계산하지 않는다고 했습니다. 오고 싶을 때 오고 가고 싶을 떠나는 거지요. 가령 우리나라 트레커들이 보통 일주일 걸리는 코스가 있다면 서양인들은 보통 두 주일에 걸쳐 걷습니다. 그러면서 "한국 사람들은 양주를 병째 시켜 마시고 이른 새벽에 보통 제일 먼저 길을 떠난다"라며 로지 주인은 혀를 내두릅니다. 나흘이면 주파할 길을 고소증 때문에 여드레 걸려 왔다는 자괴감으로 스트레스를 받고 있던 내가 부끄러워 고개를 숙입니다.

밤은 길고도 춥습니다. 침낭 속에 잔뜩 오그리고 누웠는데도 한기 때문에 깊은 잠을 잘 수가 없습니다. 가끔 어느 방향에선가 와르르르 하고 산이 무너져 내리는 소리가 들립니다. 비몽사몽 잠에 빠져들면 이미 오래전에 돌아가신 어머니 아버지가 자꾸 현몽합니다. 집 떠난 지 채 두 주도 안 됐는데 이미 절상折傷의 고독감이 내 명치를 누르고 있다는 걸 나는 충분히 느낄 수 있습니다. 고독은, 버나드 쇼의 말처럼 "방문하기엔 좋은 장소지만 체재하기엔 쓸쓸한 장소"입니다.

형영상조形影相弔라고 했던가요, K형.

내가 잠들지 못하는 것은 육체적인 고통 때문이 아니라 형영상조, 그러니까 내 몸과 그림자가 서로를 불쌍하게 여기는 자기 연민의 고독 때문이라는 걸 이제 압니다. "옴 아 훔 벤자 구루 페마 삿디 훔." 나는 책에서 배운 대로 침낭 속에 고치처럼 누워 '만트라'를 암송합니다. 만트라는 진언眞言으로서 '마음을 보호하는 것'이라는 뜻을 갖고 있으며, 영적인 힘을 발휘합니다. "옴마니밧메훔!" 히말라야 사람들은 만트라가 부정적인 것, 예컨대 의심, 불안, 고독, 사악한 욕망 따위로부터 자신을 보호할 수 있는 단단한 갑옷이라고 믿습니다. 사는 일이 심란해 혹 갈팡질팡하실 때는 K형, 밑져야 본전이라 치시고, "옴마니밧메훔" "옴 아 훔 벤자 구루 페마 삿디 훔" 하고 만트라를 반복해 암송해보시지요. 안개 속 길이 한순간 환하게 드러날지도 모릅니다.

왜 산사람들은 정상에 오르는가

혹시 촐라체라는 봉우리 이름을 들어보셨습니까. 해발 6,335미터에 불과하지만 아주 수려한 산입니다. 타보체 봉과 형제처럼 나란히 붙어 있지요. 딩보체 마을을 출발해 가파른 경사면을 30여 분쯤 오르면 탁 트인 평평한 고원 분지에 이르고, 그곳에 서면 두 개의 잘생긴 봉우리가 가슴속으로 쓸려 내려오는데 바로 타보체봉과 촐라체봉입니다.

나는 발걸음을 멈추고 그것을 봅니다.

설산의 정수리까지 환히 바라보입니다. 일찍이 젊은 산악인 '박정헌'과 '최강식'이 알파인 스타일로 등반하다가 하산길에 끔찍한 조난을 당했던 바로 그 산입니다. 그들은 크레바스에 빠지는 사고를 당해 갈비뼈와 발목이 부러지고 손가락 발가락에 극심한 동상을 입었으면서도 놀라운 용기와 인내, 그리고 동지애로 살아 돌아와 우리를 감동시켰던 주인공들입니다.

등반 스타일은 크게 두 가지로 나뉩니다.

'극지법' 스타일의 등반은 궁극적으로 더 높은 정상을 정복하는 것이 일차적인 목표가 됩니다. 그러려면 당연히 많은 전문 셰르파들과 우수한 장비들이 동원되어야 하고 돈도 많이 듭니다. 말하자면 한두 사람이 정상에 오르기 위해 수십 명의 다른 대원들과 물자와 장비가 헌신해야 한다는 것입니다. '등정^{登頂}주의' 등반인 셈이지요.

그러나 알파인 스타일은 다릅니다.

'알파인' 등반은 얼마나 높이 올랐느냐는 것이 최종 목표가 될 수 없습니다. 이른바 '등로^{登路}주의'로서, 얼마나 높이 올랐느냐 보다 어떤 길로 어떻게 올랐느냐를 더 중요하게 여깁니다. 극지법 스타일이 차례로 캠프를 설치해가는 것과 달리, 알파인 스타일 등반은 짐을 최소화해 고정 자일이나 셰르파 등의 도움 없이 가급적 단숨에 치고 넘는 스타일입니다. 더 고독하고 더 위험한 방식이라고 할 수도 있지요. 세계 등반의 추세는 높이보다 오르는 방법이 더 중요해지고 있습니다. 타인과 장비의 도움을 최소화, 되도록 남이 안 가본 더 위험한 코스로 산을 오르는 것에 가치를 두는 게 알파인 등반이라 할 수 있습니다.

박정헌, 최강식은 촐라체 북벽을 타고 올랐습니다. 장대한 빙벽과 크레바스와 돌출한 오버행을 통과하는 새 루트로 그들이 촐라체 정상에 오른 것은 베이스캠프를 출발한 지 사흘 만이었다고 합니다. 그들은 불과 5킬로 정도의 배낭을 메고 북벽 등반에 도전했습니다. 촐라체 북벽은 해발 5천여 미터부터 6,440미터 정상까지 거의 직벽을 이룬 험한 코스입니다. 그들은 등로주의 등반의 새로운 기록을 세운 셈이지요. 나는 카트만두에 머물다가 우연히 그들의 베이스캠프를 지켰던 송＊＊ 씨로부터 등반 과 조난 과정을 자세히 들은 바 있고 또 그가 쓴 등정일지도 정독했기 때문에 모든 등반 과정을 비교적 소상히 알고 있었습니다. 그들이 맨손으로 올랐던 북벽을 나는 보았습니다. 거미손이 아니고선 들러붙기 어려울 정도의 도도하고 장대한 암벽입니다.

등반에 성공하여 혹 방심했던 것일까.

그들은 75도 이상의 설사면을 여러 시간 내려온 뒤 오히려 완만한 경사의 눈길을 걸을 때 최악의 사고를 맞았습니다. 박정헌의 뒤를 따라오던 젊은 최강식이 크레바스에 추락하고 만 것입니다. 자일로 서로를 연결하고 있었기 때문에 최강식이 크레바스로 추락하는 순간 박정헌은 엄청난 충격을 느꼈습니다. 피켈로 얼음 사면을 본능적으로 찍어 끌려 들어가는 몸에 제동을 걸었으나 자일이 몸을 옥죄고 있어 박정헌은 숨조차 제대로 쉴 수 없었습니다. 우드득, 자일의 힘에 의해 갈비뼈들이 부러지는 소리가 났다고 합니다.

크레바스로 추락한 최강식은 물론 보이지 않았고, 잠시 후 "살려달라"는 목소리만 먼 곳에서 들렸습니다. 겨우 5밀리미터짜리 자일이 빙벽 틈에 대롱대롱 매달린 최강식의 몸과 설사면에 간신히 멈춰 엎드린 박정헌의 몸을 연결하고 있을 뿐이었습니다.

최강식의 무게는 장비와 자일과 몸무게를 합쳐 90킬로그램이 넘었고 박정헌은 겨우 70킬로그램이었으므로, 갈비뼈까지 나간 박정헌이 최강식을 끌어올린다는 건 불가능했습니다. "형, 살려주세요…." 최강식은 소리쳤습니다. 크레바스로 추락할 때 빙벽에 부딪혀 그는 이미 발목이 부러진 상태였습니다. 자일을 끊지 않으면 피켈에 의지해 설사면에 간신히 엎드려 있는 자신까지 끌려 내려가 추락할지 모르는 상황에서도 박정헌은 희망을 버리지 않았습니다. 박정헌은 자일을 당기면서 버텼고 발목이 부러진 최강식은 두 손에 의지해 필사적으로 빙벽을 기어오르기 시작했습니다. 오후 4시쯤 사고가 났는데, 사투는 어두워질 때까지 계속됐지요. 나같은 인간은 도저히 감당할 수 없는 놀라운 싸움이었습니다.

결국 그들은 살아 돌아왔습니다.

이 믿을 수 없는 극적 드라마는 최강식이 크레바스에서 올라온 것으로 끝나지 않습니다. 한 사람은 두 발목이 부러졌고 다른 한 사람은 늑골이 주저앉았으며 손가락 발가락이 얼어 굳어 있었습니다. 며칠째 물 한 모금 먹지 못했고, 배낭을 버렸기 때문에 영하 20도의 밤을 견딜 어떤 장비도 없었지요. 설사면에 웅크리고 앉아 밤을 새우면서 그들이 할 수 있는 일은 가끔 고함을 질러 살아있다는 걸 확인하는 정도였습니다. 더구나 사고 과정에서 박정헌은 안경을 잃었는데 시력은 0.3에 불과했습니다. 설맹증세까지 있었습니다. 그러나 그들은 기다시피 하며 산을 내려오기 시작했습니다. 그야말로 죽음의 장정이었습니다.

K형도 아시겠지만, 내가 네이버 블로그에 연재했던 소설 《촐라체》는 바로 박정헌과 최강식의 조난 실화에서 모티브를 얻어 쓴 소설입니다. 촐라체 북벽이 가장 잘 바라보이는 지점의 산등성이엔 에베레스트를 오르

다가 유명을 달리한 수많은 산악인들을 기리는 석비들이 즐비합니다. 그 석비들 끝에 앉아서 구상한 소설이 바로《촐라체》입니다.

"산이 거기 있어 오른다."

에베레스트에서 죽어간 등산가 조지 맬러리는 말했습니다. 우리나라 사람으로선 최초로 에베레스트를 정복한 고상돈 씨 생각이 납니다. 에베레스트를 정복하고 돌아와 카퍼레이드까지 벌였던 그도 끝내 천수를 누리지 못하고 산에서 죽었습니다. 어찌 고상돈 씨뿐이겠습니까. 에베레스트는 세계적 산악인들의 무덤입니다.

대체 그들은 무엇을 찾아 산에 오를까요.

최초로 히말라야 8천 미터급 14좌를 완등한 위대한 산악인 라인홀트 메스너는 이렇게 말했습니다. "정상이란 산의 꼭대기가 아니다. 정상은 하나의 종점이고 모든 선이 모여드는 곳이며 만물이 생성하고 모습을 바꾸는 지점이다. 종국에 세계가 모두 바뀌는 곳이며 모든 것이 완결되는 곳이다."

그렇습니다.

정상엔 모든 것이 '무'로 바뀌는 허공만 있을 뿐입니다. 허공을 이기는 산은 없습니다. 그런데도 산악인들은 왜, 무엇이 그리워 목숨을 걸고 산에 오르는 것일까요. 소설《촐라체》는 그 질문을 줄곧 따라가 본 산악소설입니다. 산악인들의 인간한계에 대한 이런 도전을 소설《촐라체》에선 드높은 '존재의 나팔소리'라고 말하고 있습니다. 삶은 그것 자체로 위대합니다. 한시도 쉬지 않고 존재증명을 위해 나팔을 불거나 불고자 갈망하기 때문입니다. 그럼요. 바위틈에서 솟아 나온 연약한 풀꽃 한 송이에서도 나는 여실히 '존재의 나팔소리'를 듣습니다.

　한 일본인 청년이 돌투성이 급경사 길을 비틀거리면서 내려오더니 내가 앉아있는 로지의 눈 쌓인 마당에 픽 하고 쓰러집니다. 로부체까지 올라갔다가 고소증이 심해서 서둘러 내려오는 길이라 했습니다. 로지 주인과 내가 일본 청년을 부축해 난롯가에 뉘어놓습니다. 페리체까지 내려갈 예정이라는데 이 상태로 더 걸을 수 있을지 모르겠습니다.

　고소증은 몸이 약하고 강한 것과는 아무 상관도 없습니다. 로지 주인이 지난해 머물렀다 간 일본 사람들이라면서 사진을 한 장 보여주었는데, 5,600여 미터 칼라파타르까지 올라갔다 온 사람들 중에 백한 살 먹은 노인이 있었습니다. 로지 주인에 따르면 백한 살 먹은 이 노인이 가장 잘 걸었다고 합니다.

　소설 《촐라체》에서는 불현듯 세속을 끊고 산사로 들어가 스님의 길을 걷는 화자話者의 십 대 아들 이야기가 나옵니다. 어린 네가 대체 무엇 때문에 그런 결단을 한 거냐고 아비가 간절하게 묻습니다. 산사로 들어간 아들이 거두절미 이렇게 대답합니다. "그리워서요!"

　K형, 사람들은 무엇이 그리워서 이 험한 곳에 오려는 걸까요.

색계에서 욕계를 보다

밤이 되니 기온이 급강하합니다. 여기는 해발 5천여 미터 로부체 마을입니다. 히말라야 트레킹 코스의 모든 로지는 난방시설이 되어있지 않습니다. 이곳까지 건축 자재를 가져오려면 너무나 많은 인력이 소요되므로 대부분의 로지는 현장에서 쉽게 구할 수 있는 돌로 쌓아 짓는데, 밖에서 보면 그럴듯해 보이지만 안에서 보면 구멍이 숭숭 뚫려 있는 경우가 많습니다. 보조 이불을 주기도 하지만 야크 똥 냄새가 많이 나서 사용하기를 주저하게 됩니다.

쉽게 잠이 오지 않습니다.

나는 식당 겸 거실로 나옵니다. 어두컴컴한 실내에 몇몇 나그네들이 무쇠 난로를 중심으로 앉아있다가 내게 자리 하나를 내줍니다. 무쇠 난로 속에선 야크의 배설물이 타고 있습니다. "한국에 산이 많은가요?" 말을 걸어온 것은 오스트레일리아에서 온 중년 부부입니다. 방의 벽과 침대 등에 남긴 사인이나 등산 기념 스티커들 가운데 유독 한국인의 것이 많다고 했습니다.

"예. 산이 많지요."

나는 히말라야 8천 미터급 14좌를 완등한 현존 산악인이 여러 명 있다고, 이를테면 자랑을 좀 해보려고 하는데 영어가 짧아 제대로 설명을 못 하고 맙니다. 내가 우물우물하자 스위스에서 혼자 왔다는 남자가 알프스 이야기를 꺼냅니다. 알프스 어디 암벽에도 한국 사람들이 새겨놓고 간 한국 이름이 유난히 많다는 말이었습니다. '아뿔싸!' 나는 못 알아들은 척 억지 미소를 짓고 앉았습니다. 그것이 칭찬이 아니라 비난이라는 걸 비로소 깨달았기 때문입니다.

서울은 지금쯤 봄꽃들이 피고 있겠지요, K형.

나는 따뜻한 물병을 가슴에 품고 누워 서울 생각을 합니다. 거리에 핀 노란 개나리와 굉음을 내며 질주하는 자동차들과 왁자한 주점 안 풍경이 뒤섞여 지나갑니다. 왁자하고 담배 연기 자욱한 주점의 구석 자리에 앉아 있는 '나'도 보입니다. 불콰하게 취한 서울의 나를 히말라야에서 누워있는 내가 남인 듯이 바라보고 있습니다. 주점 안의 '나'는 반은 사람들 사이에 있고 또 다른 반은 사람들에게서 떠나있는, 아주 애매모호한 표정입니다.

삼계三界라고 했던가요.

불교적 세계관으로 보면 세상은 욕계欲界와 색계色界로 되어있습니다. 계界는 세계라는 뜻이 아니라 산스크리트어 다투dhatu를 번역한 말로 '요

순례

나는 왜, 무엇을 찾아,
이 낯선 길을 흘러 다니는 것일까.

소'나 '성분'이라는 뜻에 가깝습니다. 아수라, 지옥과 아귀, 축생, 수라, 인
간, 하늘天의 육도六道가 모두 욕계에 속해 있습니다. 욕계 위에 색계가 있
는데 욕망으로부터 해방된 절묘하고 청정한 물질色로 이루어진 곳입니
다. 색계 위의 무색계에 이르면 물질도 없고 경계도 없는 고도의 정신세
계만 남습니다. 허공과 같은 세계지요.

　나는 겨우 이런 인간입니다.

　감히 색계라 할 만한 곳에 누워있지만 잠 안 오는 이 밤에 내가 보는
것은 욕계의 한가운데 길에 불과합니다. 언감생심 색계는 꿈꾸지 못할지
라도, 살아생전 내 영혼이 축생畜生이나 수라修羅에 떨어지지 않고 온전히
'인간'만이라도 견지할 수 있다면 큰 축복이라 생각하면서, 다시 목을 빼

고 다시 창밖을 봅니다. 내일은 캄캄한 새벽에 떠날 예정이니 무엇보다 날씨가 좋아야 합니다. 다행히 하늘엔 별이 총총합니다. 큰 사고가 없다면 내일, 이번 여행의 최정점인 '칼라파타르'에 도착할 것입니다.

쿠웅. 또 산맥이 돌아눕는 소리가 납니다.

순례

빙하 위를 걸어서 간다

그리운 K형. 새벽 3시입니다. 노크 소리에 잠이 깨어 문을 열었더니 포터 로리스는 이미 떠날 채비를 다 갖추고 있습니다. 세상은 아직 캄캄합니다. 섬뜩한 한기에 몸이 떨립니다. 내복에 방한복을 껴입고 그 위에 파카까지 걸칩니다. 귀까지 덮이는 털모자를 준비해 온 건 참 잘한 일입니다. 구름이 꼈는지 별빛도 달빛도 없는 밤입니다.

이곳 로부체에서 마지막 로지가 있는 고락 셉^{Gorak Shep · 5,170미터}까지 대략 세 시간 이상 걸리고 고락 셉에서 최종 목적지 칼라파타르까지 역시 두세 시간 걸린다고 하니, 오늘 중에 로부체로 돌아오려면 최소 열 시간 이상 걸어야 합니다. 평지에서 열 시간쯤 걷는 것이야 큰 문제가 없지만, 해발 5천여 미터 넘는 곳에서 종일 걷는 건 쉬운 일이 아닙니다. "로부체로 꼭 돌아와서 주무세요." 카트만두에서 만나 일정표를 짜준 사람이 신신당부한 말입니다. 로부체는 해발 4,950미터이고 고락 셉은 5,170미터이니 불과 200여 미터에 불과하지만, 이 정도 올라와선 200미터 고도

'붉은빛 도포를 걸치고' 아침 해가 떠오르는 순간,
우리가 만나는 것은 본성과도 같은
순정한 고요뿐입니다.

차이도 몸에 큰 영향을 미칠 수 있다고 했습니다.

돌길이지만 비교적 완만합니다. 헤드 랜턴 불빛을 쫓아 걷다 보면 어디에 설산이 있는지조차 도무지 오리무중입니다. 포터 로리스가 근처에 쿰부 빙하가 있다고 했는데, 그 역시 전혀 보이질 않습니다. 보폭을 일정하게 갖는 게 좋습니다. 보이지 않는 것을 보려고 애쓸 필요도 없습니다. 보이는 곳은 랜턴 불빛으로 한정돼 있고 들리는 것은 내 발소리와 내 숨결 소리뿐입니다.

《티베트의 지혜》라는 책을 쓴 소걀 린포체는 수많은 명상법 가운데 특히 효과적인 방법으로 첫째 숨결을 지켜보기, 둘째 대상 활용하기, 셋째 만트라眞言 암송하기를 제시한 바 있습니다.

나는 걸으면서 내 '숨결'을 먼저 지켜봅니다.

히말라야를 여러 날 걷고 있으면 누구나 자신만의 '숨결'을 지켜보는 은혜로운 기회를 만날 수 있습니다. 산스크리트어로 '프라나'라 불리는 숨결은 곧 성령과도 같습니다. 붓다는 숨결을 가리켜 '마음을 실어 나르는 수레'라고 했습니다. 숨결을 능숙하게 조절하는 것만으로도 얼마든지 마음을 다스릴 수 있다는 게 소걀 린포체의 말입니다.

나의 숨결 소리가 내 귀에 들립니다.

나는 나의 '숨쉬기'와 나를 일치시키려고 애쓰며 걷습니다. 단 몇 분도 숨을 쉬지 않고 산 적이 없었을 텐데도 이렇게 정밀하게 나의 숨결을 보고, 듣고, 느낀 것은 처음입니다. 이원적인 대립과 분리가 사라지고 나의 숨결이 본래의 나와 일치된 것 같은 느낌을 받을 때, 그때가 바로 무념무상의 상태라 할 수 있습니다.

이런 내적 환희는 생전 처음입니다.

두 시간이 지나도록 나는 전혀 쉬지 않았고, 말하지도 않았습니다. 호흡은 깊은 복식호흡 체제로 들어가 있고, 머릿속은 텅 비었습니다. 온몸이 한계에 이르렀을 만큼 지쳐 있는데도, 걷고 숨 쉬는 일이 자연스러웠고, 마음속에서는 이상한 환희가 솟아납니다.

드디어 여명이 터오기 시작합니다.

완만했던 길은 어느새 경사가 급한 돌투성이 길로 바뀌어 있습니다. 가도 가도 크고 작은 돌뿐입니다. 가끔 아주 먼 곳에서 물소리가 들립니다. 나의 숨결 소리와 그 물소리가 섞여 흐릅니다. 먼 곳에서 들리는 듯하지만, 그 물소리는 사실 발밑에서 들리는 소리입니다. 빙하지대 위를 걷고 있기 때문입니다. 내가 걷고 있는 길이 거대한 빙하 층 위에 있고 그 빙하 층 어느 틈새로 물이 흐르고 있다는 걸 비로소 깨닫습니다.

K형, 부디 안내 책자는 믿지 마십시오. 우리나라의 안내책엔 로부체에서 고락 셉까지 두 시간 반 걸린다고 돼 있지만 나는 세 시간 반을 넘겨서야 '고락 셉'에 간신히 닿았습니다. 6시 30분, 아직 해는 뜨지 않은 고락 셉 로지의 너른 홀엔 세계 각지에서 온 나그네들로 가득합니다.

한 일본인 중년 부인이 빈사 상태로 누운 채 산소통의 산소를 마시고 있습니다. 이곳에서 걸어 내려갈 수 없다면 헬리콥터를 불러야 합니다. 늦으면 고소증으로 폐부종이나 물뇌증에 걸려 사망에 이를 수도 있고, 뇌

속 해마가 파괴되어 정상적인 사회생활을 할 수 없는 상태에 도달할 수도 있습니다. 캐나다에서 왔다는 어떤 부부와 영국에서 온 젊은이가 또 맨바닥에 누워 빈사 상태입니다.

고락 셉은 고원 분지입니다. 수천 미터 고봉들로 빙 둘러쳐진 고락 셉은 모래밭 분지로 건기에만 문을 여는 로지 두 개만 있을 뿐인 마을 아닌 마을입니다. 산소통을 입에 문 일본인 부인을 보니 왜 고락 셉에서 자지 말라고들 하는지 알 만합니다. 칼라파타르에 올랐다가 고락 셉을 다시 거쳐 로부체까지 오늘 중에 내려가려면 쉴 틈이 없습니다.

나는 다시 모래밭을 걷습니다.

모래밭이 끝나면 길은 두 갈래로 갈라집니다. 곧장 가면 해발 5,364미터의 에베레스트 베이스캠프가 나오고, 왼편으로 틀어 얼어붙은 개울을 건너 곧장 올라가면 해발 5,545미터의 검은 바위산 칼라파타르에 닿습니다. 나는 칼라파타르 쪽으로 방향을 잡습니다. 해가 완전히 떠오르자 천여 미터 이상이나 거의 직벽으로 솟아오른 빙설의 푸모리봉 Pumori · 7,161미터이 바로 코앞에 있습니다.

30분쯤 더 걷자 오른편쪽으로 봉우리 하나가 나타납니다. 만년 빙하를 머리에 인 설봉들 너머로 나타난 짙은 청동빛 봉우리가 하나, 바로 에베레스트입니다. 에베레스트는 너무 높고 바람이 심해 눈이 쌓일 수도 없어 저 홀로 검은 암벽의 빛깔을 띠고 있습니다. 강인하고 도도해 보입니다.

이제 걷고 있다는 느낌조차 없습니다.

거대한 쿰부 빙하가 발아래에 있습니다. 건너편에서 바위산 하나가 와그르르 주저앉고 있는 게 보입니다. 길은 끊일 듯 이어집니다. 보이는 끝 지점이 마지막인 줄 알고 혼신의 힘을 다해 올라가면 그곳에서부터 숨었던 새로운 길이 또 나타납니다. 칼라파타르는 연접된 설산들이 빙 둘러쳐진 분지의 한가운데, 삿갓을 엎어놓은 것처럼 솟아있는 언덕이 여럿 겹쳐진 그 끝이라고 상상하면 됩니다.

오르는 사람에겐 전방의 한 겹 오름만이 보이지만 한 오름의 끝에 다다르면 또다시 새로운 오름, 또다시 새로운 오름이 시작되는 길로 이어집니다. 끝날 듯 끝날 듯하면서 길은 결코 끝나지 않습니다. 아주 미묘한 속임수로 짜인 길입니다. 고난의 한 모퉁이를 지나면 계속해서 새로운 고난의 비탈길이 또 나타나는 인생길을 닮았습니다.

끝없는 '바르도'의 연속이라 해도 좋겠지요.

바르도는 삶의 극적인 전환점, 과도기를 이르는 말입니다. 티베트 불교에선, 끝없이 윤회하는 우리의 삶을 네 가지 바르도로 설명합니다. 태어나서 죽을 때까지의 시간을 '일상의 바르도'라고 하고, 일상의 바르도가 끝나면 '죽음의 바르도'가 찾아오며, 죽은 뒤엔 빛나는 본성과 만나는 중음신中陰身의 시간, 곧 '다르마타의 바르도'가 있고, 이후에 '탄생의 바르도'가 또 이어집니다. 어떤 것이 끝나면 어떤 것은 시작되고 어떤 것이 죽으면 어떤 것은 새로 태어납니다. 모든 것이 카르마에 따라 반복됩니다. 시간의 수평적인 인식은 단지 우리의 자의식에 있을 뿐입니다.

칼라파타르로 가는 길이 그렇습니다.

탄생과 죽음과 새로운 탄생이 반복되는 것처럼 칼라파타르의 주름

나는 비로소 눈물겹게 확인합니다.
오르고 또 올라도 허공을 넘어설 수 없다는 것을,
모든 길은 허공에서 시작되고
갈라지고 끝난다는 것을.

잡힌 길도 반복됩니다. 멧비둘기 같은 새들이 오종종 내 앞으로 뛰어 달아납니다. 새들 너머로 수많은 돌탑이 서 있습니다. 한 걸음 한 걸음 떼어 놓기도 힘든 이곳까지 와서 왜 사람들은 저 많은 돌탑을 쌓아 올렸을까요. 어떤 돌탑들은 무릎에 닿고 어떤 돌탑들은 허리에 닿고 또 어떤 돌탑들은 어깨에 닿습니다. 그것들은 불완전한 우리가 마음속에 근원적으로 간직한 갈망의 눈물겨운 표상입니다.

해가 점점 높이 떠오릅니다.

너무 높아서 티베트 쪽의 구름이 정수리를 넘어올 수 없기 때문에 에베레스트는 햇빛을 역광으로 받은 채 꽃구름에 둘러싸여 말쑥이 드러나 있습니다. 그것에서 드디어 나는 갈망해 마지않는 불멸을 봅니다.

마침내 칼라파타르 정상입니다.

나는 쓰러지듯 삼각형의 꼭짓점과 같은 칼라파타르 정상에 주저앉고 맙니다. 푸모리봉이 바로 등 뒤에 있습니다. 로체, 사우스 콜^{South Col · 7,966미터}, 에베레스트, 쿰부체^{Khumbutse · 6,639미터}, 푸모리로 이어지는 장대하고 아슬아슬한 빙벽들 위용이 장관입니다. 티베트와 네팔의 경계를 이루는 빙벽의 스카이라인은 끝이 없습니다. 에베레스트 베이스캠프나 에베레스트 등산로도 내려다보입니다. 장대한 쿰부 빙하도 지금 내 손바닥 안에 있습니다.

목표 지점에 왔지만 환호성은 솟아나지 않습니다.

지난간 생의 갈피 갈피들이 가파르게 스쳐 지나가는 듯합니다. 사람이 죽을 때는 짧은 순간 자신의 전 생애를 축약해서 보게 된다는데, 칼라파타르에서의 내가 그랬던 것 같습니다. 나는 우두커니 앉아서 다만 허공을 봅니다. 죽을 둥 살 둥 해발 5,545미터 이곳에 올라와 쓰러져서, 내가 보는 것은 겨우 빙벽의 스카이라인 너머, 가없이 투명한 저 허공입니다. 카트만두에서 보았던 허공이고, 서울에서 보았던, 또 고향 마을을 등지고 떠나면서 보았던, 겨우 그 허공을 보는 것입니다.

그리운 K형.

나는 비로소 눈물겹게 확인합니다. 불멸의 주인은 에베레스트가 아니라는 것을, 오르고 또 올라도 허공을 넘어설 수 없다는 것을, 모든 길은 허공에서 시작되고 갈라지고 끝난다는 것을요. 살아서 무엇을 이룬다고 할지라도 근원적으로 우리가 불멸의 환희에 도달할 수 없는 건 스스로 허공이 될 수 없기 때문이라는 것을요.

사색을 잃어버린 근대화의 길

다시 로부체입니다. 칼라파타르에서 로부체까지 내려오는 데 세 시간 반이 걸렸습니다. 새벽 3시에 로부체를 출발, 고락 셉을 거쳐 칼라파타르까지 올라갔다가 로부체로 다시 돌아온 것은 오후 5시 반, 해가 막 기울 때였습니다. 열네 시간 넘게 길에서 길로 흐르고 있었던 셈이지요. 다리를 절룩거리며 걷습니다. 발이 헛디뎌져서 깜짝 놀라 암석을 붙잡고 주저앉으면 저 아래 쿰부 빙하가 뒤틀려져 흐르는 모습이 헛것처럼 보입니다.

다시 밤입니다, K형. 열네 시간 넘게 걸어서 갔다 온 그 길의 초입을 창을 통해 내다봅니다. 지쳤지만 고소증인지 쉽게 잠이 올 것 같지 않습니다. 좀 전에 절룩절룩 걸어온 길은 텅 비어있고 로체의 정수리는 별빛 아래에서 여전히 도도합니다.

살면서 걸어온 여러 길들이 겹쳐 떠오릅니다.

먼저 보이는 것은 고향에서 내가 최초로 걸어 나온 길은 들길입니다. 나는 중학교 때 들 동네였던 고향 마을에서 8킬로미터 떨어진 강경읍까

순례

지, 처음엔 걸어서 통학했습니다. 그리고 자라면서 곧 더 넓은 신작로를 학습했습니다. 고등학교 땐 강경에서 익산까지 기차를 타고 다녔지요. 우리 세대 모두가 대개 그랬듯이, 나의 인생이란 좁은 들길에서 신작로로, 신작로에서 철길로, 철길에서 다시 더 넓고 빠른 하이웨이로 나아온 학습의 끝없는 도정이었습니다. 그것은 곧 근대화의 과정이었고 개발의 표본적인 사이클이었지요. 네팔로 온 비행기의 길이 그 끝에 배치되어 있습니다.

그러나 K형. 카트만두에서부터 칼라파타르까지 걸어 들어간 이번 여행길은 이제껏 걸어온 그 길과 정반대였습니다. 카트만두의 너른 도로를 지나자 달구지가 지나다닐 만한 좁은 신작로가 이어졌고, 신작로를 지나고 나자 구불구불한 좁은 산길들이 이어졌습니다. 칼라파타르에 다가갈수록 길은 더욱더 좁아졌으며 걷는 속도는 더 느려졌습니다. 나는 말하자면 내가 살아온 경로를 역순으로 거슬러 여기 온 것입니다.

어디 길뿐이었겠습니까.

시간의 길도 그렇지요. 이를테면 자본주의적 열망이 팽창하고 있는 카트만두 뒷골목에서 나는 나의 30대와 40대, 욕망을 좇아 분주하게 달려가던 나를 만났고, 두글라나 남체바자르에서 나는 존재론적 번뇌에 싸여 보냈던 나의 어두운 20대를 보았으며, 탕보체-팡보체-딩보체 마을을 차례로 지나쳐온 비좁은 고원 길에선 끝 간 데 없이 더 먼 곳을 그리워했던 나의 외로운 10대를 생각했습니다. 칼라파타르의 주름진 암벽 위를 걸을 때, 고백하거니와 내 영혼은 어머니의 자궁 속을 헤매고 있었습니다.

그렇습니다, 그리운 K형.

로부체에서 칼라파타르로 뻗은 창밖의 저 어스레한 길은 삶으로부터 어머니의 자궁 속에 이르는 좁고 위태로운 바르도의 시간과 일치했습니다. 그것은 나의 내면 깊은 곳에 똬리를 틀고 있으나 갖가지 욕망을 좇아가느라 미처 인식하지 못했던 비의秘意의 길임과 동시에 오늘의 자아를 생성시킨 원초적 길이기도 합니다.

세 가지 길에 의하여 우리들은 성지에 도달할 수 있다. 그 하나는 사색에 의해서다. 이것은 가장 높은 길이다. 둘째는 모방에 의해서다. 이것은 가장 쉬운 길이다. 그리고 셋째는 경험에 의해서다. 이것은 가장 고통스런 길이다.

공자의 말씀입니다. 나는 도대체 어떤 길을 어떻게 걸어 나아가고 어떻게 여기 돌아와 있을까요. 많은 날은 '모방'의 길을 걸어 나아갔을 것이고, 더러 '경험'의 길을 보태기도 했겠으나 삶의 성지에 도달할 수 있는 '가장 드높은 길'인 '사색'은 터무니없이 부족했다는 생각으로 오늘 밤 가슴이 아릿해집니다. 아니, '사색'과 만날 겨를도 없는 분주한 삶이었습니다.

세상은 사색의 거세와 행동의 가속을 끝없이 내게 요구했습니다. 달리는 자에겐 사색이 머물지 않습니다. 머물러 서서 별들을 가슴에 담아 새기지 않았으니 사색은 점점 더 멀어질 뿐입니다. 나는, 과연 우리는 누구일까요. 어디서 와 어디로 가고 있을까요. 세계가 만들어내는 보편적이고 상투적인 가치에 몸을 맡겨두고 달려가다가 어느 순간 문득 멈추어 뒤돌아보면, 어디에서부터 사색을, 아니 자신의 본성을 잃어버린 것인지, 그것조차 가늠할 수 없게 된 게 오늘의 우리들의 자화상이 아닐까요.

내 생애를 반추하는 의미심장하고 비의적인 길,
나는 그 길에서 어머니의 자궁에까지
이르는 좁고 먼 길을 낱낱이 보았습니다.

깊은 밤 혼자 돌아보면 등 뒤에 버려진 채 쓸쓸히 배회하는 옛꿈들의
어두운 유령들이 보입니다. 잘 먹고 잘살아 보겠다면서 우리 스스로 버린
첫 마음 첫사랑이 검은 망토를 둘러쓰고 우리의 등 뒤를 바짝 쫓아오고
있는 광경을 좀 보세요, K형. 여기에서, 이제 또 어떤 길을 좇아 어디로 더

가야 하는 것일까, 길을 찾을 수는 있을까. 나보다 더 외로웠던 시인 윤동주尹東柱는 이렇게 노래했습니다.

잃어버렸습니다

무얼 어디다 잃어버렸는지 몰라

두 손이 주머니를 더듬어

길에 나아갑니다

돌과 돌이 끝없이 연달아

길은 돌담을 끼고 갑니다

담은 쇠문을 굳게 닫아

길 위에 긴 그림자를 드리우고

길은 아침에서 저녁으로 저녁에서 아침으로 통했습니다

돌담을 더듬어 눈물짓다

쳐다보면 하늘은 부끄럽게 푸릅니다

풀 한 포기 없이 이 길을 걷는 것은

담 저쪽에 내가 남아있는 까닭이고

내가 사는 것은, 다만,

잃은 것을 찾는 까닭입니다

- 윤동주, 〈길〉

순례

다시, 카트만두

그리운 K형, 여기는 다시 카트만두입니다.

나는 고향집에 돌아온 것처럼, 김치찌개와 쌀밥 한 그릇을 게눈 감추
듯 해치우고 카트만두의 허름한 게스트하우스의 2층 방에 앉아있습니다.
욕조를 채우고 있는 물소리가 들립니다. 창밖으로 까마귀 떼가 새카맣게
날아가고 있습니다. 자동차와 오토바이, 자전거, 마차, 릭샤자전거 인력거
들이 마구 섞여 흐르고 있는 타멜 거리의 뽀얀 먼지 속에서도 까마귀 떼
는 주저 없이 강력한 비행을 보여주고 있습니다. 욕조에 물이 차면 따뜻
한 물에 5분쯤 몸을 담갔다가 머리를 감고 샤워를 한 뒤 새로 세탁한 내
의를 갈아입겠습니다.

싸구려 게스트하우스입니다.

욕조도 시멘트를 발라 만든 것이고 물 또한 누르스름할 뿐만 아니라
침대에선 스프링이 쇳소리를 냅니다. 그렇지만 K형, 일찍이 이 순간처럼
충만 되고 행복한 순간이 내 생애에서 얼마나 있었을까요. 알고 보면 존

재란 이리 가볍습니다.

이곳에서 만나는 환희를 하나 더 보탠다면 사람의 '말'입니다. 한국 식당을 겸하는 게스트하우스이기 때문에 침대에 누워있으면 사람들이 내는 여러 말소리가 저절로 들려옵니다. 밥그릇에 부딪히는 숟가락 소리, 도란도란 울리는 정담들과 햇빛처럼 솟아나는 웃음소리, 그리고 아, 네팔 말에 섞여 날아오는 나의 모국어를 나는 듣습니다. 거의 스무날 만에 돌아온 세상입니다. 모국어를 듣는 건 그 자체만으로 감동을 줍니다. 모국어엔 우리 모두의 운명이 깃들어 있습니다. 그러므로 그것은 곧 우리의 시원이기도 하지요. 나는 이제 나의 운명이며 시원인 모국어에 기대어 깊고 편안한 잠을 잘 생각입니다.

K형에게 여기에서 다시 묻고 싶습니다. 당신은 행복해지기 위해서 이 순간 무엇 무엇을 소유하고 있습니까. 내가 가진 것, 더운밥과 두 평 넓이의 방과 시멘트 욕조와 새로 빤 내의와 삐걱거리는 침대를 갖고 있나요? 지금의 나처럼 모국어에 대한 감동을 혹 갖고 있나요? 그렇다면 형이 가진 그것들로 지금의 나만큼 충만 되고 행복한가요?

나는 히말라야에서 보았습니다.

내가 본 것은 속도를 다투지 않는 수많은 길과, 본성을 잃지 않은 사람과, 문명의 비곗덩어리를 가볍게 뚫고 들어와 내장까지 밝혀주는 투명한 햇빛과 자유롭기 한정 없는 바람, 만년 빙하를 이고 있어도 결코 허공을 이기지 못하는 거대한 설산들을 보았습니다. 또 감히 고백하자면, 행

순례

복하고 충만 되기 위해서 내가 이미 너무도 많은 것을 소유하고 있다는 사실을 확인했으며, 행복해지는 길이 어디에 있는지 어렴풋하게나마 찾을 수 있었습니다.

이곳에서 며칠 한동안 쉬고 나서 안나푸르나로 갈 예정입니다.

'안나푸르나'는 풍요의 신을 지칭하는 말입니다. 안나푸르나 라운드 순례 코스는 남성적인 에베레스트의 길에 비해 훨씬 더 아기자기하고 정답고 여성적입니다. 그곳에선 네팔인들의 성산으로 알려진 마차푸차레를 만날 수 있고, 빛나는 안나푸르나^{8,091미터} 바로 아래를 걸어볼 수도 있습니다. 세계에서 가장 깊은 계곡 다울라기리^{8,167미터}도 바로 그곳에 있지요. 이미 여러 차례 트레킹을 했던 곳이지만, 이리 마음이 풍요로우니 내친김에 풍요의 신을 만나러 다시 안나푸르나로 얼른 가고 싶습니다.

내내 건강하십시오, K형.

풍요의 여신 안나푸르나

늘 온수처럼 부드럽고 따뜻한 K형.

나는 오늘 안나푸르나로 떠납니다. 안나푸르나 트레킹을 위해선 일단 비행기나 버스로 네팔 제2의 도시라 할 수 있는 포카라에 가야 합니다. 일주일이나 카트만두에서 빈둥거리고 놀았더니 포카라행 비행기에 오르는데 발걸음이 벌써 안나푸르나 산군山群들 사이로 내딛는 느낌입니다.

나중에 여기 오셔서 포카라행 비행기를 타면 부디 오른편 좌석에 앉으십시오. 카트만두에서 포카라에 이르는 40여 분의 비행시간 내내 히말라야의 거대한 산맥들을 손바닥으로 쓰다듬듯 볼 수 있기 때문입니다. 안나푸르나 제1봉을 비롯해 제2, 제3, 제4봉과 강가푸르나, 람중히말, 히운출리, 마차푸차레 등이 거대한 산군을 이루고 있으며, 다울라기리, 마나슬루8,156미터도 칼리간다키강과 마르샹디강을 사이에 두고 어깨 맞대고 있습니다.

과거는 주저하면서 다가오고 미래는 정지되어 있으며,
현재는 장강의 물처럼 느릿느릿,
흐르지 않는 듯이 흘러갑니다.
이곳의 현재에선 뭘 필요가 없습니다.

포카라는 호반의 도시로 사철 따뜻합니다.

시바 신의 전설이 깃든 페와 호수$^{Phewa Lake}$는 언제나 짙푸른 자태로 무성한 숲과 요염한 꽃에 둘러싸여 있으며, 우뚝 솟은 마차푸차레봉^{6,997미터}을 비롯한 안나푸르나 연봉들이 호면 아래 거꾸로 박혀 있습니다. 호숫가를 따라 늘어선 호텔, 식당, 기념품점, 인터넷 카페에선 항상 노랫소리가 흘러나옵니다. 한때 포카라는 히피의 메카 중 하나였습니다. 하룻밤 20달러면 샤워 시설이 딸린 깨끗한 방을 얼마든 구할 수 있는 곳이 포카라입니다.

나는 포카라에서 며칠을 보냅니다.

한국 식당에서 운영하는 방에서 자기도 하고 호수 가까운 싸구려 호텔에서 머물기도 합니다. 할 일은 없습니다. 가끔 보트를 타기도 하고 산을 넘어 다른 마을까지 나들이도 하지만, 대개 자전거를 빌려 타고 한가롭고도 아름다운 도시 곳곳을 배회하는 것이 하루 일과입니다. 아무 가게나 들러 네팔 차나 청량음료를 마시면서 나무 그늘에 누워 한참씩 오수를 즐겨도 상관없습니다.

이곳에선 시간이 천천히 흐릅니다. 작가 '실러'는 시간의 걸음에는 세 가지가 있는바 "미래는 주저하면서 다가오고, 현재는 화살처럼 날아가고, 과거는 영원히 정지하고 있다"라고 말했다지만, 이곳에서 시간은 오히려 그 반대로 흐르고 있다고 보면 됩니다. 과거는 주저하면서 다가오고 미래는 정지되어 있으며, 현재는 장강의 물처럼 느릿느릿, 흐르지 않는 듯이 흘러갑니다. 이곳의 현재에선 뛸 필요가 없습니다.

순례

밀란 쿤데라는 느림의 행복에 대해 쓴 책에서 '뛰어가는 자는 자신의 육체 속에 있다'고 했습니다. 그러니 뭘 필요가 없는 이곳에선 구태여 정신을 육체 안에 가둘 이유가 없습니다. 정신과 육체를 한껏 이완시키고 그 사이에 가급적 호수의 푸른 물빛, 안나푸르나 연봉들의 흰 광채, 설산과 호수를 잇고 있는 청량한 바람 따위를 담으십시오. 그러면 정신과 육체는 물론 대자연과 시간이 혼연일체, 아름답고 충만하게 한 덩어리가 되는 걸 당신도 경험하시리라 봅니다.

마침내 내일 길을 떠납니다. 이미 여러 번 걸어본 길이어서 나의 선택은 자유롭습니다. 당신에게 안나푸르나 트레킹 코스 중 내가 가장 좋아하는 길 베스트 몇을 소개해드릴까 합니다. 내일 아침엔 경비행기로 안나푸르나 서북쪽에 위치한 좀솜^{Jomsom · 2,710미터}으로 먼저 갈 생각입니다. 좀솜에서 카그베니를 거쳐 성지 묵티나트^{Muktinath · 3,800미터}에 이르는 황량하고도 처연한 고원의 길이 그립기 때문입니다. 묵티나트에 가면 '영원히 꺼지지 않는 불'을 만날 수도 있습니다. 안나푸르나는 풍요를 상징합니다.

티베트 불교의 성지 묵티나트 가는 길

티베트 불교를 일으킨 사람은 '파드마 삼바바'로서 '구루 린포체'라고 도 불립니다. '구루'는 지혜와 자비심과 지식을 높이 갖춘 사람을 뜻하는 말인데, 그이는 본래 연꽃에서 태어났습니다. 에베레스트 쿰부 지역이 그렇듯이, 안나푸르나 지역도 티베트 불교의 가르침과 문화 속에 깊숙이 깃들어 있습니다. 다른 것이 있다면 쿰부 지역에 사는 사람들이 대부분 셰르파족인데, 안나푸르나 일대엔 타망[Tamang], 구룽[Gurung], 티베트 난민 등 여러 부족이 다양하게 섞여 산다는 것입니다.

네팔에는 힌두 사원과 불교 사원이 함께 있는 곳이 많습니다. 종파에 따른 경계는 모호하고 배타성은 거의 없습니다. 예컨대, 묵티나트도 그렇습니다. 묵티나트는 힌두교와 불교 사원이 모여 있는 마을로서 안나푸르나 일주 코스 중 가장 높은 쏘롱 라를 좌우에서 내려다보고 있는 야카와킹[Yakawakang · 6,482미터]과 카퉁킹[Khatungkang · 6,484미터]이 합쳐지는 산자락 비탈진 곳에 위치해 있습니다.

이곳은 티베트 불교의 중요한 구심처이면서 동시에 힌두교의 2대 성지 중 하나입니다. 네팔 사람들의 평생소원이 바로 묵티나트를 방문하는 것이라는 말도 있습니다. '영원히 타오르는 불'이 이곳에 있기 때문입니다. 암석의 갈라진 지표면 틈에서 천연가스가 새어 나오는데, 그 가스를 태우며 타오르는 파란 불꽃을 네팔 사람들은 창조의 신인 브라흐마의 현현顯現이라 믿고 있지요.

나는 카그베니Kagbeni · 2,740미터를 거쳐 묵티나트로 들어갑니다. 카그베니는 안나푸르나 지역의 최북단에 위치한 마을로서 은둔의 왕국 '무스탕'에 들어가는 관문이기도 합니다. 강을 따라 펼쳐진 보리밭의 물결 때문에 '푸른 오아시스'라고도 불리는 카그베니로부터 동북 방향의 묵티나트에 이르는 황막한 고원의 길이야말로 안나푸르나 일주 코스에서 내가 가장 좋아하는 길입니다.

고원은 텅 비어있습니다.

마치 허공이 땅에 내려앉은 형국이라고나 할까요. 카그베니에서 한 시간쯤 가파른 경사면을 오르면 그랜드캐니언 같은, 단층으로 형성된 종콜라 계곡 너머로, 무스탕 가는 길과 툭체에서 다울라기리까지 이어지는 설산의 스카이라인이 한눈에 보입니다. 나무 한 그루 풀 한 포기 볼 수 없는 고원의 길입니다. 고원은 황톳빛, 바람이 쏴아 하며 휩쓸고 지나고 나면 불현듯 말 탄 티베트 사람들이 흙먼지 사이로 갑자기 나타나곤 합니다.

파드마 삼바바가 가르친 전통적인 수행 방법은 '정견正見'과 '명상'과

'행위'로 나뉘어 제시됩니다. 정견은 존재의 근원을 그 어떤 그림자나 얼룩 따위에 방해받지 않고 똑바로 바라보는 일입니다. 존재의 근원인 본성은 텅 비어있으며, 광활하고 순수할 뿐 아니라 태양처럼 공평무사하게 모든 걸 꿰뚫어 비춘다고 파드마 삼바바는 가르칩니다. '명상'은 '정견'을 다져 확고한 체험으로 만드는 수행이고, '행위'는 정견을 삶의 실체와 결부시키는 것일진대, 정견이야말로 수행의 시작이자 끝이라 해도 과언은 아닐 것입니다.

그래서 나는 사막과 고원을 좋아합니다.

그곳의 길들은 지상과 천상이 모두 텅 빈, 그 중심을 꿰뚫고 갑니다. 천지사방 어디든지 공평하게 꿰뚫어 보는 것이 가능합니다. 햇빛은 순정적으로 쏟아지고 바람은 그 무엇에 의해서도 방해받지 않고 제 길을 자유롭게 바꿉니다. 물론 마음이 열리지 않고서야 고원의 길을 간다 해도 소용없는 노릇이겠지만, 최소한 지상과 천상이 함께 텅 빈 수목한계선 너머의 고원은, 정견의 체험 학습에 가장 적합한 장소인 것만은 틀림없습니다. 선현은 노래했습니다.

이제 삼매에 드니
여전히 명백하게
존재하는 것은 무엇인가.
어떤 있음이 존재하는가.
어떤 없음이 존재하는가.
그것이 있다, 없다고 생각하는 건

순례

햇빛은 순정적으로 쏟아지고 바람은
그 무엇에 의해서도 방해받지 않고
제 길을 자유롭게 바꿉니다.

누구인가?

세 시간이 지나 자르코트라는 마을 앞의 가파른 언덕을 걸어 올라가니 마침내 산비탈에 자리 잡은 묵티나트가 한눈에 들어옵니다. 인상 깊은 것은 하얀 담벼락입니다. 여러 채의 힌두교와 불교 사원들이 설산을 닮은 빛깔로 하나의 담벼락 안에 둘러싸여 있습니다. 초르텐돌탑들이 산의 경사면을 따라 줄지어서 있는 게 아주 장엄합니다.

나는 저절로 두 손을 모아 잡습니다. 구름에서 갑자기 벗어난 듯 마음이 후련합니다. 모든 풍경은 투명하기 이를 데 없습니다. 뒤에선 내가 힘겹게 지나온 황톳빛 고원의 길이 따라오고, 앞에선 가파른 비탈 너머 타원형으로 조성된 묵티나트 사원의 흰 담장이 다가듭니다. 지난 시간과 다가올 시간이 경계 없이 이어져 흐르는 것을 보는 느낌입니다.

묵티나트 가는 길은 그렇습니다.

광대무변하고, 후련하고, 어떤 봉인이 풀린 듯 세계가 확장되는 걸 불현듯 느낀다면 당신은 이미 묵티나트가 보존하고 있는 신의 영역으로 들어선 것이 됩니다. 무수하게 쌓여온 카르마의 사슬이 일시적으로 끊어지는 것 같은 느낌을 받는다면 최상일 것입니다.

순례

천 년의 바람 마르파

만약 안나푸르나에서 오래 머물 시간이 많지 않다면 시간을 절약하기 위해 일단 포카라에서 좀솜으로 가는 경비행기를 타십시오. 안나푸르나 남봉을 비롯한 안나푸르나 산군들 사이로 경비행기는 아슬아슬하게 날아갑니다. 절묘한 기하학적 구도를 만들며 쌓아 올린 경작지들과 굽이굽이 휘돌아간 칼리간다키강의 장관도 한눈에 볼 수 있습니다.

좀솜은 큰 마을입니다.

이곳에서 길은 두 갈래로 갈라집니다. 비행장을 나와 오른편으로 방향을 틀면 카그베니, 무스탕, 묵티나트 등 북부 내륙으로 가는 길이 나오고 왼편으로 틀면 마르파^{Marfa}, 툭체, 타토파니^{Tatopani} 등 남쪽으로 내려가는 길과 만납니다. 어느 쪽 길이 더 인상적이고 아름답다고 말할 수는 없습니다. 만약 광대한 고원의 느낌을 온몸으로 느끼고 싶다면 칼리간다키강의 드넓은 하상을 따라가는 북쪽 방향을 선택해 푸른 보리밭이 춤추는 카그베니에서 하룻밤을 보내는 것이 좋을 것이고, 티베트 고유의 문화를 실감나게 보고 싶다면 사과꽃 향기 바람에 날리는 남쪽 길을 따라 마르파로 가는 것이 좋겠지요. 마르파는 카그베니, 묵티나트 마을 등에 비해 더 다정하고 아기자기합니다. 마르파는 안나푸르나 라운드 순례길에서 만나는 가장 아름다운 마을이라 할 수 있습니다.

좀솜과 마르파는 걸어서 두 시간 거리입니다.

새벽에 좀솜에 도착했다면 서둘러 떠나는 것이 좋습니다. 아침 10시를 전후해서 바람의 방향이 바뀌기 때문입니다. 10시까진 북쪽에서 남쪽으로 미풍이 불지만 10시쯤 되면 남쪽으로부터 북쪽 방향으로 거친 모래바람이 불어오기 시작합니다. 그러므로 10시 이후에 마르파로 가려면 바람을 안고 가야 하는데, 발걸음을 떼어놓기 어려울 정도로 거칠고 강한 바람입니다. 저지대와 고지대의 기압 차이로 발생하는 바람이어서 사철 어느 때나 똑같습니다. 선글라스는 물론 마스크를 준비하는 게 좋습니다. 황량한 황무지를 휩쓸고 오는 바람이라 모래가 잔뜩 섞여 있기 때문입니다.

마르파는 사과의 마을입니다.

네팔 전역에서 가장 맛있는 사과가 바로 마르파에서 생산되는데, 크기는 작지만 꿀처럼 달고 서늘합니다. 외국 종자를 마르파의 환경에 맞도록 품종을 개량해온 원예연구소가 마르파에 있고 애플브랜디 공장이 마르파에 있습니다. 마을은 나무 한 그루 자라지 못하는 불모의 벼랑을 등지고 칼리간다키강을 바라보는 양지바른 곳에 자리 잡고 있지요. 마르파의 바람에 사과꽃이 하얗게 날리는 걸 봅니다. 사과꽃 향기가 천지를 가득 채우고, 그 사이로 바람 소리가 지나가고, 집집마다 대문가에 세워놓은 룽다가 달리는 말의 갈기처럼 나부끼는 모습은 그야말로 장관이 아닐 수 없습니다.

마을 안길은 깨끗이 포장되어 있으며 티베트식 돌집들은 모두 사과 꽃처럼 하얗습니다. 온종일 나귀 떼가 지나가는데도 마을 안길은 언제나 아주 정결합니다. 마을 사람들이 마르파야말로 안나푸르나에서 가장 아름답고 가장 깨끗하다는 데 큰 자부심을 갖고 살기 때문입니다. 티베트의 전통 복장을 한 여인들이 지키는 기념품 가게에 들러 섬섬옥수로 직접 만든 세공품이나 예쁘게 수를 놓은 머플러, 허리띠 등을 싼값에 구입하는 일도 즐겁습니다.

우체국 옆에 있는 솔미 곰파는 꼭 둘러보십시오. 백 년도 더 된 마니 차를 돌리면서 바람에 밀리듯 가파른 계단을 올라가면, 수행 정진하고 있는 비구승을 언제든 만날 수 있습니다. 특히 동자승들이 많은데, 말만 걸어도 까르르까르르 소리 내어 웃는 그 동자승들의 표정은 설산보다 더 맑고 환합니다.

'마르파'는 성자 '밀라레파'의 스승입니다. 시인이자 티베트 불교의 성자로 알려진 밀라레파는 사적인 원한으로 삼촌과 그 가족을 모두 죽이는 끔찍한 범죄를 저지르고 나서 마르파를 만납니다. 스승이자 번역가였던 마르파는 잘못된 관정식으로 아들을 죽게 했을 뿐 아니라 아내를 때리고 걸핏하면 화를 내는 결함이 많은 인간이었습니다.

밀라레파도 스승 마르파에게 심한 구박을 많이 받았지요. 너무 힘들고 억울해서 마르파로부터 도망친 적도 있다고 합니다. 그러나 궁극적으로 마르파는 불성이 강한 인간이었으며, 성자^{聖子}의 씨앗을 품은 밀라레파는 그 가치를 단번에 알아보았습니다.

마르파 마을은 바로 '마르파'의 고향입니다.

날이 저물 무렵이면 솔미 곰파의 비구승들이 일주문에 나와 길이가 2미터도 더 됨직한 긴 나팔을 붑니다. 나팔 소리는 맑으면서도 웅숭깊습니다. 나팔 소리는 고요한 마을을 부드럽게 휘젓고 황막한 벼랑과 칼리간다키강의 물살을 쓰다듬고 아스라이 솟아있는 닐기리봉의 정수리에 가 닿습니다. 우주 만물이 다 이 소리 안에 들어오는 느낌이 듭니다. 치열했던 현상이 모두 다소곳해지고 파묻혔던 본성이 솟구쳐나오니, 해질녘 마르파의 나팔 소리 안에 들면, 만물 사이에 대로^{大路}로 열린 만다라의 길이 생기는 것입니다.

'카밀'이라는 청년이 있습니다. 졸작 《나마스테》의 남자 주인공 이름인데, 문명의 길을 따라 우리나라에 왔다가 문명의 야만성으로부터 '사랑'을 지키기 위해 불꽃처럼 타올랐던 청년 카밀의 고향이 또한 바로 여기, 마르파로 설정되어 있습니다. 청년의 육신은 죽어서 고향에 돌아가지 못했지만, 그러나 나는 압니다. 사과밭 사잇길로 조금만 걸어 내려가면 고향에 돌아온 영혼, 카밀의 혼백을 얼마든지 만날 수 있다는 것을요. 나는 그래서 오늘, 사과꽃 향기 가득한 이곳 마르파 마을에서 매연과 미세먼지 가득한 서울의 한복판으로 데려가 끝내 그를 죽게 만든 작가로서의 숙명적 죄업을 가슴 저리게 생각하면서, 독한 애플브랜디로 그의 혼백을 달래고 있습니다.

　　하룻밤이면 됩니다. K형, 이곳에 온다면 꼭 하룻밤은 이곳 마르파에
서 주무십시오. 바쁘시다면 아침에 좀솜으로 나가 경비행기를 이용해 포
카라나 카트만두로 가서 점심을 드셔도 좋습니다. 그러나 하룻밤만은 사
과꽃 향기에 온몸을 맡긴 채 이곳에 누워 깊은 밤 히말라야 설산들이 고
요히 돌아눕는 소리를 들어보시기 바랍니다. 내가 죽게 한 《나마스테》의
주인공 카밀의 혼백을 만나보는 것도 좋을 것입니다. 애플브랜디로 취하
고 났더니 서울에 있을 K형이 조금도 멀리 느껴지지 않는군요. 이승과 저
승 사이에 사다리를 놓으려면 놓을 수도 있을 것 같은 밤입니다.
　　마르파의 은혜가 바로 이렇습니다.

세계에서 가장 깊은 다울라기리 계곡

만약 하루나 이틀쯤 시간이 더 허용된다면 바람의 마을 마르파에서 좀솜으로 되돌아가지 말고 내처 남쪽으로 걸어 툭체, 라르중^{Larjung} 마을을 거쳐 가사^{Ghasa · 2,010미터}까지 가든지, 좀 더 진행해 수많은 별들을 올려다 보며 낭만적인 밤의 온천욕을 즐길 수 있는 타토파니까지 가는 것도 좋을 것입니다.

길은 아주 완만합니다.

울창한 삼나무 숲도 보입니다. 강변의 너른 분지에 방목한 말들이 한가롭게 풀을 뜯고 있습니다. 티베트와의 소금 교역이 활발했던 시절, 교역로의 중심지로 번창했던 툭체를 지나면 갑자기 강폭이 확 넓어집니다. 강폭의 어떤 지점은 수 킬로미터에 달합니다. 투쿠체봉^{Tukuche · 6,920미터}에서 다울라기리로 이어지는 설산의 장관이 한눈에 들어오는 곳이기도 하지요.

자갈이 수없이 깔린 강바닥을 가로질러 걷습니다. 재수가 좋으면 중생대의 바다생물 화석을 주울 수도 있습니다. 판구조론^{板構造論}에 의하면,

인도판이 수만 년 전부터 지금까지 유라시아 대륙판인 티베트 고원 밑으로 파고들어 세계에서 가장 높은 히말라야산맥을 형성했습니다. 지금도 이곳 칼리간다키 너른 강바닥에서 바다생물의 화석을 주울 수 있다는 사실이 곧 그 이론의 증거인 셈입니다.

이제 나는 '세계에서 가장 깊은 계곡'을 지나갑니다. 다울라기리의 남쪽 벽은 수천 미터나 됩니다. 강바닥을 걸으면서 바로 옆에 솟아오른 다울라기리 꼭대기를 보려면 고개를 수평으로 젖혀야 합니다. 투쿠체의 고도가 2,500여 미터이고 다울라기리가 8천이 넘으니, 내가 지금 걷고 있는 이 계곡은 그 깊이가 5천 미터 이상입니다. 투쿠체와 코방^{Khobang}, 라르중을 지나 칼로파니^{Kalopani}까지, 길은 계속 드넓은 강을 쫓아갑니다. 다울라기리는 7천 미터 이상 되는 봉우리를 여럿 거느린 거대한 산군을 형성하고 있습니다. 인간이 얼마나 작은 존재인지, 얼마나 무력한 존재인지, 이곳에 오면 당신도 아주 절실하게 느낄 것입니다.

비가 오락가락합니다.

나는 넓은 비닐 주머니를 거꾸로 쓰고 흐느적흐느적 빗속을 걷습니다. 수많은 사람들이 머릿속을 스치고 지나갑니다. 내가 사랑했던 사람도 떠오르지만 내게 상처를 주었던 사람, 또 내가 상처를 준 사람들도 생각납니다. 오해에 불과한 작은 일로 나를 버린 사람, 아집에 따른 어리석은 고집으로 내가 버린 소중한 사람들도 떠오릅니다. 회한은 많고, 갈 길은 멀고, 남은 사랑은 아직도 이렇듯 여일하게 뜨겁습니다.

회한은 많고,
갈 길은 멀고,
남은 사랑은 아직도 이렇듯
여일하게 뜨겁습니다.

사랑하는 사람을 가지지 마라
미운 사람도 가지지 마라
사랑하는 사람은 못 만나 괴롭고
미운 사람은 만나서 괴롭다.
- 《법구경》

오늘은 '가사'에 머물고 내일은 '타토파니'에서 잘 예정입니다. 뜨거운 물이라는 뜻을 지닌 타토파니는 온천으로 유명한 곳입니다. 강가에서 뜨거운 온천수가 솟아나는 걸 시멘트 욕조에 가두어 만든 노천 온천인데, 시설은 형편없지만 온천수에 몸을 담근 채 별이 가득 쏟아지는 밤하늘을 올려다보면서 소년이 날라다 주는 맥주 한 잔을 마시는 기분은 다른 어디에서도 만날 수 없는 기쁨입니다.

푼힐 언덕에 해가 뜰 때

안나푸르나 트레킹 코스에서 가장 전망이 좋은 곳은 푼힐입니다. 푼힐은 일주 코스의 원 안에서 서남쪽에 치우친 언덕입니다. 다울라기리 연봉을 비롯하여 안나푸르나 남봉과 마차푸차레를 볼 수 있습니다. 특히 해 뜨는 풍경이 장관이지요.

푼힐에 이르는 코스는 여러 가지입니다.

경비행기를 타고 좀솜에서 내려 다울라기리 쪽으로 방향을 잡았다면 온천이 있는 타토파니에서 왼편의 가파른 산을 넘어 고레파니Ghorepani · 2,750미터로 갈 수 있습니다. 물론 포카라에서 버스를 타고 나야풀Nayapul · 1,070미터로 가 비렌탄티, 울레리Ulleri를 거쳐 고레파니로 올라갈 수도 있고, 안나푸르나 베이스캠프로 올라갔다가 내려오는 도중에 촘롱Chomrong, 타다파니Tadapani를 거쳐 고레파니로 올라가도 됩니다. 어느 쪽 코스로 가든 반드시 고레파니를 거쳐 가야 한다는 점은 동일합니다. 푸른 양철지붕이 인상적인 고레파니에서 하룻밤을 묵고 다음날 새벽 푼힐로 올라가 일출을 보는 것이 일반적인 관행입니다.

순례

나는 새벽 4시에 눈을 뜹니다.

안내서에는 고레파니에서 푼힐까지 한 시간이면 충분하다고 되어있지만, 시간을 넉넉히 잡는 게 좋습니다. 캄캄할 뿐 아니라 섬뜩할 만큼 춥습니다. 일출을 보려는 순례자들이 많아 푼힐로 올라가는 새벽길은 제법 분주합니다. 그러나 서두를 필요는 없습니다. 헤드 랜턴의 불빛을 따라 되도록 천천히 별을 보며 걷습니다. 떠나온 고레파니 마을이 이내 발밑에 깔리지요. 수십, 수백 년씩 된 랄리구라스 숲이 마을을 에워싸고 있습니다. 랄리구라스의 꽃들은 단심丹心인 듯 붉습니다.

마침내 푼힐 언덕입니다.

여명이 트면서 사방으로 설산의 윤곽이 드러나기 시작합니다. 부지런한 고레파니 주민들이 따뜻한 네팔 차나 커피를 팔기도 하니 차 한 잔으로 속을 데우셔도 좋을 것입니다. 나는 따뜻한 찻잔을 두 손으로 합장해 잡고 해가 뜨기를 기다립니다. 누구 하나 큰 소리로 떠들거나 웃는 사람이 없습니다. 세계가 새롭게 열리기 직전의 긴장과 떨림, 그리고 외경감이 푼힐을 뒤덮고 있습니다.

아침 해가 붉은빛 도포를 걸치고
이슬을 밟으며
동녘 산마루를 건너오고 있다.
– 셰익스피어, 《햄릿》 중에서

먼저 저 멀리, 다울라기리 꼭대기에 붉고 노란 햇빛의 첫정이 주어집

나이는 숫자에 불과하다.
젊은 작가 박범신은 난다.

날 수 있다!

니다. 높은 순서대로 봉우리들이 차례차례 햇빛의 화관을 씁니다. 안나푸르나 1봉과 남봉, 그리고 닐기리, 투쿠체 피크, 히운출리와 마차푸차레가 순서에 따라 아침 해의 세례를 받습니다. 고도에 따라 마치 음계를 짚듯 탁, 탁, 탁, 내려서는 태양 빛의 하강은 감동 그 자체입니다. 그것은 문명이 지어낸 반인간적 서열과 달리 명징하고 흔쾌할 뿐만 아니라 황홀합니다. 놀라운 빛의 파노라마를 보는 경험입니다. 아침을 "생명의 본질로 신성하게 여기라"고 충고한 쇼펜하우어의 경구가 생각납니다.

서울에서의 아침, 우리는 흔히 전투복을 입고 출근합니다. 거울 앞에서 전투복과 다름없는 출근복으로 갈아입을 때, '지지 말아야지' '빼앗기지 말아야지' 하거나, '더 높아져야지' '더 부자가 돼야지' 하면서, 우리는 무의식적으로 다짐에 다짐을 거듭하지요.

세계는 파죽지세 내달리고 있습니다. 질주하는 자동차들, 바쁘게 여닫히는 지하철의 철문들, 앞뒤를 포위하고 내딛는 사람들의 재빠른 발소리와 마주치고 나면 간밤에 남몰래 꾸었던 꿈들은 속절없이 사라지고 맙니다. 자본주의의 폭력적 이데올로기가 우리의 고유한 꿈들을 난폭하게 휩쓸고 가기 때문입니다.

그리고 나면 멈추려 해도 멈출 수가 없습니다. 때로는 비지땀을 흘리면서, 때로는 비명을 지르면서, 또 때로는 악을 쓰면서 오직 앞으로 나아가지 않으면 안 됩니다. 멈추면 뒤에서 휩쓸고 오는 대열에게 깔려 죽을지 모른다는 무의식적 공포감이 우리를 사로잡고 있기 때문입니다.

돌아보십시오, K형.

과연 형의 삶은 그 폭력적 흐름으로부터 분리되어 있습니까. 삶의 참된 주인 노릇을 지금 하고 있습니까. 처음 먹었던 마음 처음 맹세했던 사랑의 한끝이나마 붙잡고 있습니까. 달려가고 있는 자신과 본래의 자신은 얼마나 멀리 떨어져 있습니까. 도대체 당신은 누구입니까.

푼힐의 일출은 다릅니다. '붉은빛 도포를 걸치고' 아침 해가 떠오르는 순간, 우리가 만나는 것은 본성과도 같은 순정한 고요뿐입니다. 본원적 실체가 있든 없든, 떠오르는 달이 맑은 물에 비치듯 모든 것이 한순간 명백해지는 걸 느낄 수 있습니다. 우리가 쓸쓸하고 고독한 것은 내가 본성으로부터 분리되어 있기 때문에 그렇습니다. 푼힐의 아침 햇빛 속에 서 있으면 나 자신이 버린 나의 본성이 저만큼 내게로 되돌아오는 걸 볼 수 있습니다. 어디 푼힐의 아침뿐이겠습니까. 히말라야의 수많은 길들이 주는 축복이 바로 그것일 것입니다.

히말라야 길들은 그런 점에서 대도大道입니다.

부족한 '여기'와 그리운 '저기' 사이

그리운 K형. 이곳은 다시 카트만두입니다. 이제 내일이면 이곳 히말라야를 등지고 그리운 내 나라로 돌아갑니다. 지난 두 달 반 동안, 고요한 내 안의 중심을 향해 걸었던 히말라야의 여러 길들이 오늘 밤 유난히 생생합니다.

처음 한 달여는 쿰부 지역을 헤맸지요. 에베레스트 베이스캠프로 가는 길을 나는 무턱대고 따라갔습니다. 해발 5,600여 미터 칼라파타르까지 갈 땐 고소증에 걸려 중간에서 꼼짝 못 하고 며칠 동안 앓아누워 있기도 했습니다. 동행도 없었고 처음 가보는 길인지라 모든 게 낯선 여행이었습니다. 그러나 그 길은 내가 생애를 통해 지나쳐온 많은 길을 오버랩시킬 수 있었던 의미심장하고 비의적인 길이기도 했습니다. 나는 그 길에서 어머니의 자궁에까지 이르는 좁고 먼 길을 낱낱이 보았습니다.

그다음에는 이미 여러 번 걸었던 안나푸르나 라운드 순례길로 갔습니다. 에베레스트 지역을 헤매면서 죽을 고생을 하고 난 뒤끝인데도 무엇인가에 홀린 듯 안나푸르나 골골을 여러 날 흘러 다녔습니다. 내가 정신이 좀 이상해졌다고 말하는 사람들도 있었습니다. 몸은 50여 킬로그램, 그야말로 야윌 대로 야위었고 마음은 이윽고 텅 빈 허공이 됐습니다.

나는 무엇을 찾아 헤매었던가.

삶은 필연적으로 구심력을 좇아 돌아오는 회귀와 원심력을 따라 떠나가는 유랑 사이에 놓여 있습니다. 지난 두 달 반 동안, 나는 끝없이 유랑의 길로 흘렀습니다. 그러면서도 계속해 K형이 있는 그곳, 나의 조국과 나의 집, 나의 가족과 나의 문장들을 생각했습니다. 달리 말해 그것은 멀리 떠나면서 기실은 내 안으로 깊이 되구부러져 돌아가는 길이었습니다. 유랑의 길에서 회귀의 방향을 좇아 줄곧 걸은 셈이었지요. 천 길 낭떠러지 위에 걸린 출렁다리를 아슬아슬 건널 때, 만년 빙하의 파노라마를 올려다볼 때, 깊은 밤 생의 물집들을 잡아 뜯으며 침낭을 뒤집어쓰고 쓸쓸하게 돌아누울 때, 나는 자주 왜, 무엇을 찾아, 이 낯선 길을 흘러 다니는 것일까 하고 자문했습니다. 지나간 삶은 더러 후회투성이였고 미래는 불확실했으며 오늘의 나는 잔인한 시간의 주름 속에 갇혀있었습니다.

샹그릴라는 '언덕 저쪽'이란 뜻입니다. 히말라야에 사는 사람들은 해발 수천 미터의 산들도 마운틴이라 하지 않고 힐hill이라고 부릅니다. 그래서 해발 3,200미터나 되는 푼힐을 '푼힐poonhill'이라 하는 것입니다. 히말라야 사람의 이상향인 '샹그릴라'에는 배고픔, 부자유, 불평등, 억압이 없을 뿐만 아니라 병들고 늙고 죽는 유한성의 고통도 없습니다. 그런 점에서 샹그릴라에선 군이 '영원'이라는 말을 사용할 필요도 없습니다. 모든 살아있는 존재가 공평한 불멸로서 영원히 충만한 삶을 살 것이기 때문입니다.

네팔의 어떤 마을은 해발 4천 미터에 있습니다. 날씨는 춥고 바람은 거칠고 땅은 급경사에 척박합니다. 물길이 닿지 않는 곳도 많습니다. 그래도 네팔의 농민들은 누대에 걸쳐 놀라운 참을성과 근면으로 땅을 개간해 논밭을 만들어 왔습니다. 해발 수천 미터에 이르도록 계단식 논밭이 가파르게 쌓아 올려진 걸 보면 누구라도 입을 벌리지 않을 수 없습니다. 그것은 논밭이라기보다 산꼭대기까지 쌓아 올린 거대한 갈망의 탑과 같습니다.

가령 어떤 농부는 맨 꼭대기에 있는 밭의 풀을 매기 위해 아침 녘 농기구를 들고 해발 수백 미터의 경사면을 올라갑니다. 일은 해가 설핏 기울 때까지 계속됩니다. 그리고 그는 어스레한 저녁 역시 해발 수백 미터를 내려와 집으로 돌아옵니다. 이를테면 그는 우기와 건기를 넘나들면서 남산, 혹은 소백산 높이의 산을 매일매일 오르내립니다. 소출은 가족들 입에 겨우 풀칠할 정도입니다. 아니 설령 소출이 많아도 그것을 팔려면 며칠씩 걸어 먼 곳으로 가야 하므로 구태여 생산을 많이 할 필요도 없습니다. 고통에 찬 노동이지만 여분이 없으니까 가족과 단란하게 둘러앉아 최소한의 식단으로 식사를 마치고 나면 더 이상 부족할 것도 없다고 그들은 생각합니다.

이웃 마을에 가려고 해도 며칠씩 걸립니다. 산골에서의 결혼식은 보통 사나흘씩 잔치판을 벌이는데, 그것은 이웃 마을의 친척들이 모두 다녀가려면 그 정도의 시간이 필요하기 때문입니다. 빠르고 느린 것, 자유와 억압, 빈자와 부자의 극적인 차이도 없습니다. 그들은 나귀와 함께 잠들고 나귀처럼 일하고 나귀와 더불어 인내합니다. 이승에서의 고통스런 삶은 다음 세상에서의 충만 되고 행복한 삶을 위한 하나의 예비 단계라고 여길 뿐입니다. 그래서 그들은 4천, 5천 미터나 되는 산도 산이라고 부르지 않고 언덕이라고 부르는 것입니다. 그러면서도 그들은 나 같은 나그네를 만날 때 나보다 훨씬 밝고 넉넉한 표정으로 "나마스테" 하고 환하게 인사를 건네옵니다. 때로 나는 그들이 나보다 더 부자라고 느꼈습니다.

나는 매 순간 눈물겨웠습니다. 나의 존재가 너무도 가벼워 눈물겨웠고, 죽을 둥 살 둥 일벌레로 살아온 우리네 젊은 날의 초상이 안쓰러워 눈물겨웠고, 동강 난 조국에 살면서 그래도 세계의 중심으로 우뚝 서겠다는 장한 꿈을 좇아 오늘도 다리가 찢어져라 내달리고 있는 조국에 대한 연민 때문에 눈물겨웠습니다.

우리는 지금 어디로 가는 것일까요.

순례

나이가 드는지라 나의 유랑은 사필귀정 나의 실존을 향해 흐를 터이지만, 히말라야 사람들보다 훨씬 더 많은 것을 소유하고도, 이를테면 1인당 소득이 3만 불을 넘겼는데도 그 소득발전에 비례해 행복지수가 높아지지 않으니, 우리가 과연 무엇을 위해 지속적으로 소득을 올려가야 하는지, 그것의 해답이 난망할 뿐입니다. 혹시 부자가 되는 길은 재빨리 터득했으나 행복해지는 길에 대해선 아무것도 모르는 우매한 상태에 우리의 삶이 방치되어 있는 건 아닌지요.

행복해지는 길을 찾지 못한다면 부자가 될 필요도 없습니다. 죽어라 일해 돈을 버는 건 최종적으로 나와 사랑하는 사람들이 더불어 행복해지기 위해서입니다. 그래서 나는 우리가 지금 어떤 '샹그릴라'를 가슴에 품고 있는지, 과연 행복을 향한 비전은 있는지 묻고 싶습니다. 물론 이런 식의 질문이 자본주의적 속성을 좇아 살고 있는 사람들에게 그다지 유쾌한 질문이 되지 않을 것이라는 걸 나는 압니다. '사는 게 이게 아닌데…'라는 회의는 뒤집힌 압정과 같아서 밟을 때마다 아, 하고 억눌려 있는 본성이 속에서 비명을 지를 테니까요. 그럼에도 불구하고 K형. 심술 많은 나는 우리가 살아가는 방식이 과연 이대로 최선인지 앞으로도 계속해 묻고자 합니다. 우선 나에게 묻고, 그다음 형에게 묻고, 또 그다음 이웃에게도 묻고 싶습니다.

밤 깊은 카트만두는 조용합니다. 몸은 벼랑 속으로 내려앉는 듯한데 밤이 깊을수록 영혼은 더욱 또렷이 불을 밝히고 살아납니다. 내년엔 가난한 나라지만 행복지수가 지구상에서 가장 높다는, 첫눈 오는 날이 공휴일이라는 아름다운 왕국 부탄으로 다시 순례를 떠날 것이고, 날이 갈수록 빙하 층이 사라지고 있다는 킬리만자로를 머지않아 또 다녀올 예정입니다. 오래전 다녀온 그리운 바이칼호나 광대한 시베리아, 또는 일찍이 그 품에서 엎드려 울었던 캅카스산맥에도 다시 가고 싶습니다.

무엇을 찾아 나는 끝없이 헤매는 것일까요.

히말라야 산협을 걸으면서 가장 아프게 다가온 회한은 고백하건대 대개 사랑에 관한 것이었습니다. 남녀 간의 '연애'를 말하는 것이 아닙니다. 삶을 떠받치고 있는 근본으로서의 에너지가 사랑이라면 너무 보편적일까요. 범박하다고 질책하셔도 할 수 없습니다. 살아서 불멸은 꿈일진대, 사랑 이외에 우리가 진정을 다해 말해야 할 것, 사랑 이외에 우리가 목 놓아 울어야 할 것, 사랑 이외에 우리가 모든 진심을 맡겨도 좋은 것이 과연 무엇이 있겠는가 하고 생각한 날이 많았습니다.

그렇고말고요, K형. 돌이켜보니 나는 사람이었고, 사람이므로 사랑하며 살아왔습니다. 사랑은 나의 명줄이었습니다. 사랑 때문에 썼고, 사랑 때문에 세상과 더러 싸웠고, 사랑 때문에 노동과 모든 수고를 바쳤으며, 사랑 때문에 자주 엎드려 울었습니다. 그러나 히말라야를 걸으며 나는 아프게 자책했습니다. 나의 사랑은 사랑이었다기보다 사랑의 습관, 사랑의 습관이라기보다 사랑의 '모방'은 혹시 아니었을까 하고요. 공자가 설파한 바, 생의 중심으로 가기 위한 고독한 인식의 길인 '경험'은 물론, 생을 성지聖地에 올려놓기 위한 지름길인 '사색'도 너무 얄팍했을지 모른다는 것입니다.

그리운 K형. 평생 오로지 '모방'으로 시종하며 쓸쓸하게 생을 마감하고 싶은 자는 없겠지요. K형도 그럴 것이고 나 또한 그렇습니다. 이치가 그러할진대 부족한 '여기'와 그리운 '저기' 사이, 세속적 욕망이 분출하고 있는 '이곳'과 행복의 비전이 춤추는 샹그릴라 '저곳' 사이, 누구든지 튼실한 사다리 하나 놓고 싶을 게 자명합니다. 사랑으로 건너가야 하는 희고 푸른 사다리 같은 것.

길을 모르는 것은 아닙니다. 가령 정견-명상-행위도 그 길 중 하나입니다. '정견正見'이 이루어지면 '명상'은 자연스럽게 다가옵니다. 당신도 알고 나도 아는 길입니다. 당장 필요한 것은 내가 누구인지, 내가 그리운 것이 무엇인지 알고 믿는 일이며, 그를 통해 삶의 습관적 양식을 단호히, 혁명적으로 바꿈으로써 진실로 내가 '사랑의 얼굴을 한 사람' 또는 '사람의 얼굴을 한 사랑'이 되는 것이겠지요. 그렇게만 된다면 우리는 부족한 '여기'와 그리운 '저기' 사이에 걸린 사다리 위를 당당하게 걸으며 향기로운 '샹그릴라'의 비전을 능히 품게 될 것입니다. 문제는 정견과 명상을 넘어서는 '행위'에 따른 실천입니다.

그리운 K형. 자본주의적 소비체계에 따른 습관 때문에 가짜 사랑에 길들여져 살아온 내가 과연 혁명적인 내적 변화를 내 안에서 이끌어내고 실천할 수 있을지, 그것이 두렵습니다. 집으로 돌아갈 짐을 꾸리면서도 끝내 홀가분해지지 않는 것은 그 때문입니다. 언제쯤 돼야 과연 지순한 본성의 얼굴로 그리운 내 집, 내 영혼의 안뜰로 부끄러움 없이 돌아갈 수 있을까요. 언제쯤 돼야 생의 참된 중심에 다다를 수 있을까요. 아니 탄생 이전으로부터 부여받은 존재론적 슬픔으로부터, 나는 언제쯤 돼야 진실로 자유로워질 수 있을까요.

　　　　　　　순례

2장

카일라스 가는 길

— 영혼의 성소를 찾아서

박수무당이 내게 한 말

오래전 어떤 박수무당이 내게 말했다.

"우리 같은 무당이나 중 될 팔자가 있네요. 중 됐으면 명줄 걸고 용맹정진, 큰 깨달음을 얻었을 거요." 나는 그이의 말에 크게 웃었다. 저잣거리의 폭발하는 욕망을 다 버리고 무슨 재미로 살겠는가, 하고 생각했다. 나를 아는 많은 사람들도 고개를 끄덕거렸다. 늙어서도 영원한 현역작가로 살고 싶은 나의 꿈도 거기에 합치됐다.

그러나 요즘은 그이의 말이 내 영혼에 들어와 심지로 박혀 있는 걸 본다. 내가 그리운 것들의 태반이 기실 저잣거리에 있지 않고 대부분 하늘에 있다고 생각하기 때문이다. 이를테면 부동심, 혹은 별 같은 그런 것. 찰나와 불멸의 단층은 날이 갈수록 나를 슬프게 만들었다. 그래서 나는 남몰래 자주 울었고 자주 술에 취했고 또 자주 혼자 길을 떠났다. 천지를 흐르다 보면 나 자신이 허공이 될 수도 있을 것 같았다.

순례

모든 순례는 허공을 찾아가는 하나의 과정일 것이다. '너는 무엇을 찾으려 하느냐.' 카일라스가 난데없이 내게 물었다. 아직 만나지 않았지만, 나는 카일라스를 알고 카일라스는 나를 알고 있었다. 그 질문은 모든 실제와 허상의 시작이고 끝이라고 생각했다. 외로운 누군가를 찾아 당장 물안개 속으로 난 먼 길로 떠나야 한다고 누가 중얼거리는 소리가 내 안에서 솟아났다. 이슬비가 오는 날이었다. 연전에 구해다가 심은 키 작은 소나무 푸른 그늘에 은신한 채 나는 그냥 비를 맞고 있었다. '어서 와!' 카일라스가 손짓하며 말했다. '너의 홀림을 외면하지 마. 그것이야말로 비윤리적인 일이야!' 나는 주먹을 불끈 쥐고 부르르르, 물새처럼 몸을 한번 힘차게 떨었다.

　　박수무당은 더 이상 보이지 않았다.

왜 카일라스인가

몇 년 전 나는 어떤 출판사 사장으로부터 한 권의 책을 증정받았다. 《티베트의 영혼 카일라스》라는 책이었다. 푸른 표지에 실루엣처럼 어두운 색조로 박혀 있는 산의 정수리가 이상하게 내 마음을 끌어당겼다. 그해 겨울에 안나푸르나 일대를 오래 다녀왔음에도 불구하고, 그 책을 읽기 전까지 나는 카일라스산이 정확히 어디에 있는지도 잘 몰랐다.

"카일라스는 우주의 중심이며 속세의 축이다."

그 책의 첫 문장은 이러했다. 그리고 이어서 "카일라스산은 지구상에서 가장 신비한 곳이고 세계의 아버지 어머니인 시바 신과 우마 신의 거처"라는 문장이 이어졌다. "환희불의 만다라 궁전이 항상 카일라스에 존재"하는데 "궁전의 문은 항상 열려 있고 늘 광명이 비치고 있다"는 말도 나왔다.

가슴에 아련히 파문이 일었다.

사막 너머, 산맥 너머, 바다 너머로 가고 싶다.
아니 내가 진정 가고 싶은 것은 존재의 벽 너머,
이를테면 영혼의 은밀한 중심 혹은 그 시원이다.

그 무렵의 나는 '청년작가'라는 별칭으로 불리면서도 장년의 끝자락으로 내몰리느라 속으로는 실존의 번민과 피어리게 만나고 있었다. 삶에서 시간은 과연 무엇인가. 불멸에의 꿈과 흐르는 시간 사이의 잔인한 단층을 어떻게 할 것인가. 존재의 하찮음과 눈물겨운 소멸의 과정을 또 어떻게 받아들여야 하는가. 그런 질문들이 내 마음속에 초여름 숲처럼 울울창창 무섭게 솟구쳐 나오고 있었던 그 무렵.

나는 밤새워 그 책을 읽었다.

그 책은 영화 〈배트맨〉에 나왔던 여배우 우마 서먼의 아버지이며 미국의 유명한 불교학자인 로버트 서먼이 교수, 문필가, 화가 등으로 이루어진 순례 그룹을 이끌고 카일라스산을 순례하며 티베트 불교의 심오한 세계관을 아름답게 설파한 내용을 담은 책이었다. 3월이었고, 창 너머의 북악은 봄비에 젖고 있었다.

카일라스는 해발 6,714미터에 불과하지만, 히말라야산맥의 8,000미터가 넘는 그 어떤 봉우리보다, 인도인들과 티베트인들을 비롯한 수많은 아시아인의 지극한 경배를 받는 가장 성스러운 산이라는 것, 티베트인들은 이 산을 우주의 중심이자 지구의 배꼽인 수메르산^{수미산}이라고 여기며, 강 린포체, 곧 '눈의 부처'라고도 부른다는 것, 인도인들은 카일라스를 그들의 서사시에 등장하는 전설적인 '메루산'이라고 생각한다는 것, 불교를 비롯한 동양 4대 종교의 성지이고, 갠지스 인더스강을 포함하여 아시아 대륙의 젖줄인 네 개 강의 발원지라는 것. 파괴의 신 시바 신의 거처이자 위대한 성자 밀라레파를 위시하여 수많은 성인들이 깨달음을 얻는 곳일 뿐 아니라, 샤카무니 부처님이 환희불로 현현한 곳이 바로 그곳, 카일라스산이라는 것을 나는 그날 밤 알았다.

반쯤 책을 읽다가 엎드려 잠깐 잠이 들었을 때, 놀랍게도 카일라스산이 꿈속에 나타났다. 물안개 사이로 돌연히 솟아난 산은 만년 빙하를 머리에 이고 있었다.

"카일라스에 가고 싶어!"

아침 식탁에서 나는 아내에게 말했다.

"그게 뭔데?"

"티베트 서쪽 끝에 있는 산이야. 수미산이라고 당신도 들어 봤지? 카일라스가 바로 수미산의 모델이야. 알잖아. 수미산 꼭대기엔 제석천의 궁전이 있고 그 중턱엔 사천왕이 살고 있어. 우주의 중심이자 만다라의 세계지. 그곳에 가야 할 거 같아. 한 달쯤 걸릴 거야."

"또? 히말라야 쫓아다니다가 당신 어떻게 된 거 아냐?"

아내가 대놓고 나를 비웃었다.

"그 산을 세 바퀴만 순례하면 일생의 업이 사라져 온갖 번뇌 망상과 죄업이 씻어진대. 말하자면 영혼만이라도 신생아로 새롭게 태어나는 거지."

"신생아면 커서 새 장가도 가겠네!"

아내는 늙은 어미 같은 표정이 되어 혀를 차고 한숨을 쉬었다.

한때 사람들은 '에덴동산'에서 살았다.

기독교에서 말하는 '에덴동산'으로 한정시켜 협소하게 생각할 필요는 없다. 배불리 먹고 비와 바람을 피하는 따뜻한 아랫목에서 잠자며 사랑하는 사람들과 함께 있으면 행복해지던 예전에 우리는 적어도 마음속에 '신'을 품고 살았다. 그 '신'이 어떤 형상을 하고 있는가는 아무 문제도 되지 않는다. 신은 이를테면 꿈이자 이상이고 영혼의 충만한 그림자, 혹은 욕망의 감옥으로부터 벗어난 자유의 다른 이름일 것이다.

그러나 이제 우리는 '신으로 가는 길'을 잃어버렸다.

더 이상 사랑 앞에 무릎 꿇고 경배드리는 자도 없고, 더 이상 물질의 억압으로부터 자유로운 자도 없으며, 더 이상 시시각각 다가오는 시간에 의한 참담한 소멸에 대해 주목하는 자도 없기 때문이다. 문명의 세계는 재래적인 정글의 법칙조차 없는 잔인한 약육강식의 정글이 되고 말았다. 무한 경쟁의 원리가 사람과 사람 사이를 끝없이 이간질해 인간주의의 사막화를 가속화한다는 점에서, 지금 이 시대보다 더 야만적인 시대가 과거에 있었던가.

카일라스 순례는 그런 점에서 신을 찾아가는 길이라 여겼다.

순례

하늘길

"타시딜레!"

안녕하십니까, 라는 뜻의 티베트 인사말이다. 도시로부터 고원의 황아에 이르기까지, 티베트에 있으면 어디에서든 볼은 홍옥처럼 붉고 눈빛은 한없이 다정하고 유순해 뵈는 사람들이 다가와 수줍은 표정으로 손을 내밀면서 "타시딜레" 한다. 이쪽 편에서도 "타시딜레" 하고 손을 잡기만 하면 일시에 경계가 사라지고 사람과 사람 사이의 거리는 축약된다. 이를테면 '타시딜레'는 블랙홀 같은 흡인력을 갖고 있어서 단번에 상대편의 속마음까지 진입해 가는 지름길과 같다.

"타시딜레!"

북경 서역, 저물기 시작한 역사 앞에서 만난 티베트 처녀 '조마'가 처음 건넨 그 인사말의 어감이 아직도 생생하다. 다부져 보이는 작은 몸집과 밝고 환한 눈빛, 그리고 티베트 여자의 징표 같은 붉은 볼에 잔주름을 피어 올리던 그 표정이 잊히지 않는다. 조마는 애인이자 역시 티베트 출신인 '글로바사'와 동행해 나보다 먼저 베이징 서역西驛에 나와 있었다.

조마는 티베트의 주도인 라사 출신으로 베이징 어언대학교 2학년에 재학 중이었고, 글로바사는 티베트 출신이지만 정작 라사엔 한 번도 가본 적 없는 북경대 학생이었다. 두 사람 모두 티베트에서 중등학교를 마치고 북경의 유명 대학교에 유학 와 있는 우수한 인재들인데, 아는 사람의 소개로 나와 동행해 함께 베이징에서 라사까지 4천여 킬로 먼 기차 여행을 하기로 한 것이었다.

　베이징 서역에서 라사행 기차의 출발 시각은 밤 9시 30분. 서부공정의 핵심적 숙원 사업으로 중국 정부가 추진해 온 열차가 개통된 것은 2006년 7월 1일의 일이다. 열차의 개통을 축하하는 축제의 물결이 한여름의 중국을 뜨겁게 달구었다. 티베트 망명 정부의 수장인 달라이 라마가 '문화적 대학살'이라고까지 항변했지만, 철로의 역사적 개통을 막을 수는 없었다. 북경에서 출발한 열차는 시안西安, 란저우蘭州, 시닝西寧, 거얼무格爾木를 거쳐 티베트 주도 라사까지 총 4,064킬로미터, 만릿길을 47시간 28분 만에 주파한다.
　가장 험난한 코스는 칭하이성의 거얼무에서 라사까지의 동토 지대 1,142킬로미터이다. 평균 해발이 4,500여 미터나 되고 험준한 쿤룬산맥을 넘어 수많은 소沼와 호수, 계곡을 관통해야 하는 마지막 구간의 철로 건설을 위해 중국 정부는 오랜 준비 기간을 거쳤고, 330억 위안약 3조 9,000억 원 이상의 건설비와 연인원 수십만 명의 인력을 동원했다고 한다. 만년 동토 구간만 해도 550킬로미터나 되고, 해발 5,072미터의 탕구라 고개를 지날 땐 빙하 층과 눈높이가 거의 같아지는 험준한 길이다.

순례

1951년 티베트 침공에 성공한 직후 중국 정부는 거얼무에서 라사까지 군용 생필품을 육로로 운반하는 데 낙타 4만 마리를 동원했다고 알려졌는데, 1킬로미터 갈 때마다 낙타 12마리씩 죽어 나갔다고 한다. 그러나 이제 중국은 필요하면 언제든지 수많은 군사와 군수 물자를 라사까지 대량으로 수송할 수 있게 되었다. 티베트를 영구히 지배할 수 있는 확실한 통로를 만든 셈이다.

열차는 만원이었다. '칭짱열차'가 개통되고 나서 은둔의 땅 티베트를 열차로 다녀오는 일은 중국인들에게 가장 흥미로운 여행 코스가 됐다. 웃돈까지 얹어 주고 얻은 내 열차표의 좌석은 4인용 객실의 위 침대였다. 객실은 4인용과 6인용의 침대칸과, 꼬박 이틀을 앉아서 가야 하는 일반실로 나뉘는데 한꺼번에 800명이 승차할 수 있다. 거얼무에서는 해발 5,000미터가 넘는 탕구라 고개를 넘어가야 하기 때문에 기관차를 세 개나 연결시키고, 열차 벽에 설치된 산소 공급 장치에서 계속 산소를 공급한다. 그래도 고소증세는 피할 수 없다. 열흘간 휴가를 얻어 젊은 아내와 처제를 동반해 라사로 간다는 아래층 침대의 중국인 관광객은 극심한 두통과 어지럼증 등으로 식사도 전혀 못 하고 누워있다.

"환경오염은 어쩔 수 없겠지요"
2년 만의 귀향이라 가슴이 벅차 한숨도 못 잤다는 조마가 말했다. 환경이 훼손되고 티베트 전통문화에도 큰 변화가 오겠지만 물가도 싸지고 경제 발전이 가속화될 것이니 좋은 점도 있다고 조마는 말했다. 불문학을 전공하는 조마는 티베트 문화를 세계에 알리는 역할을 하고 싶은 꿈을 갖고 있었다. 거얼무역을 떠난 열차가 급류로 흐르는 양쯔강 상류의 물줄기를 연이어 건너갔다.

"달라이 라마도 완전 독립을 원하진 않아요."

티베트의 장래에 대해 묻자 조마의 남자 친구 글로바사가 말했다. 중국군이 티베트를 무력으로 점령하고 반세기가 넘은 지도 한참 됐으니, 이제 티베트인이 아니라 중국인으로 살아가는 게 더 익숙해진 눈치였다. "하지만 우리는 여전히 티베트 사람이에요!" 요컨대, 정치적인 속박과 구속은 어쩔 수 없다 하더라도 문화적으로는 티베트인의 정체성을 지키면서 살겠다는 말이었다.

"그럼 한족과는 절대 결혼하지 않겠네?"

내가 말했고, 조마가 대답했다.

"절대라고 생각하진 않아요. 사랑한다면 그럴 수도 있겠지요. 부모님은 물론 티베트에 사는 내 친구들도 그럴 거라고 봐요."

조마는 밝은 어조로 말하면서 열차 복도에서 서슴없이 티베트 노래까지 불러 주었다. 어디에서든 활달하게 노래 부르고 춤추는 것이 티베트 여자들의 일상적인 모습이라 했다.

길을 걷고 있었네.

앞으로 걷고 있는데 뒤에서 눈이 와요.

눈이 올 때, 눈이 올 때,

나는 행복을 얻었다네

조마의 노랫소리에 불려오듯 너른 통유리의 차창으로 만년 빙하가 덮인 탕구라산맥의 연봉들이 다가왔다. 열차가 해발 5,072미터의 탕구라 고개를 넘어가고 있었다. 중국 정부는 세계에서 가장 높은 곳을 달리는 이 칭짱철도를 '하늘길天路'이라고 명명했다. 관광객이 지금보다 연간 80만 명 이상 늘어날 것이라는 보고서가 나와 있다.

'영혼의 성소聖所'라고 불렸던 티베트 고원의 '신에게 가는 길'이 문명권의 열차가 내달리는 실재의 '하늘길' 때문에 바람 앞의 등불처럼 위태로워 보였다.

흔들리는 영혼, 라사

쿤룬산崑崙山에 이르면 눈물이 마를 줄 모르고
탕구라산唐古拉山에 이르면 손으로 하늘을 잡을 수 있다.

티베트 민요의 한 소절이다. 티베트는 서북쪽으로는 쿤룬산맥, 동북 방향으로는 탕구라산맥, 그리고 남쪽으로는 세계의 지붕이라고 일컫는 장대한 히말라야에 의해 둘러싸인 동서 3,000킬로미터, 남북이 1,200킬로미터에 이르는 광대한 고원 분지이다. 사방이 사막과 산맥으로 둘러싸인 데다가 고도가 높은 불모의 지역이라 일찍부터 고유한 전통문화가 발달, 비교적 훼손당하지 않고 보존돼온 '지구촌의 박물관' 같은 곳이고, 특히 종교와 정치가 분리되지 않고 20세기를 맞이한 세계에서 유일한 나라이다. 그래서 사람들은 티베트를 '영혼의 성소'라고 주저 없이 부른다. 우주를 향한 제단인 셈이다.

가령 포탈라궁을 보라.

티베트의 주도 라사를 내려다보고 있는 언덕 위의 포탈라궁은 정치적인 권한을 행사하는 백색궁과 종교적인 신권을 행사하는 적색궁이 손바닥 합쳐지듯 조화롭게 합일되도록 설계되었다. 7세기 손챈감포 시대부터 적어도 천여 년 동안을 거쳐 마침내 완공한 건축물로서, 13층 높이에 동서 길이만 해도 360미터나 되고, 방이 천 개 이상이며, 수천 킬로그램의 금을 부어 축조한 스투파들과 극상으로 화려한 불상들, 고승들의 미라, 그리고 정교하기 이를 데 없는 탱화들로 가득 찬 불가사의한 건물이다. 모든 종교적 건축물을 파괴했던 문화혁명 때조차 주은래周恩來가 자신의 군대를 파견해 포탈라궁을 지킨 것만 봐도 그 가치가 얼마나 놀라운 것인지 알 수 있다.

어디 포탈라궁뿐이겠는가.

티베트에는 한꺼번에 만 명 이상의 승려가 수도 정진할 수 있는 사원이 곳곳에 자리 잡고 있다. 속설에 따르면 한때 티베트에선 인구의 절반 이상이 승려였다고 한다. 또한 대부분의 농민들이 사원에 속해 있었고, 사원에선 그들을 처벌할 법적 권리도 갖고 있었다. 짧은 여름을 빼면 대부분 비가 오지 않는 불모의 땅에서 어떻게 이처럼 화려하고 충만한 불교 문화가 극적으로 폭발했단 말인가.

해답은 의외로 간단하다.

삶의 조건이 열악할수록 그 조건을 넘어서려는 인간의 의지와 갈망은 더욱더 견고해진다는 것이다. 세계 속엔 두 개의 우주가 존재한다. 첫 번째 우주는 사람을 둘러싼 외부적 세계로서 우리가 '우주'라고 부르는 그것이며, 또 하나의 우주는 인간 안에 내재된 것으로서 우주보다 더 오묘하게 구성된 영혼의 세계이다. 티베트에 가면 합리적인 설명만으로는 세계의 본질을 아우를 수 없다는 것을 누구나 느낄 수 있다.

라사는 어느새 쾌락의 도시가 됐다.

매춘 전문 홍등가도 있고 매춘이 가능한 발 마사지 업소도 수십 군데 이른다. 사회주의 국가에서는 원칙적으로 매춘이 불법이지만 '티베트의 영혼'을 무너뜨리기 위해 중국 정부는 쾌락의 병균을 은밀히 퍼뜨리고 있다. 수많은 한족이 물밀듯 티베트로 몰려들고 있고, 하루가 다르게 현대적 빌딩과 마켓들이 생겨나고 있으며, 달라이 라마의 망명으로 속이 텅빈 포탈라궁은 암표상들이 둘러싼 관광 상품으로 전락한 지 오래다.

천안문 광장을 본떠 만든 인민 광장과 대형 마켓, 유흥가가 오늘날의 포탈라궁을 포위하고 있다. 즐비하게 늘어선 가라오케에선 얼마든지 한국 노래도 할 수 있고, 하룻밤 사랑을 돈으로 흥정하는 것도 쉬운 일이다. 쾌락은 영혼을 쉽게 잠식할 수 있다는 걸 중국 정부는 아주 잘 알고 있다. 자본과 쾌락의 주입은 부처님과 티베트 사람들에겐 최대의 모독이자 모멸일 것이다.

그렇다고 싸움이 끝난 건 아니다.

라사의 거리를 걷다보면 하루 종일, 한 번 돌릴 때마다 한 권의 경전을 다 읽는 셈이 된다는 마니차손에 들고 돌리면서 공덕을 비는 원통형 기구. 속에 경전이 들어 있어 한 번 돌릴 때마다 경전을 한 번 읽는 공덕을 쌓는 것이 됨를 돌리면서 사원들을 순례하는 수많은 순례객을 만날 수 있다. 수천 킬로미터 떨어진 곳에서부터 몇 년에 걸쳐 오체투지로 포탈라궁이나 조캉 사원에 경배드리러 오는 사람을 만나는 것도 어려운 일이 아니다.

순례

'옴마니밧메훔'은
티베트 사람들이 가장 많이 암송하는 진언으로서
순수한 본성의 상태로 마음자리를 옮겨 놓을 수 있다고 믿는다.

'옳거니, 부처님이 여기 계시겠네!'

나는 고개를 끄덕인다. 부처님은 중국 정부의 횡포를 피해 멀리 이사 간 게 아니라 갈망과 염원이 타오르는 티베트 민중들의 가슴속에 당신의 집을 지으신 것이다. 박해의 술수가 얼마나 정교하든, 수천 년 동안 '신의 자식'으로 살아오면서 티베트인의 내면에 DNA로 박혀 들어온 영혼의 심지는 여전히, 어쩌면 더욱더 불타고 있다. 바닷물을 다 끌어와도 결코 끌 수 없는 본성의 불이요 등잔이 아닐 수 없다.

순례

옴마니밧메훔

티베트 여행자가 꼭 만나야 할 것은 세 가지다.

첫째는 유순하고 단순하게 사는 티베트 사람들을 만나봐야 하고, 둘째는 우리들의 본성과 닮은 텅 빈, 그러나 너무도 맑은 고원의 풍경들을 마음에 받아들여야 하고, 셋째는 불가사의할 만큼 크고 장엄한 사원을 순례해 봐야 한다. 사원을 순례하다 보면 저절로 티베트 사람들과 텅 빈 고원의 풍경을 만날 수 있을 테니, 티베트 여행이란 한마디로 말해 곧 사원의 순례라고 해도 과언이 아니다.

간덴 사원으로 가는 길은 맑고 환하다. 카일라스산에서 발원하여 수천 킬로미터를 히말라야산맥과 나란히 내달리는 티베트 고원의 젖줄, 얄룽창포강을 따라가는 도로는 햇빛 때문에 검은 주단을 깔아 놓은 듯 반짝거린다. 강을 따라 계속 이어지는 푸른 초원엔 수천 마리씩의 야크와 양 떼들이 방목되어 있고, 마을 주변의 밭에선 누렇게 익은 쌀보리들이

"순정은 무지로부터
우리를 보호한다"는
노스님의 말이
가슴속으로 쏟아져 들어온다.

내겐 어떤 순정이 지금 남아있을까.

추수를 기다리고 있다.

라사를 떠난 지 1시간 30분.

버스가 드디어 포장도로를 버리고 우회전하더니 이내 가파른 산등성이 길을 뱀처럼 구불구불 올라간다. 대단한 길이다. 간덴 사원은 해발 4,300미터, 비옥한 카츄 계곡을 날렵하게 치고 올라간 산꼭대기에 아슬아슬하게 자리 잡고 있다. 올라가면서 고개를 젖히고 보는 간덴 사원은 그야말로 '하늘 궁전' 같은 느낌이다. 긴 치마에 화려한 색상의 앞치마를 두른 전통 의상 차림의 티베트 여자들이 가파르고 황막한 비탈길을 오르내리면서 사원에서 기도할 때 쓰는 향풀 '샤'를 채취하고 있다. 사원 어귀에 설치된 화로에 던져 넣어 태움으로써 공덕을 쌓을 수 있는 향풀 '샤'를 채취해 말려서 팔면 하루 30위안[4,000원] 정도의 부수입을 올릴 수 있으니, 공덕도 쌓고 돈도 벌고, 그야말로 일석이조가 아닐 수 없다.

'간덴'은 '즐겁고 유쾌하다'는 뜻.

그러나 티베트 불교의 최대 종파인 겔룩파의 총본산이라고 불러도 좋은 간덴 사원의 역사는 그다지 즐겁고 유쾌하지 않다. 겔룩파 창시자인 총카파가 15세기에 설립한 간덴 사원이 처절할 만큼 파괴된 것은 문화혁명 때의 일이다. 홍위병들의 무장 난입을 공중 폭격까지 했다고 하니 그 참상을 알 만하다. 지금도 부서진 건물의 잔해들이 여기저기 널려 있다.

"옴마니밧메훔!"

사원 어귀에서 만난 노스님이 두 손을 합장하고 인사를 한다. '옴마니밧메훔'은 티베트 사람들이 가장 많이 암송하는 진언眞言으로서 한 번 암송하면 경전을 한 권 읽는 것과 같은 효과가 있으며 순수한 본성의 상태로 마음자리를 옮겨 놓을 수 있다고 믿는다. 노스님은 스스로 안내를 자청하고 나를 사원의 정중앙에 위치한 전각의 '세르캉'으로 데려간다.

"문화혁명 때 절이 얼마나 파괴됐나요?"

"그들은, 총카파 라마의 유골까지 훼손했지. 놀랍고도 참혹한 일이었어. 유골의 일부만 겨우 수습해 모신 곳이 여기야."

노스님은 그러나 환히 웃는다.

금과 은으로 장식된 총카파의 관이 '세르캉'의 2층에 자리 잡고 있다. 스무 살 때 이미 티베트 전역에서 살아있는 부처로 칭송받았고, 밀교에 치우치던 티베트 불교를 경전과 계율 중심의 학풍으로 바꾼 개혁파로서 겔룩파를 창시한 총카파의 황금관은 포탈라궁을 채우고 있는 수많은 라마의 무덤들, 예컨대 황금 3,700킬로그램을 부어 만든 5대 달라이 라마의 스투파 등에 비해 차라리 소박하고 고즈넉해 보인다. '세르캉'엔 총카파가 직접 사용했었다고 알려진 장갑과 인도로 망명한 달라이 라마가 미처 챙겨 가지 못한 모자가 보관돼 있다.

"옴마니밧메훔."

나는 무릎 꿇고 앉아 두 손을 합장하고 노스님의 축복을 받는다. 총카파가 책 읽고 잠자던 곳, 총카파가 임종한 곳은 어둡고 검소하다. 노스님이 노란 비단으로 감싼 총카파의 장갑과 달라이 라마의 모자를 내 머리와 어깨에 대고 축복을 해준다. 노란색 모자는 겔룩파의 상징이기도 하다. 찬물로 머리와 이마를 씻기는 특별한 세례를 받을 때처럼 갑자기 온몸을 관통하며 정결한 바람이 지나간다.

길은 순은의 햇빛 속에서 아스라이 멀어지고 있다.

혼란의 해방 공간에서 태어나 6·25를 거치고, 가파르고 치열했던 개발의 시대를 '작가'라는 이름에 기대어 아슬아슬하고 숨 가쁘게 살아온 지난날, 내가 걸어온 길들이 한눈에 내려다보이는 느낌이다. 어떤 길은 흐트러져 있고 어떤 길은 협소하게 모여 있으며, 또 어떤 길은 멀고 먼 유랑으로 몰려나가고 또 어떤 길은 내 안의 작고 볼품없는 집으로 끝없이 회귀하고 있다. 때로는 유혹에 약했고 때로는 분노로 몸서리쳤으며 때로는 욕망을 좇아 '생각한 대로 사는 게 아니라 사는 대로 생각한' 적도 많았을 것이다.

티베트 불교는 무지에 대해 가르친다.

"모든 생명은 언젠가 나의 어머니였던 적이 있다"는 잠언은 티베트 불교에서 수행의 으뜸가는 계율 중 하나다. 티베트인들은 가문을 인정하지 않고 성씨도 따로 쓰지 않는다. '너의 조상이 언젠가 나의 조상'이었기 때문이다. 민족의 경계까지 뛰어넘는 다원주의적 생명 구원의 세계관이 티베트 불교의 근간이며 겔룩파 창시자 총카파의 순수 이념이기도 하다. 고통은 무지 때문에 스스로 불러온 '나와 세계 구조와의 대립'으로부터 나온다. 자신을 세계로부터 분리된 존재로 생각하고 그것과 대항하려 하는 무지 때문에 탐욕과 고통을 스스로 부른다는 것이다.

젊은 스님이 물동이를 이고 사원으로 올라온다. 스님의 걸음은 저 아래로부터 일정한 보폭을 유지하고 있다. 햇빛과 물동이와 스님의 붉은 가사와 황막한 대지가 일체감을 이루고 천천히 흐르는 것 같다.

"요즘은 한 800명 정도 여기 머무르는데 젊은 스님들이 대부분이지."

노스님이 나와 나란히 앉아 설명해 준다. 두 개의 불교 대학이 설립되어 있는 이곳에서 공부하는 젊은 스님들의 일상생활은 원칙적으로 자급자족이다. 흙으로 지은 작고 침침한 방과 딱딱한 침대 하나만을 제공받는다. 그들은 최소한의 소비 생활을 하면서, 그러나 죽음의 확실성까지 뛰어넘어 우주로까지 자신의 생명을 확대하려는 최고조의 꿈을 버리지 않는다.

열일곱, 여덟쯤 됐을까. 물동이를 이고 층계를 오르던 젊은 스님이 나와 노스님을 보더니, 소리 없이 환히 한번 웃는다. 저무는 햇빛 때문에 젊은 스님의 이마에 맺힌 땀방울이 순은처럼 빛나고 있다. 나는 얼른 자리에서 일어서며 두 손 합장하고 "옴마니밧메훔" 한다. 젊은 스님이 당황하며 힘들게 물동이를 내려놓고 가장 공손한 자세로 머리 숙여 내 인사에 답례를 한다.

"옴마니밧메훔!"

다시 물동이를 이고 층계를 오르는 스님의 목덜미가 저무는 햇빛을 받아 순하고 환하게 반짝한다. "순정은 무지로부터 우리를 보호한다"는 노스님의 말이 가슴속으로 쏟아져 들어온다. 내겐 어떤 순정이 지금 남아 있을까.

티베트의 젊은 꿈과 이상

북경에서 만나 라사까지 기차 여행을 함께 한 조마와 글로바사는 연인이다. 조마는 집이 라사로 2년 만의 귀향이지만, 글로바사는 티베트가 고향이지만 라사는 초행이다.

"티베트 사람이라면 누구나 일생에 한 번은 라사를 순례해야 해요. 좋은 기회를 맞은 거죠." 글로바사가 설명해 준다. 2년 만의 귀향길에 남자친구를 동반한 셈이라, 부모님의 반응이 어떨 것 같냐는 질문을 안 할 수가 없다. "부모님도 글로바사를 반갑게 맞아주실 거예요." 조마는 단언한다. "만약 애인이 한족 남자라면 어떨까요?" "그래도 이해하실 거라고 봐요. 세계화 시대인데, 상대편이 어떤 민족이냐가 뭐 그리 중요해요?"

조마가 눈빛을 빛내며 반문한다.

말은 그렇지만 티베트 전역이 빠르게 중국화하는 속도와 비교한다면 티베트 사람과 한족의 결합은 그리 많지 않다. 워낙 전통과 문화가 다를 뿐 아니라 티베트 사람들의 민족의식이 그만큼 강하기 때문이다. 일반적으로 한족 사람들은 티베트 장족 사람들을 더럽고 비문화적이라고 생각하

가족을 위해 모든 험한 일을 도맡아 하는
티베트 여자들이 보여주는 역동성과 신명과 긍정적인 기세는
사뭇 놀라울 정도다.

고, 티베트 사람들은 한족 사람들을 돈만 아는 세속적 인간이라고 여긴다.

　티베트 전통음식점을 운영하는 한 부부를 만났다. 북경외국어대학에
서 영어를 전공하다가 티베트 남자를 만나 결혼한 '후이'는 처음에 티베
트 사람인 남편이 너무 씻지 않아 애를 먹었다고 털어놓는다. 후이의 남편
'처마왕칭'은 북경과 라사에서 대형 식당을 운영하는 티베트족 부자이다.
　"북경 식당은 여기보다 몇 배 커요."

미모가 뛰어난 후이가 자랑을 한다. 한 달의 반은 북경에 있고 또 반은 라사에서 생활하는데, 돈벌이는 북경 식당이 훨씬 좋지만 머물기는 라사가 좋다고 한다. "여기는 평화로워요. 라사가 그런 곳이잖아요. 마음의 평화를 주는…." "티베트 남자와의 결혼을 부모님이 반대하진 않았나요?" "굉장히 반대하셨어요. 그런데 북경의 식당 개업식에 와보시곤 허락하시더라구요. 몇백 명이 한꺼번에 식사할 수 있는 대형 식당이거든요."

요컨대, 이곳에서도 돈이다.

돈이 많으면 장족 남자가 한족 엘리트 색시를 아내로 얻어 들일 수 있지만, 돈이 없으면 주위의 반대를 무마하기 어렵다. 결혼 반대는 물론 남자 쪽에서도 격렬했던 모양이다. 남편 처마왕칭은 그래서 "손챈감포도 외국 공주와 결혼하지 않았느냐"고 집안 어른들께 항변했다고 한다. '손챈감포'는 7세기 티베트 전역을 통일하고 불교 발전에 큰 힘을 기울였던 왕으로서 정치적인 목적으로 당나라 웬쳉 공주와 네팔의 브리쿠티 공주를 아내로 맞아들인 사람이다. 나는 두 사람에게 결혼한 걸 후회한 적은 없느냐고 묻는다. 남편은 말이 없고 아내가 고개를 끄덕인다. "티베트 남자들, 말 못 할 정도로 가부장적이에요. 후회까지 한 적은 없지만, 불만이에요."

티베트에서 남자의 권력은 강력하다.

여자는 아이를 양육해야 하고 양 떼를 돌봐야 하고 음식 조리도 해야 한다. 사실 티베트 남자들은 거의 하는 일이 없다. 그래도 남자들보다 여자들이 더 활달하다. 여자 셋만 모여 있으면 노래와 춤이 절로 나온다. 가족을 위해 모든 험한 일을 도맡아 하는 티베트 여자들이 보여주는 역동성과 신명과 긍정적인 기세는 사뭇 놀라울 정도이다.

티베트인들은 여성을 태양으로 생각하고 남성을 달로 본다. 가부장적인 문화의 보편적 상징이 남성은 태양, 빛, 생명이고 여성은 달, 어둠, 소멸이란 걸 고려하면 티베트 사람들이 여성을 태양으로 보는 건 특별하고 놀랍다.

라사는 동서로 길게 이어져 있다. 동쪽 지역은 조캉 사원을 중심으로 우중충한 낡은 건물들이 잡다하게 자리 잡고 있는 티베트 사람들의 거리이고, 서쪽은 포탈라궁을 둘러싸고 우후죽순처럼 생겨난 새 빌딩, 대형 슈퍼마켓, 백화점 따위가 즐비한 소비적 향락의 분위기가 지배하는 한족의 거리이다. 인위적으로 나뉜 건 아니지만 대체로 그런 구분이 가능하다는 말이다. 그러나 요즘은 동쪽 거리에도 하루가 다르게 젊은이들이 주로 이용하는 카페가 생겨나고 있으며 한족의 자본이 밀려들고 있다. 조캉 사원 순례길에 자리 잡은 카페에도 늘 관광객이 반, 티베트 젊은이들이 반쯤 자리를 채운다.

티베트에선 중국으로부터의 독립에 대해 토론할 수도, 발언할 수도 없다. 달라이 라마의 사진을 소지하거나 벽에 거는 것도 불법이다. 그러나 수많은 티베트 젊은이들이 오늘도 험한 히말라야산맥을 남몰래 넘어 인도 북부의 달라이 라마 망명 정부가 있는 다람살라로 간다. 그곳의 학교를 다니기 위해서다.

"티베트, 안 없어져요. 다 과정일 뿐이죠."

후이의 음식점에서 만난 한 젊은이가 귀엣말로 내게 한 말이다. 중국의 강압적인 지배도 긴 역사의 한 과정에 불과하다는 뜻이다. 그러나 그런 젊은이는 소수에 불과하다. 변화는 필연이다. 많은 티베트 젊은이들이 소망하는 직업이 공무원이라는 것만 봐도 그렇다. 공무원이 되면 직접적이든 간접적이든 티베트의 중국화 작업에 기여할 수밖에 없기 때문이다.

"변화는 어쩔 수 없어요."

들어가기가 하늘의 별 따기라는 북경대학 2학년 '슈우처'의 말이 의미심장하다. 그는 티베트의 엘리트 청년으로 명문대학 재학 중이라 어느 정도 장래를 보장받을 것이다.

"티베트의 신비로움과 정신문화는 겉으로 봐선 몰라요. 한족이 많이 이주해 오고 관광객이 늘어난다고 해서 티베트 문화가 금방 훼손될 거라고 생각 안 해요. 지금의 변화는 중국화가 아니라 현대화지요. 문화의 신비로움은 쉽게 훼손되지 않는 거라고 생각해요."

달라이 라마의 여름 궁전

달라이 라마는 티베트의 정치·종교를 관장하는 법왕으로서 세계에 유례가 없는 독특한 방법으로 전승된다. 그것은 끝없이 환생을 거듭한다는 티베트 불교의 원리로부터 나온 것이다. 지금의 제14대 달라이 라마는 제13대 달라이 라마였던 '툽텐 가쵸'가 열반했다가 환생했다고 티베트 사람들은 믿는다. '툽텐 가쵸'는 "스스로 우리를 지킬 힘을 기르지 않으면 우리의 정신과 문화는 완전히 파괴당할 것"이라고 예언하고, 1933년 머리를 라사의 북동쪽으로 돌려 자신이 환생할 곳을 암시한 뒤에 열반했다고 알려져 있다.

제14대 현재의 달라이 라마는 '툽텐 가쵸'의 예시대로 라사의 북동쪽, 중국과 인접한 암도 지방에서 태어났다. 암도는 '말들의 땅'이라는 뜻이다. 1935년 7월, 암도 지방의 작은 마을 탁체르에 천둥과 번개가 치고 곧 영롱한 무지개가 솟아났는데, 이는 바로 지금의 달라이 라마 '텐진 가쵸'의 탄생을 알리는 신의 계시였다고 한다.

달라이는 '큰 바다'라는 뜻이다.

라마가 '스승'이라는 말이니까 달라이 라마는 '큰 바다와 같은 높은 덕을 지닌 스승'이라는 말이 된다. 달라이 라마는 살아있는 부처로서 관세음보살의 화신이다. 암도 지방에서 가난한 농부의 아들로 태어난 지금의 달라이 라마는 불과 만 세 살도 되기 전에 관리 복장으로 변장하고 찾아온 포탈라의 고승들로부터 13대 달라이 라마의 현신인 걸 인정받고 포탈라궁으로 들어왔다가 열여섯 살 되던 해 서둘러 제14대 달라이 라마로 옹립된다. 중국이 티베트를 무력으로 점령한 후 1년 뒤의 일이다.

삶의 목표는 행복에 있다. 종교를 믿든 안 믿든, 또 어떤 종교를 믿든, 우리 모두는 언제나 더 나은 삶을 추구하고 있다. 따라서 모든 삶은 근본적으로 행복을 향해 나아가고 있는 것이다. 그 행복은 각자의 마음 안에 있다는 것이 나의 변함없는 생각이다.

달라이 라마는 그의 저서 《행복론》에서 이렇게 말했는데, 망명 정부를 꾸리고 있는 그 자신이 행복한 인생을 살아온 것인지는 알 수 없다. 1959년, 라사에서 민중 봉기가 일어났을 때, 그는 포탈라궁과 달리 햇빛이 잘 들고 꽃들이 만발한 여름 궁전 '노블링카'에 기거하고 있었다. 중국 정부가 그를 납치해 갈 거라는 소문 때문에 수많은 티베트 민중들이 그를 지키려고 노블링카를 맨몸으로 에워쌌고, 그 과정에서 수천의 티베트 사원이 파괴됐으며 12만 명 이상의 티베트 민중이 학살됐다. 그는 그해 소수의 심복들과 함께 티베트 군인으로 변장하고 만년 빙하가 쌓인 히말라야산맥을 넘어 티베트를 탈출한 뒤 오늘날까지 포탈라궁으로 돌아오지 못하는 비운의 군주로 살아가고 있다.

노블링카가 건축되기 시작한 건 18세기다.

'보석 궁전'이라고도 불리는 노블링카는 비운의 역사를 다 잊은 듯, 오늘날은 중국 관광객들에 의해 하루 종일 소란스럽다. 지금의 달라이 라마는 물론이고 역대 달라이 라마들은 음침한 포탈라궁보다 울창한 숲과 아름다운 정원 때문에 훨씬 생기발랄해 보이는 여름 궁전 노블링카를 더 좋아했다고 한다. 지금의 달라이 라마가 건축하고 또 머물렀던 건물 '탁텐 미규 포트랑'은 아름다운 인공 호수와 담장 하나를 사이에 두고 마주 보고 있다. 신으로 가는 길을 한 번도 물어보지 않은, 사회주의 체제로부터 잠시 떠나온 중국 관광객들이 떼 지어 몰려다니는 건물 앞은 수많은 여름꽃 때문에 화사하기 이를 데 없다.

"문화적 대학살이다."

달라이 라마가 그렇게 말한 칭짱열차가 이제 포탈라궁 바로 코앞까지 날마다 수많은 한족 관광객들을 실어 나르고 있다. 관광객들은 서슴없이 '티베트는 원래부터 중국 땅'이라고 말한다. 노블링카의 어느 뒷방에서 은밀히 티베트 군인의 복장으로 변복하고 있는 젊은 달라이 라마의 모습이 자꾸 어른거린다. 탈출할 때 달라이 라마는 불과 20대 중반이었다. 훤칠하고 눈빛이 맑았던 젊은 그는 그 순간 무엇을 생각했을까.

사원도 필요 없다. 복잡한 철학도 필요 없다.
우리 자신의 머리, 우리 자신의 가슴이 바로 우리의 사원이다.
나의 철학은 바로 따뜻함이다.
- 달라이 라마

사원도 필요 없다. 복잡한 철학도 필요 없다.

우리 자신의 머리, 우리 자신의 가슴이 바로 우리의 사원이다.

나의 철학은 바로 따뜻함이다.

달라이 라마는 또 이렇게 설파했다. 티베트 불교에서 소중한 것은 '자신의 가능성'을 관조하는 자세이다. '내면의 겁쟁이가 지배하는 삶'에서 빠져나와 '쾌락에 넋을 잃은 우리'로부터 자유로워진다면 사람은 용기로써 힘을 얻고 무한한 가능성을 향해 항상 행복하게 나아갈 수 있다는 것이다.

나는 먼지가 뿌옇게 앉은 듯한 달라이 라마의 침대 앞에서 오래 서성거린다. 더 무서운 것은 정치 권력이 아니라 세계화로 치닫고 있는 자본이다. 중국인 관광 인파는 달라이 라마가 썼다는 낡은 침대에 아무도 주목하지 않는다. 종교적 세계에선 흥망성쇠가 없을 터이지만, 역사에는 분명히 흥망성쇠의 사이클이 있다. 달라이 라마는 어쩌면 생전에 그의 궁전으로 다시 돌아올 수 없을지도 모른다. 그나마 지금은 그가 있지만, 달라이 라마의 사후에는 무엇이 있어 티베트의 영혼을 지켜줄 것인가. 달라이 라마가 남긴 색바랜 침대는, 아무래도 왁자한 자본의 물결에 비해 너무 초라해 보인다. 내 눈높이가 낮아서 정견正見, 바로 보지 못해 그러한가.

티베트 사람들의 축제

아름다운 축제의 현장을 만난 것은 네팔과 서부 티베트로 향하는 우정공로 상의 어떤 공터에서였다. 4,000미터가 넘는 고개를 지나 너른 평원 쪽으로 나가는데, 많은 사람들이 티베트 전통복 차림으로 모여 있는 걸 보게 되었다. 근처의 여섯 마을이 참가해 승마 경기를 하는 망과제望果祭라고 했다.

'잔치 술은 한잔 얻어먹고 가야지.'

나는 처음에 그렇게 생각했다. 그러나 축제의 한복판에 끼어들고 보자 도무지 얼른 길을 떠나고 싶지 않았다. 그만큼 멋진 축제였기 때문이다. 공터를 빙 돌아서 대형 천막들이 쳐 있고, 천막 그늘에 마을별로 남녀노소 할 것 없이 모든 주민들이 나와 있었다. 누가 특별히 전하지 않더라도 마을 축제에 나오지 않는 사람은 거의 없다고 어떤 노인이 말해주었다. 자신도 평생 축제에 빠진 적이 없다고 했다.

때때옷으로 갈아입고 예쁘게 단장한 여자들은 음식을 만드느라 여념이 없었고, 노인과 남자들은 펑퍼짐하게 모여 앉아 티베트의 전통주 '창'

을 마시면서 담소를 즐겼으며, 아이들은 도시에서 온 방물장수들 사이를 몰려다니고 있었다. 수확을 앞두고 신께 감사드리기 위해 근동의 여섯 마을 기마 선수들이 나와 마상 경기를 벌이는 축제였다. 내가 어렸을 때 겪었던 운동회 날 풍경과 모든 게 비슷했다.

드디어 기마 선수들이 도착했다.

화려한 치장을 한 기마 선수들이 떼 지어 달려오자 축제의 마당은 한껏 달아올랐다. 경기는 빨리 달리기, 말 달리면서 창으로 과녁 맞히기, 그리고 마상에서의 묘기 시범 순서로 진행됐다. 1등은 양 한 마리, 2등은 100위안의 상금이 걸렸으니 상이라야 사실 받으나 마나 한 정도였다. 게다가 조랑말과 다름없는 말을 타고 농민들이 벌이는 경기라 기마 솜씨도 특별히 빼어나다고 할 수 없었다. 어떤 선수는 말이 이통을 부려 정해진 코스를 벗어나기도 했고, 또 어떤 선수는 내던진 창이 한 번도 과녁을 맞히지 못했다. 선수들 연령층도 아주 다양해서 젊은 선수도 있고 늙은 선수도 있었다.

축제는 거의 종일 계속됐다.

여자들은 계속해서 음식을 만들었으며 노인과 남자들의 술잔을 채워주었고 틈이 나면 합창으로 노래를 불렀다. 놀라운 것 중 하나는 세대 간의 배타성이 전혀 없다는 사실이었다. 나는 자주 젊은 사람과 중년층과 노인층이 각각 다르게 모여 앉아 놀기 마련인 우리들의 축제 문화를 떠올렸다. 그러나 그곳엔 세대 간의 간극도 없었고 승자와 패자 간의 이분법적 분별도 전혀 없었다. 구별이 있다면, 노인을 먼저 보살피고 챙기는

'모든 생명은 언젠가 나의 어머니였던 적이 있다'는
잠언은 티베트 불교에서 수행의 으뜸가는 계율 중 하나다.
너의 조상은 언젠가 나의 조상이었다.

장유유서의 아름다운 풍경뿐이었다. 그들은 모두 환했고, 친했고, 구별 없이 섞여 모두가 한 덩어리 친구로서 즐겼지만 물 흐르듯 자연스럽게 장유유서의 흐름을 따랐다. 우리에게선 사라져 버린 '고수레' 풍습도 그대로 남아 그들은 창 한 잔을 마실 때조차 매번 세 번씩 '처이'라고 외치며 손가락으로 술을 튕겨 내어 대지에 봉양했다.

나는 시간 여행을 떠나온 것 같았다.

내가 타임머신을 타고 시간을 거슬러 온 것은 나의 어린 시절, 농촌 공동체가 살아있던 시절의 내 조국이었다. 불과 반세기 만에 우리가 잃어버린 공동체, 또는 두레 문화가 티베트에 고스란히 남아있었다. 우리가 예전에 그랬듯 그들은 두레 농사를 지었고, 대지와 신께 감사드리는 걸 잊지 않았으며, 두레상에 너나없이 둘러앉아 가진 것들을 아낌없이 나누어 먹었다. 노래가 끝날 줄 몰랐고 춤이 계속됐다. 세계에선 가장 가난한 민족 중 하나인데 축제 마당을 통해 내가 보고 만난 그들은 한마디로 말해 우리보다 훨씬 더 행복하고 충만해 보였다.

> 병이 없는 것이 가장 큰 은혜요
> 만족을 아는 것이 가장 큰 재물이다.
> 친구를 최고로 갖는 것이 미쁜 것이요
> 즐거움의 제일은 열반이니라.
> ─《법구경》

대체로 천편일률적이고 소비적인 우리네 축제를 돌아보라. 방송국 연예 프로그램 하나만 끌어오면 축제가 금방 성공적인 것으로 회자되는 판국이니 더 말할 나위도 없다. 우리의 모든 프로그램들은 일반적으로 프로그램 주관자와 관객 개개인들의 수직적 구조 위에서 이루어진다. 수평적 교감이 없으니 관객이 참된 공동체의 기쁨에 이르기는 쉽지 않다. 자본주의적 소비문화의 마수가 축제장 곳곳에 뻗쳐져 있는 것도 그렇다.

그러나 티베트의 축제는 다르다.

어떤 마을의 촌장은 축제를 통해 "신과 만나고, 사람과 친해지고, 열심히 일할 힘을 얻는다"라고 말했다. 그들의 축제에선 주관자가 주인이 아니라 참여한 모두가 참 주인이었다. 돌아보면 불과 반세기 전 우리네 두레 문화 안에서 이루어지던 축제가 그러했다.

필요한 것은 참된 영성靈性이다.

본성 그대로의 남쵸 호수

라사에서 북쪽으로 190여 킬로미터. 랜드크루저를 몰고 2시간 남짓 북진하면 꿈같이 아름다운 남쵸 호수^{納木錯}로 나가는 담숭^{當雄}에 도착한다. 니엔첸탕글라^{7,111미터}와 삼다인캉^{6,590미터}의 위용을 그 길에서 볼 수 있다.

남쵸 호수는 해발 4,718미터에 자리 잡고 있다.

담숭을 지나면 곧 가파른 고갯길이 나온다. 길과 나란히 흘러내리는 물은 너무 맑아서 잘 닦은 유리창처럼 투명하다. 황량한 붉은 산비탈 여기저기 유목민들의 천막이 눈에 들어온다. 해발 5,190미터의 라큰라 고개 정상이 그 부근에 있다. 몸이 날릴 것 같은 바람이 가파른 남쵸 계곡을 훑고 올라와 라큰라 고개에 내걸린 수많은 룽다^{風馬} 타르초^{오색 깃발}들을 흔들고 지나간다. 기온은 어느덧 뚝 떨어져 있다. 티베트인들의 갈망이 담긴 타르초들이 나부끼는 소리에 불려온 듯 한순간 남쵸 호수의 전경이 확 다가든다.

남쵸는 티베트어로 '하늘 호수'라는 뜻이다.

순례

남쵸는 '하늘 호수'라는 뜻으로,
티베트인들에게 영혼의 표상으로 추앙받고 있다.
만년 빙하를 인 니엔첸탕글라산맥의 스카이라인이
손에 잡힐 듯 가깝다.

둘레가 70킬로미터가 넘는 이 호수는 염호^{塩湖}로 그 빛이 얼마나 투명한지 '푸른 보석'으로 불리면서 티베트인들에게 영혼의 표상으로 추앙받고 있다. 호수를 둘러싼 드넓은 분지는 이제 8월인데도 어느새 풀이 말라 누렇다. 만년 빙하를 인 니엔첸탕글라산맥의 스카이라인이 손에 잡힐 듯 가깝다.

너는 생명에 필요한 것이 아니라 생명 그 자체다.
너는 관능으로 설명하지 못하는 쾌락을 우리들 속에 사무치게 한다.
너와 더불어 우리 안에는 우리가 단념했던 모든 권리가 다시 들어온다.

고등학교 때 가장 감동적으로 읽었던 생텍쥐페리의 소설《인간의 대지》에 등장하는 물에 대한 예찬이다. 짜시 섬의 천막촌을 지나, 티베트 소녀가 끄는 조랑말을 타고 호수 중심으로 뻗어 나간 황갈색 언덕 꼭대기에 오르면 누구나 아, 하고 입을 벌린다. 절세의 남쵸 호수 푸른빛이 그 순간 '관능으로 설명하지 못하는 쾌락'으로 영혼 속에서 '사무치는' 것을 느끼기 때문이다. 생텍쥐페리의 말대로 "단념했던 모든 권리가 다시 돌아오는" 듯한 영적 경험이라 할 수 있다. '성냄'과 '욕망'과 '무지'의 삼독^{三毒}이 내 속에서 완전 소멸되는 느낌이 아마 그럴 것이다.

일찍이 어떤 '권리'를 나는 잃었던가. 사소한 질투심으로 성내고, 하찮은 욕망에 눈멀고, 남과 내가 다른 것에 따른 편견 때문에 불안하게 보낸 나날들. 자본주의 경쟁 체제 속을 숨 가쁘게 지나오면서 나도 모르게 내

순례

동댕이쳐 버린 건 아마도 '근원적 광명'이라는 본성일 것이다. 티베트에 불교의 성자 '파드마 삼바바'는 본성을 가리켜 "자기 자신으로부터 비롯하는 밝은 빛"이라고 말하면서, "자신으로부터 비롯되는 이 지혜는 누구에 의해 창조된 것이 아니니 얼마나 놀라운가." 하고 설파한 바 있다. 본성이야말로 우리들 자신 속에 깃들여 있는 가장 강력한 '권리'가 아닌가. 내가 남쵸 호수의 푸른빛에서 그 순간 본 것은, 바로 내가 일찍이 스스로 버렸을지 모를 본성의 근원적인 빛이었다.

호수 부근에서 오체투지로 전진해오고 있는 두 사람의 젊은 스님을 만났다. 나와 눈이 마주치자 키가 큰 스님이 먼저 상체를 세우며 환히 웃어 주었다. "타시델레!" 우리는 서로 밝게 인사했다. 곧이어 스님들의 오체투지 순례를 지원하는 일행이 리어카를 끌고 다가들었다.

그들은 1년여 전 여름에 쓰촨성四川省의 집을 떠났다고 했다. 봄부터 겨울까지, 때로는 폭우 속의 진흙탕을, 또 때로는 영하 수십 도의 혹한과 눈보라를 뚫고 거의 일 년째 수천 리 험준한 길을 오체투지로 전진해오는 중이었다. 직접 오체투지를 하는 스님 두 분은 나무 슬리퍼를 손에 끼우고 가슴과 배엔 고무로 된 앞치마를 두르고 있었다. 표정은 한없이 밝고 팔뚝 근육은 차돌처럼 단단했으며 눈빛은 깊고 서늘했다.

"티베트 사람이라면 누구나 죽기 전에 한 번은 라사에 들러야 해요." 리어카를 끌고 온 늙수그레한 남자가 설명했다. 그이는 부인과 딸을 데리고 오체투지로 라사를 향해 출발했다가 탕글라산맥을 넘을 때 힘에 부쳐 직접 오체투지 하는 걸 접고 길에서 만난 스님들을 뒤에서 지원하는 지원조를 자임했다. "오체투지를 하는 사람과 지원조로 동행하는 사람은 똑같은 공덕을 쌓게 됩니다." 남자가 설명해 주었다.

리어카에는 천막과 간소한 식사 도구와 여벌의 옷가지 등이 실려 있었다. 지난 일 년, 손에 끼는 나무 슬리퍼만 해도 수십 개 이상을 갈아 사용했다고 했다. 세 걸음 만에 무릎 꿇고 엎드리며 두 팔을 쭉 앞으로 뻗은 뒤 머리와 배와 다리를 땅에 대는 오체투지는 부처님께 나를 온전히 맡기는 가장 낮은 자세라고 할 수 있다. 진창길이든 자갈밭이든 눈밭이든 오물 위든 그 자세는 변함이 없어야 한다. 길에서 엎드릴 때 배를 쭉 밀어 조금이라도 더 앞으로 나아가려고 사용하는 고무 앞치마와 나무 슬리퍼는 마모 때문에 미상불 한 주일 사용하기도 어렵다.

"하루 몇 킬로미터나 갑니까?"

"뭐, 대중없지요."

젊은 스님이 수줍어하며 대답했다. 컨디션이 좋으면 하루 15킬로미터도 가고, 하루 10킬로미터, 5킬로미터만 가도 그만이라고 곁에 선 지원조 남자가 덧붙였다. 몸이나 날씨가 안 좋으면 며칠씩 쉬어 가기도 하는 모양이었다.

"여기서부터는 되도록 천천히 가려고 해요." 또 다른 스님이 말했다. "라사에 도착하면 이 사람들과 헤어져야 하니까요." 오래 동행했으니 헤어지는 게 왜 아쉽지 않겠는가. 기본적인 경비는 마을 사람이나 지나는 여행객들이 십시일반 보태주는 것으로 충당한다. 그렇다고 배불리 먹고 따뜻이 잘 수 있는 정도의 돈이 되는 건 아닐 터이다. 때로는 굶어야 하는 경우도 있고 몸이 아파 며칠씩 길에서 머물 때도 있다. 부처의 말씀대로

순례

오체투지는 부처님께 나를 온전히 맡기는 가장 낮은 자세이다.

고통이야말로 "업장을 쓸어내는 가장 커다란 빗자루"이니, 그들의 표정이 하나같이 환한 건 바로 부처의 제단에 고통을 바치고 있다는 내적 충만과 자부심 때문일 것이다.

어떤 순례자는 인도 대륙을 떠나 수 년, 심지어 10여 년이 넘게 오로지 오체투지로 히말라야산맥을 넘어오기도 한다. 가난하고 병든 자에게 평생을 바치고 산 '테레사 수녀'는 이렇게 말한 바 있다.

우리 모두는 신이 있는 하늘을 갈망한다. 바로 이 순간 그분과 함께할 수 있는 힘을 우리는 지니고 있다. 그분과 함께하는 행복을 누리는 것은 이것을 뜻한다. 그분이 사랑하는 것처럼 사랑하고, 그분이 도움을 주는 것처럼 돕고, 그분이 나누어 준 것처럼 나누고, 그분이 섬기는 것처럼 섬기고….

필요한 것은 욕망과 집착과 무지를 나로부터 몰아내는 일이다. 전통적인 티베트 불교의 수행 방법에서 가장 중요한 과정은 정견과 명상, 그리고 행위, 세 가지. 욕망의 거품을 걷어 내고 존재의 근원을 절대적 상태로 보는 '정견'이 그 첫째이며, 정견을 다져 끊이지 않는 체험으로 만드는 '명상'의 과정이 그 둘째이고, 그 결과를 실제적 삶과 합일시켜 실천하는 '행위'가 그 셋째이다. 오체투지로 순례길에 오른 사람들은 이 세 과정을 모두 동시에 수행하고 있는 셈이니까 부족하거나 두려움을 느낄 것이 있을 리 만무하다.

그들은 고통을 통해 온전한 자유를 얻는다.

순례

천장

티베트에서 죽음은 큰 의미가 없다. 살아 존재하는 모든 것은 영원히 다시 태어나기 때문이다. 죽음은 자연스러운 하나의 과정에 불과하다.

죽은 다음 삶으로 다시 태어날 때까지의 시기를 가리켜 티베트어로는 '최니chonyi', 산스크리트어로는 '다르마타'라고 부른다. 우리가 보통 중음中陰이라고 부르는 칠칠일七七日, 곧 49일 동안의 시기가 여기 해당된다. 중음의 시기는 영혼이 '근본적인 순수'의 공간 안에 떠도는 시기로서, 이를테면 밤과 아침 사이, 동트기 직전의 상태라고 할 수 있다.

'다르마타'가 지나면 모든 영혼은 전생의 카르마에 따라 다시 생성된다. 그가 무엇으로, 어떤 환경에 태어나느냐 하는 것은 전적으로 그의 업력에 달려 있다. 살아생전 고통받은 삶일수록 더 좋은 환경에서 태어나 새로운 삶을 누릴 수 있다고 티베트 사람들은 믿는다.

그러니, 죽음이 왜 슬프겠는가.

육신은 껍데기일 뿐이다. 티베트인들은 죽음이 끝이라고 생각하지 않으며, 산 자와 죽은 자로 나뉘는 것이 근원적인 이별이라고 생각하지도 않는다. 티베트의 장례식에서 우는 사람을 보기 어려운 건 그 때문이다.

티베트 사람들이 제일 영광스럽게 생각하는 장례 풍습은 조장鳥葬 또는 천장天葬이다. 천장은 시신을 독수리에게 먹여 뼛조각 하나 남지 않게 '하늘로 돌려보내는 장례'인데, 야만적이라 하여 한때는 중국 정부가 천장을 금했으나 법적 실효성이 별로 없기도 하거니와 티베트 고유의 자연환경을 고려해 지금은 금하지 않고 있다. 다만, 외지인에게 공개하는 것을 금하고 있을 뿐이다. 라사의 주변에도 천장이 행해지는 곳이 몇 있는데, 가장 대표적인 곳이 유서 깊은 '세라 사원'의 천장터다.

세라는 '자비로움이 충만한 우박'이라는 뜻이다.

라사의 북쪽 끝, 타티푸 언덕에 자리 잡은 세라 사원은 한때 불교 대학이 5개나 있을 정도로 번성했으나 중국 침략 이후 많이 쇠락해서 지금은 불교 대학도 3개로 줄었고 건물도 낡아 아주 황폐한 느낌을 준다. 세라 천장터는 사원 입구에서 오른쪽으로 휘돌아져 나간 햇빛이 작렬하는 황갈색 언덕을 넘어가야 나온다. 언덕 후면에서 개천 쪽으로 돌아서면 지금도 천장을 하는 거대한 너럭바위가 눈앞으로 확 다가든다. 때마침 늙은 스님 한 분이 여기저기 돌확처럼 패인 너럭바위 중앙에 버티고 앉아 아침녘에 장례를 치른 고인의 명복을 빌고 있다.

천장 의식의 과정은 단순하다.

시신이 도착하면 스님 주재로 간단한 천도재를 올리고, 이어서 곧 '돔

순례

덴^{Domden}'이라고 부르는 칼잡이가 시신을 여러 토막으로 조각내서 너럭바위에 널어 놓아둔다. 그러면 하늘을 배회하던 독수리 떼가 일제히 내려앉아 시신의 살점을 쪼아 먹는다. 뼈만 남기까지 채 20분도 걸리지 않는다. 돔덴은 독수리들이 쪼아 먹고 남긴 뼈를 거두어 너럭바위 파인 곳에 놓고 곱게 빻은 뒤 티베트 사람들의 주식인 쩜바^{쌀보리 가루}와 버무려 다시 널어놓는다. 그러면 하늘로 날아올랐던 독수리 떼가 다시 내려와 이번엔 그것을 쪼아 먹기 시작한다.

최종적으로 시신은 남는 부분이 하나도 없다.

물론 독수리가 얼마 모이지 않아 시신의 일부가 남는 경우도 있다. 앞선 장례에서 배불리 먹은 독수리들은 시신을 토막 내어 늘어놓아도 잘 내려오지 않기 때문이다. 공덕을 많이 쌓은 자의 주검일수록 독수리가 많이 모여든다고 티베트 사람들은 생각한다. 그러므로 독수리가 많이 모여들지 않으면 장례를 지켜보는 유가족들은 속으로 애가 탈 수밖에 없다.

돈이 없으면 그나마 천장을 하기도 어렵다.

시신을 천장터까지 운구하고, 천도재를 주관하는 스님과 시신 관리를 맡은 '돔덴'에게 사례하려면 돈이 꽤 들기 때문이다. 그래서 가난한 민중들은 굶주린 들개 떼에게 시신을 먹이로 주는 '견장^{犬葬}'을 하거나 하천에 버려 물고기가 먹도록 하는 '어장^{魚葬}'을 하기도 한다. 히말라야의 고산족 셰르파들은 주로 화장을 하는데, 티베트 고원에선 땔감이 귀하기 때문에 화장하는 경우는 아주 드물다.

유족들 입장에서 가장 나쁜 건 시신을 땅속에 묻어야 하는 경우이다. 티베트 고원은 대부분 메마른 암반층이어서 땅을 깊이 팔 수도 없고, 또

습도와 산소가 부족해 파묻어도 잘 부패하지 않는다고 한다. 시신이 제때 부패하지 않으면 다르마타의 과정을 거쳐 다시 태어날 때 장애를 받는다는 게 티베트 사람들의 일반적인 생각이다. 세계에 유례가 없는 티베트인들의 천장 풍습은 어쩌면 그들 고유의 자연환경 때문에 생겨났는지도 모른다.

티베트에서는 보통 흉악범을 땅에 묻는다.

시간이 많이 남았다고 믿는 사람들은
죽음이 임박해서야 비로소 준비를 시작한다.
죽음이 닥치면 그들은 회한으로 인해 날뛰게 된다.
그러나 이미 때는 늦지 않았는가?
– 파드마 삼바바

부처는 이승의 삶이란 '번갯불이 번쩍하는 찰나'에 지나지 않는다고 설파한 바 있다. 사람은 누구나 태어날 때 이미 그의 가장 깊은 심지 안에 죽음의 씨앗을 품고 나온다. 극단적으로 말해 삶이란 그가 내부에 품고 있는 죽음의 씨앗을 키우는 과정과도 같다. 그리고 그 과정이란 억겁의 세월에서 보면 그야말로 한순간에 불과하다. 그런데도 사람들은 헛된 집착과 욕망 때문에 그 찰나의 인생조차 대부분 쓸데없는 일로 낭비하고 만다. 티베트 불교에선 영혼을 먼저 바라보라고 가르친다. 한 줌도 되지 않는 육체적 욕망의 바다에 빠져 있으면 삶은 영원히 고통뿐이라는 것이다.

티베트에선 몸을 '뤼[lu]'라고 부른다. 이를테면 안의 물건을 다 쓰고 나면 버리는 것, '자루', '포대', '포장지' 같은 것이 바로 몸이다. 그나마 자루나 포대는 재활용이 가능하지만, 사람의 '자루'인 몸은 재활용조차 되지 않는다. 그런 관점에서 보면 삶이란 육체에 잠시 머무는 짧은 여행과 같다.

티베트 제2의 도시 시가체

라사에서 서부 티베트의 끝에 위치한 카일라스나 히말라야산맥을 넘어 네팔로 가려면 티베트의 두 번째 큰 도시 '시가체'를 거쳐야 한다. 라사에서 네팔과의 국경 도시 장무에 이르는 길이 바로 우정공로이다. 우정공로는 라사에서 서쪽으로 달리다가 곧 북쪽과 남쪽으로 갈라지고, 이윽고 시가체에서 합쳐진다.

우정공로의 남쪽 코스는 해발 4,794미터의 '캄바라' 고개를 넘고, 티베트의 4대 성호^{聖湖} 중 하나인 아름다운 '얌드록쵸호'를 지나며, 네팔 양식으로 건축된 유명한 '간체쿰붐'을 볼 수 있는 길이다. 남쪽 길과 비교해 북쪽 코스는 단조롭지만, 코스가 짧고 완만해 좋다. 최근에 길을 새로 포장하고 확장해 쾌적하게 달릴 수 있는 것도 장점이다.

길은 '얄룽창포강'을 계속 따라간다. 카일라스에서 발원해 방글라데시까지 이어지는 2,900여 킬로미터의 얄룽창포는 평균 고도만 해도 4,000미터나 되는, 세계에서 가장 높은 곳을 흐르는 강으로 티베트인들

순례

의 생명줄이자 동시에 교류의 지름길이다.

길은 계속 강을 따라 흐른다.

가끔 강변에 한창 꽃이 피어 있는 유채꽃밭을 스쳐 지나기도 한다. 급경사의 황량한 산과 낭떠러지 밑으로 다이내믹하게 내려앉아 아우성치며 흘러가는 강 사이의 아슬아슬한 경계면에 노란 비단 띠처럼 놓인 유채꽃밭은 사무칠 만큼 싱그럽다. 그것은 황량한 고원에서 생명의 빛과 그 정수를 황홀하게 보여준다.

모든 살아있는 존재는 땅과 물과 불과 바람과 허공으로 구성되어 있다고 티베트 사람들은 믿는다. 티베트인들이 언덕 위나 특별한 장소에 걸어 두는 오색 깃발 타르초도 이 다섯 가지 인자를 상징화한 것이다. 우리가 생명을 유지하는 것은 이 5원소가 유기적으로 맺어져 있기 때문이며, 이것들이 해체되면 그것이 곧 죽음이다.

살과 뼈는 땅의 인자이고, 피, 체액, 미각 등은 물의 인자, 온기, 색, 시각은 불의 인자, 호흡, 촉각은 바람의 인자, 청각과 소리는 콧구멍 귓구멍 같은 허공의 인자이다. 이 5원소를 균형 있게 합일해내고 유지시키고 빛나도록 하는 것은 최종적으로 영혼이라고 티베트 사람들은 단언한다. 탄트라의 영향을 크게 받은 티베트 불교적 세계관에서는, 육신조차 내면의 정수精髓로 이루어진 하나의 정교한 '물리학적 체계'라고 보는 것이다.

시가체는 광대한 서부 티베트와 네팔, 인도 등지로 갈라지는 교통과 교역의 요충지일 뿐 아니라 중국 정부가 투자와 개발을 가속화해서 네팔, 인도와 국경을 맞댄 서부 지역을 한 벨트로 묶으려는 '서부공정'의 중심

살아있는 존재를 구성하는 다섯 가지 인자인
땅, 물, 불, 바람, 허공을 상징하는 오색 깃발

도시이다.

　시가체를 꿰뚫는 중심 도로는 모두 '상하이로'라는 이름이 붙어 있다.
라사의 중심을 꿰뚫는 도로가 모두 '베이징로'라고 이름 붙여진 것과 같
은 식이다. 라사는 정책적으로 베이징과 연대하고, 시가체는 상하이와 연
대해 현대화하려는 게 영원히 티베트를 지배하려는 중국 정부의 야심 찬
복안이라 할 수 있다.

　해발 3,900미터, 아름다운 시가체는 또한 현재 티베트 내의 종교 권

력을 장악하고 있는 판첸라마의 근거지 타시룬포 사원이 있는 곳이기도 하다. 그래서일까, 타시룬포 사원은 내가 들러본 티베트 사원 중 가장 윤기가 흘렀다.

티베트는 크게 4대 종파로 분류된다. 출현한 시대순으로 보면 닝마파, 카규파, 샤카파, 겔룩파가 있다. 여기에서 '파pa'라고 하는 것은 한자 의미로서의 '파派'가 아니라 티베트어로 '사람' 또는 '사람들'이라는 뜻이다.

닝마파는 8세기에 인도로부터 히말라야산맥을 넘어 티베트 고원에 불교를 전한 성자 파드마 삼바바, 곧 연꽃에서 태어났다고 알려진 구루 린포체에 의해 비롯된 종파로서, 붉은 옷과 모자를 사용해 홍모파紅帽派라고 불린다. 한 시절 짧은 번영을 누리기도 했으나 지금은 대부분의 승려가 대처帶妻해 가정을 꾸려가고 있는 고파古派이다.

두 번째 등장한 카규파는 11세기의 탄트라 수행자이자 경전 번역가로 유명한 마르파에 의해 널리 퍼진 종파이다. 원의 세조인 쿠빌라이 칸에게 검은 모자를 하사받았다고 해서 흑모파黑帽派라고도 불리는 이 종파는, 영적인 능력이 뛰어난 라마는 죽은 뒤 다른 사람의 몸을 빌려 다시 태어난다는 소위 활불 제도를 확립한 종파로 알려져 있다.

샤카파는 13세기 원나라를 등에 업고 부상하여 티베트의 정치 종교 권력을 장악했으며, 총카파가 겔룩파를 창시하기 전까지 권력의 중심을 지켰던 종파이다. 오늘날의 샤카파 승려들은 닝마파처럼 대개 대처승이다.

겔룩파는 14세기 총카파에 의해 창시돼 현재까지 가장 큰 권력을 누리고 있는 티베트 불교의 최대 종파이다. 탄트라 불교의 전제 조건으로서 교리적 순수성과 규율을 강조하는데, 황색 옷과 모자를 쓰기 때문에 황모파黃帽派라고 불린다. 14세기부터 티베트에서의 모든 권력을 행사해 왔으나 중국에 점령당한 후 제14대 달라이 라마가 인도로 망명하고 만 비운의 역사를 겔룩파는 현재진행형으로 맞고 있다. 망명 중인 달라이 라마는 물론이고 중국 정부가 내세운 판첸 라마도 모두 겔룩파 소속이다.

타시룬포는 정말 풍성하고 또 아름답다. 현재 탄트라 불교의 기본 이념을 가르치는 불교 대학과 탄트라 대학이 설립되어있는 타시룬포 사원은 총카파의 제자이며 제11대 달라이 라마인 겐덴 드루프가 1447년 설립한 절인데, 다른 절에 비해 개보수가 원활히 이루어져 아주 깨끗하고 현대적이다. 때마침 법륜제티베트 달력으로는 6월 4일, 샤카무니가 티베트에 불교를 처음 전파한 날를 앞두고 수많은 승려들이 축제에 쓸 음식을 만들고 있다. 보릿가루를 반죽, 1천 개의 금강탑을 만들어 제를 올린다고 한다. 세계 최대인 26미터의 금동불이 모셔진 전각과 900명의 장인들이 4년에 걸쳐 만들었다는 정교한 미륵 좌상이 자리 잡은 곳도 바로 이곳 타시룬포 사원이다.

타시룬포를 한 바퀴 돌려면 최소 1시간이 걸린다.

판첸 라마는 본래 달라이 라마와 쌍벽을 이루는 지위로서 17세기 이후 생긴 명칭이다. 현재의 판첸 라마, 기알첸 노르부는 중국 정부가 옹립한 사람으로 티베트인들은 그를 가짜 판첸 라마라고 여긴다. 그는 달라이 라마가 '문화적 대학살'이라고 지적한 '칭짱열차'를 둘러보고 "이 철도가

순례

티베트 경제와 발전을 촉진할 게 명백하다. 너무너무 아름답다"라며 중국 정부를 뜨겁게 예찬한 바 있다.

달라이 라마를 중심으로 한 비밀스럽고 잔인한 권력 투쟁은 천년 넘게 이어져 왔다. 세계 유례가 없는 권력 세습의 독특한 방식이 그렇다. 어린아이를 '활불'로 모시면, 그 배경에서 권력은 더욱 치열하고 잔인한 내부 투쟁의 과정을 거칠 수밖에 없다. 중국에 끝내 점령당한 것도 어찌 보면 천년 넘게 계속돼 온 내부 투쟁에 따른 티베트인들의 카르마일지도 모른다. 일찍이 탄트라 불교의 이념을 티베트인들에게 전한 파드마 삼바바는 이렇게 말한 바 있다.

> 덧없는 삶에의 유혹을 벗어나라.
> 자만심으로부터,
> 무지로부터,
> 어리석음의 광기로부터 속박을 끊을 때,
> 그대는 비로소 모든 괴로움으로부터
> 완전히 자유롭게 되리라.
> - 파드마 삼바바

잠이 오지 않는다. 광막한 티베트 고원을 지나는 바람 소리가 들린다. 서울을 떠난 지도 어언 두 주일, 발에는 물집이 생기고 무릎과 허리가 틀어져 시큰거리고 때로 눈도 침침하지만 그래도 날이 새면 나는 계속 가던 길을 갈 예정이다. 그립고 그리운 카일라스가 여전히 멀기 때문이다.

시가체에서 카일라스까지의 길은 더 좁고 위태로워질 것이다.

그러나 길은 또한 길로 이어져 끝이 없다.

사막이든 바다든 산맥이든 사람은 그 장애를 넘어 끝내 길을 내며 살아오지 않았던가. 앞서 나아간 사람들이 지도를 만들고 그 지도야말로 문명의 정수일 터, 나 또한 사막 너머, 산맥 너머, 바다 너머로 가고 싶다. 아니 내가 진정 가고 싶은 것은 존재의 벽 너머, 이를테면 영혼의 은밀한 중심 혹은 그 시원이다. 나는 어디에서 왔으며, 어디에 내 목숨의 근원이 있는가. 카일라스에 가면 단 한 조각일망정, 존재의 근원을 과연 만날 수 있을까.

길 없는 길

　시가체를 지나면 고원의 대지는 더욱더 황량해진다. 해발 고도가 좀 더 높아졌기 때문에 라사 근교에선 추수가 끝난 보리들이 이곳에선 한창 황금색을 뽐내는 중이다. 고원에서 잘 자라는 쌀보리. 쌀보리는 '샤간 포^{양고기 말린 것}', '수유차야크^{젖으로 만든 차}' 등과 함께 티베트인들에게 가장 중요한 먹거리다. 티베트인들은 보릿가루에 물을 넣어 반죽한 '잠바'와, 역시 보릿가루로 만든 수제비 '텐뚝'을 거의 주식으로 먹는다.

　아침 식사를 끝내고 준비해 온 이뇨제를 찾는다.
　이제부터 티베트 서쪽 끝에 있는 카일라스산까지 1,000여 킬로미터의 길은, 줄곧 4,000미터 이상의 고원을 여러 날 가야 한다. 길이 험한 것은 참을 수 있지만, 고소증에 걸리면 큰 문제가 아닐 수 없다. 언젠가, 에베레스트 칼라파타르에 가는 도중 해발 4,000미터의 외딴 로지^{lodge}에서 고소증에 걸려 며칠 동안 꼼짝 못 하고 누워있던 생각이 자꾸 난다.
　고소증은 죽음에까지 이를 수 있다.

우정공로는 라체 부근에서 직각으로 틀어져 남하한다. 우정공로와 결별하고 나면 길은 곧 비포장이다. 간밤에 내린 비 때문에 고원의 여기저기에 웅덩이가 생겨나 있다. "비가 또 오면 못 갈지도 몰라요. 길이 끊어져 버리니까요." 운전기사의 설명이다. 카일라스산까지의 1,000여 킬로미터 고원 길은 신의 도움을 얻어야 갈 수 있는 험한 길이다. 고도계가 금방 4,700을 가리킨다. 카트라 고개를 간신히 넘는다. 길은 상상했던 것보다 훨씬 나쁘다. 간밤에 내린 비로 인해 길이 유실된 곳도 많고, 또 길을 새로 닦느라 막혀 있는 구간도 한두 군데가 아니다. 길이 막혀 있으면 운전기사가 알아서 길 없는 먼 황야로 우회해야 한다.

노련한 기사를 만난 건 행운이다.

이제 막 마흔 살이 된 기사는 땅딸한 체격에 장난기 많고 욕심도 많은 거친 전사戰士의 모습이다. 다른 운전기사들이 차마 엄두를 내지 못하고 길게 대기하고 있는 지점에 당도할 때마다 스스로 선봉에 서서 내를 건너고 진흙탕을 통과해 매번 다른 기사들의 박수갈채를 받기도 한다. 성격도 괄괄해서 "난 후진타오가 백번 말하는 것보다 달라이 라마가 한번 말하는 걸 믿는다"고 말해 나를 감동시킨 사람이다.

'상상'에서 늦은 점심을 먹는다. 라체에서 상상까지 불과 122킬로미터를 오는 데 무려 6시간이 걸린 셈인데 얼마나 심하게 흔들리면서 왔는지 온몸이 산탄총을 맞은 느낌이다. "오늘 중 사가까지 가는 건 어려울 텐데요." 사천에서 '앞날을 내다보고' 이사 왔다는 음식점 주인이 고개를 갸웃거린다. 상상에서 사가 마을까진 겨우 180킬로미터 거리지만, 한나절

티베트인들은 카일라스를 우주의 중심이자
지구의 배꼽인 수메르산이라고 여기며,
강 린포체, 곧 '눈의 부처'라고도 부른다.

에 주파할 수는 없을 거라고 한다.

"여기서 사가까진 길이 더 나빠요."

음식점 주인의 말에 그나마 남아있던 기세가 꺾이고 만다. 점심을 먹고 곧 출발했는데 얼마 가지 않아 고도계가 해발 5,000미터를 가리킨다. 유목민 텐트가 자주 눈에 띄고 흰 눈으로 뒤덮인 산봉우리도 간헐적으로 보인다. 그리운 성산 카일라스는 여전히 까마득하다.

황막한 고원에서도 가끔 푸른 초원을 만날 수 있다. 그런 곳엔 흔히 수천 마리의 야크와 양과 염소 떼가 방목된다. 해발 6~7천 미터의 설산으로 둘러싸인 곳에서 푸른 초원을 만나면 선계仙界로 들어서는 느낌이다. 유목민들이야말로 그 선계의 주인이라 할 수 있다.

유목민은 두 부류가 있다.

한 부류는 한 가구, 또는 한두 가구가 유목 생활을 하는 사람들로서 보통 야크와 양 떼를 수백 마리 이하로 거느린 가난한 사람들이다. 아예 제집이 없이 얼마 되지 않는 야크나 양 떼에 의존하며, 사철 텐트에서 사는 사람도 있다.

또 다른 부류는 마을 단위로 움직이는 사람들이다.

이들은 보통 번듯한 자기 집을 소유하고 있을 뿐 아니라 소유한 야크, 양 떼가 수백, 수천 마리가 되기도 한다. 큰 마을은 트럭을 갖고 있기도 하고, 웬만하면 경운기를 소유하고 있다. 내가 해발 5천여 미터의 고개를 넘어 겨우 도착한 초원에서 처음 만난 유목민들은 마을 사람 전체가 집단으로 이주해 온 경우로, 마을회관이 따로 있고 일상에 필요한 생필품이나 쌀보리술 '창'을 파는 가게까지 거느리고 있다. 55가구의 300여 명이

순례

집단 이주해 왔으니까 자연스럽게 한 사회를 이룬 것이다.

내가 만난 촌장 '이시완다'는 마흔다섯 살이다.

촌장은 마을 사람 전체가 참여해 투표로 뽑고 연임은 얼마든지 할 수 있는데, 촌장의 능력을 평가하는 첫 번째 항목은 임기 중 마을 사람 전체의 가축 수를 얼마나 늘렸냐는 것이다. 임기 중에 가축 수가 많이 늘어나지 않으면 연임하기 어렵다. 작은 키에 눈빛이 반짝반짝하는 이시완다 촌장은 벌써 25년째 촌장을 하고 있다. 촌장은 양만 해도 600마리 이상을 소유한 부자 유목민이다.

"칭짱열차의 개통을 압니까?"

"알고말고요. 열차가 들어오니 살기가 더 좋아질 거예요."

"달라이 라마가 돌아오길 바랍니까."

"우린 그런 거 모릅니다."

25년이나 촌장을 해왔으니 노련할 수밖에 없다. 전통주 '창'을 연신 권하던 촌장이 달라이 라마에 대한 질문을 던지자 갑자기 입을 다물어버린다. "소원이 뭡니까." 나는 슬며시 말머리를 일상으로 돌린다. "애들 장가보내는 거지요." 아들 이야기에 촌장 얼굴에 다시 화색이 돈다. 촌장은 아들만 넷을 두었는데, 큰아들만 분가를 시켜 현재 세 명의 아들을 데리고 있다고 한다. 스무 살짜리 둘째 아들이 아버지의 말을 듣고서 고개를 돌리고 키득키득 웃는다. 유목민들도 요즘은 연애에 의한 자유 결혼이 일반적인 관행이다.

티베트 고유의 야생 당나귀인 '키앙' 수십 마리가 햇빛 아지랑이 속에서 물을 먹고 있는 게 아스라이 보인다. 주로 해발 수천 미터의 고지대에서 사는 야생 당나귀 키앙은 잘 뛰지만 경계심이 많아 사람 눈에 잘 띄지 않는다는데, 벌써 두 번째나 그들을 만나고 보니 사뭇 축복받은 느낌이 든다. 일찍이 달라이 라마는 말했다.

우리는 저 야생 동물을 자유의 상징이라 여겨요. 아무도 저들을 제지하지 못해요. 저들은 마음껏 달려요. 만약 저들이 없다면 아름다운 풍경도 뭔가 빠진 듯한 느낌이 들 거예요. 그러면 풍경은 텅 비어 버리지요. 살아있는 것들이 있어야 비로소 자연도 충만한 아름다움을 획득하게 돼요. 자연과 동물은 상호 보완적이에요. 야생 동물을 해치지 않고 그들과 함께 사는 사람은 환경과 조화를 이룬 사람이에요. 그런 조화가 티베트에 있었지요. 과거에 그런 조화를 이룩했기 때문에 우리는 미래에 대해서도 진정한 희망을 가질 수 있어요.
 - 달라이 라마

집을 떠나고 벌써 스무날, 온몸이 솜뭉치처럼 무겁다. 공항에 나와 손을 흔들던 아내의 눈빛이 떠오른다. 눈가에 드리운 습기도 막도 선연하다. 아내의 가슴 속엔 지금 어떤 쓸쓸한 바람이 불고 있는가. 모든 그리운 것들이 그곳에 있는데 나는 왜 여기에서 무엇을 찾아 헤매고 있는가.

파르양 마을을 떠나니 바람이 많이 분다.

고원이라서 여름인데도 바람 끝이 매섭다. 파르양에서 카일라스산 순례가 시작되는 다르첸^{Darchen · 4,560미터} 마을까지는 약 300킬로미터인데, 우리나라에선 한나절에 주파할 수 있는 거리지만, 티베트 극서부에선 최소한 10시간 이상 가야 한다. 그나마도 날씨와 길의 상태가 도와주어야 가능하다.

해발 5,200미터를 넘어선다.

고소 적응이 어느 정도 됐을 법한데도 머릿속이 영 멍멍하다. 그리움은 깊고 협곡으로 난 길은 안개로 싸여 있다. 쇼다니 마윤라^{5,216미터}를 넘고 나니 유목민도 풀 한 포기도 더 이상 보이지 않는다. 광활하고 황막한 티베트 고원의 극서부에 마침내 들어온 것이다.

"저기 좀 봐요. 마나사로바예요."

운전기사의 손가락 끝에 멀리 큰 호수가 잡혀 들어온다. 세계에서 가장 높은 곳에 위치한 호수 마나사로바호^{Lake Manasarova}이다. 드디어 카일라스 발치에 다다른 셈이다. 카일라스와 대칭으로 떨어져 자리 잡은 마나사로바호는 '우주의 자궁'이라고 알려져 있다. 우뚝 솟은 카일라스는 링감^{남성의 성기}을 상징하고 그것과 짝을 이룬 마나사로바는 요니^{여성의 성기}를 상징한다. 카일라스가 우주의 중심이자 그 등뼈라고 한다면, 마나사로바는 위대한 어머니의 환희불, 자비, 부드러움, 풍요로운 생명의 씨앗이 깃든 호수이다.

갑자기 눈앞이 서늘해지고 가슴에서 파문이 인다.

10시간 이상 차에 흔들리며 왔는데도 피로감은 돌연 온데간데없다.

카일라스 품속으로 들어왔다는 걸 인식했기 때문인지, 마나사로바가 빛어내는 신비한 에너지 때문인지는 알 수 없다. 길은 군데군데 물웅덩이다. 차가 너무 심하게 흔들려 중심을 잡을 수가 없다. 운전기사는 그래도 여일한 표정이다.

"저기 좀 봐요, 저기… 카일라스예요!"

여러 개의 물웅덩이를 간신히 지난 뒤 모처럼 평평한 모랫길로 들어섰을 때, 갑자기 운전기사가 전방을 가리킨다. 나는 눈을 깜박이며 전방을 보다 말고 아, 입을 벌린다. 구름 사이로 잘생긴 설산의 한쪽 귀퉁이가 불쑥 떠올라 있는데 아주 눈부신 흰빛이다. 칼날 같은 광채가 내 눈과 살과 뼈를 관통해 지나가는 것 같다. 온몸이 잠깐 부르르 떨린다. 우주적인 에너지가 구름장을 뚫고 내게 오고 있는 게 확실하다. 습관에 의지해 살아온 나의 낡은 자아를 카일라스가 두건을 벗기듯 단번에 벗겨내는 듯한, 형용할 수 없는, 그런 느낌이다.

순례가 시작되는 해발 4,560미터의 다르첸 마을이 손에 잡힐 듯 보이는데 다시 얄룽창포의 지류가 또 길을 가로막는다. 이번엔 거의 100여 미터에 달하는 강물을 가로질러 넘어야 한다. 마지막 시험인 모양이다. 운전기사가 차 밖으로 나가 한참이나 물길을 살피다가 돌아와 "역시 부처님 뜻에 맡깁시다" 한다. 그 사이 카일라스는 먹장구름에 다시 포위되어 있다. 안타까워할 겨를도 없다. 바퀴가 거의 잠기는 드넓은 강물을 간신히 건너고 나자 나도 모르게 손뼉이 쳐진다.

"당신, 최고의 운전사야!"

나는 기사의 떡 벌어진 어깨를 등 뒤에서 안고 소리친다. 후드득, 빗방울이 떨어지기 시작한다. 카일라스의 정수리는 이제 어둠뿐이다. 내일도 비가 계속된다면 성산 카일라스를 걸어서 도는 순례는 물론이고 카일라스의 정수리 한 번 보지 못할는지도 모른다. "부처님, 욕망을 비우도록 정진할 테니 부디 당신의 집을 한번 보여주세요." 나는 중얼거린다. 섬뜩할 만큼 공기가 차고 먹구름이 사방에서 몰려들고 있다.

다르첸 마을에 저녁연기가 피어오른다.

마침내 신의 얼굴을 보다

티베트 사람들이 성스러운 전설과 신화가 깃든 곳을 순례하는 것은 순례하는 그 시간만이라도 죄를 쌓지 않기 때문이다. 죄 없이 유지되는 생명은 없다. 살아있는 것은 어쨌든 다른 무엇을 소비하지 않고선 그 명줄을 유지할 수 없으므로 본질적으로 보면 오래 살수록 죄가 쌓인다. 자꾸 나이 드는 게 미안한 건 그 때문이다.

카일라스산의 순례는 시계 방향으로 하는 게 원칙이다.

모든 티베트 불교의 성지나 사원은 원칙적으로 시계 방향으로 싸고 도는 순례 코스가 있다. 포탈라궁이나 조캉 사원은 물론이고 성산 카일라스도 마찬가지다. 왼손으로는 더러운 것들을 처리하기 때문에 신이 깃든 성지에 왼쪽 손을 댈 수는 없다. 카일라스 순례에서 왼쪽 손을 산 쪽에 둔 채 시계 반대 방향으로 도는 사람은 티베트의 토착 종교인 '본Bon' 교도뿐이다.

카일라스 순례 코스는 두 가지가 있다.

순례

정상을 가깝게 싸고도는 안쪽 코스는 바깥쪽 코스보다 빨리 한 바퀴를 돌 수 있으나 고도가 높고 길이 험해서 일반인은 접근하기 어렵다. 그 길은 보통 카일라스 둘레길을 13바퀴 이상 돈 티베트 불교 신자만이 순례를 허락받는다. 바깥쪽 코스인 카일라스의 일반적 순례 코스는 총 53킬로미터로 해발 4,600미터에서 시작, 해발 5,630미터의 고개를 넘어 다시 원점으로 돌아 내려오는 길인데 보통사람 걸음으로는 2박 3일이 걸린다. 한 바퀴를 돌면 1년의 업장이, 세 바퀴만 돌아도 거의 일생의 업장이 사라진다고 티베트인들은 믿는다. 백팔 번씩 순례하는 사람도 많고 자갈밭에 배를 깔고 엎드려 이마를 땅에 대는 오체투지로 순례하는 사람도 많다.

카일라스는 산 중의 산이다. 해발 고도는 6,714미터에 불과하지만 인도의 서사시에 등장하는 메루산이라 알려진 이 산은 신의 땅으로, 전설에 따르면 '줄지어 솟은 8,400개의 봉우리가 황금과 수정과 루비와 청금석으로 이루어져 있다'라고 묘사되어 있다. 또한 아시아 대륙을 관통하는 갠지스강, 인더스강을 비롯한 4대 강의 발원지이자 힌두교 · 불교 · 자이나교 · 본교 등 4대 종교의 성지이다. 불교도들은 불교 설화에 등장하는 수미산의 모델이 카일라스라고 여기는데, 세계의 한가운데 솟아있을 뿐 아니라 범왕梵王과 더불어 불법을 지키는 수호신 제석천이 이 산꼭대기에 기거하고 있다고 믿는다. 카일라스의 티베트 이름은 캉린포체Kang Linpoche, 곧 '눈의 활불活佛'이다.

구름이 하늘의 반면을 가리고 있다.

간밤에도 꿈을 꾸었던가. 희끗희끗한 안개 떼에 가린 카일라스 한 자락을 신산한 꿈자리에서 본 것도 같고 끝내 보지 못했던 것도 같다. 아침 요기를 하면서 자꾸 창밖으로 고개를 빼고 보지만 카일라스 정수리는 구름 속에 숨어 그 방향조차 잡히지 않는다. "일단 순례길 입구까지 가보시지요." 운전기사가 크게 생색을 내고 다르첸에서 6킬로미터 정도 떨어진 순례길 초입까지 차로 데려다주겠다고 나선다.

이제 모든 것은 신의 뜻에 달려 있다.

스무날 넘게 멀고도 험한 길을 돌아왔으니, 카일라스가 당신의 온몸을 드러내든 말든 나는 그저 갈망의 마음으로 순례하면 된다고 애써 나를 다독거린다. 순례 코스의 초입엔 수없이 내걸린 오색깃발 타르초로 장관이다. 텐트에서 순례 첫날밤을 보내게 될 카일라스 북면 아래의 디라푹 Driraphuk 곰파까지는 다르첸에서 약 20킬로미터. 늙수그레한 개 한 마리가 수문장처럼 카일라스 어귀를 지키듯 앉아 나를 보고 있다. 사람이 다가오든 말든 개는 앉은 자리에서 꼼짝도 하지 않을 기세이다. 표정이 어딘지 모르게 깊고 무심한 것이 불성이 깃든 얼굴이다.

배낭에 커버를 씌우고 순례길 안쪽으로 돌아들다 말고 나는 한순간 오호, 탄성을 내뱉는다. 부처님 뜻이 닿았던 것일까. 빠르게 나부끼는 구름 사이로 카일라스 만년 빙하의 정수리가 햇빛과 함께 마침내 당신의 얼굴을 말끔히 드러냈기 때문이다.

내가 본 그것은 한마디로 말해 신의 얼굴이다.

세계 속엔 두 개의 우주가 존재한다.
첫 번째는 외부적 세계로서의 우주,
또 하나는 인간 안에 내재된 영혼의 세계이다.

구름 위로 불끈 솟아있는 카일라스 정수리를 나는 두 손 모은 채 숨죽이고 올려다본다. 히말라야 트레킹을 여러 번 했지만 이만큼 잘 생기고 부드럽고 위엄이 넘치는 봉우리는 본 적이 없는 듯하다. 장엄한 주봉도 경이롭거니와, 주봉을 감싸고 쭉쭉 솟아 도열한 수많은 봉우리들이 마치 수천의 나한상羅漢像처럼 우람하고, 그 너머로 비단 띠처럼 휘돌아 흐르는 강과 강의 바깥쪽을 다시 싸고도는 수천의 기암 절벽, 또 다른 봉우리들이 마치 정중동의 천군만마 떼인 양 금방이라도 지축을 흔들며 내달릴 기세다. 게다가 사방으로 수십 수백 미터의 크고 작은 폭포들이 도열해 있으니 정말 선경이 아닐 수 없다. 그 모든 것들은 하나하나 따로 분리되지 않는다.

모든 봉우리 모든 강물 모든 폭포가 하나씩 다 선경이지만 또한 전체가 하나의 선경이다. 진선미 삼위일체를 이룬 진리의 실체가 있다면 아마 그런 모습일 것이다. 내가 그토록 찾아 헤맨 형상이 오, 이것이었던가, 하고 생각하니 눈가가 절로 뜨거워진다. 미륵불이 제석궁帝釋宮에서 성큼 지상에 발을 내딛는 걸 보는 듯한 환희가 나의 내면에서 솟아난다. 내 안의 눈이 아주 밝아지는 느낌이다.

붓다는 예언하셨네.
이 산은 세계의 배꼽이요.
설산 표범이 춤추는 곳이라고.
산봉우리 수정탑은 붓다 사는 순백의 궁전이네.
띠세 산(카일라스) 에워싼 장엄한 설산들은
오백 나한이 거처하는 성봉이네.
이보다 경이로운 장소 있으랴.
- 밀라레파

원시 경전인《아함부阿含部》에 처음 등장하기 시작한 수미산의 설화에

순례

서 '수미산의 높이는 물 아래위로 8만 유순^{由旬}, 거리 단위인데 사면이 수직으로 곧게 뻗어 있다'고 묘사된다. 산 밑은 사천왕이 사방으로 지키고 있으며, 그 위로 삼계^{三界, 욕계·색계·무색계}의 33천^天이 자리 잡고 있다고 알려져 있다. 카일라스가 수미산의 실제 모델이라는 건 가설에 불과할지 몰라도, 카일라스의 실체가 거대한 창조적 에너지를 갖고 있다는 건 그 발치에 무릎 꿇어 본 사람이라면 누구나 동의할 것이라고 믿는다. 그러니 그 순간 마주친 온전한 카일라스를 어찌 신의 형상이라고 내가 상상하지 않을 수 있었겠는가.

순례를 시작하고 얼마 지나지 않아 만나게 되는, 사람의 형상을 한 여러 뾰족한 봉우리들을 가리켜 16아라한^{阿羅漢}이라고 한다. 카일라스의 남쪽 사면을 바로 16아라한이 지키고 있다. 욕망과 번뇌를 완전히 이겨 16아라한은 최소한 75도 이상 되는 가파른 경사면을 거느린 채 카일라스를 향해 일제히 도열해 있으며, 그다음으로는 마치 해자^{垓字}처럼 수많은 폭포와 연접한 강이 배치된다. 인도 대륙까지 흘러갈 신들의 강이다. 강 너머로는 거의 낭떠러지를 이룬 직벽의 산군들이 계속해서 웅장하게 흐른다.

오늘은 디라푹곰파 근처에서 야영할 예정이다.
디라푹곰파는 카일라스 북면이 올려다보이는 곳에 위치해 있는 사원으로서 '암 야크 뿔의 동굴'이 유명하다. 영적 능력이 뛰어난 라마들은 다른 이의 몸을 빌려 다시 태어난다는 환생설을 최초로 확립했던 칼마파에 속한 사원이다. 고승 '고창바'가 바로 이 사원의 동굴에서 수행하다가 카일라스를 일주하는 순례길을 처음 열었다고 한다. 이때 고창바를 안내한 이가 바로 암컷 야크 형상으로 나타난 여신 타라였는데, '타라'는 나중에 뿔과 발굽 표시만 남겨 놓고 '암 야크 뿔의 동굴'로 사라져 버렸다는 것이다. 디라푹곰파는 강 건너편 가파른 사면에 자리 잡고 있다.

해발 5,210미터에 위치한 세계에서 가장 높은 사원이다.

디라푹곰파가 빤히 바라보이는 강 반대편의 카일라스 발치에 텐트를 치고 모처럼 밥을 한다. 밥은 설고 타고 엉망진창이다. 기압이 낮으니 싸구려 중국제 압력밥솥으로 밥이 제대로 될 리 만무하다. 빗방울이 텐트 지붕을 때리는 소리가 자꾸 영혼의 심지를 건든다. 나는 왜 여기 누워 있는 것일까. 몸을 오그리고 침낭 속에 누웠는데 수많은 상념이 뒤통수를 내려치고 다가온다. 서울에서의 모든 일상생활이란, 소소한 욕망과 사사로운 아집에 명줄을 걸었던 어리석은 날들의 습관적인 열거에 불과했던 것 같다.

한 인간으로서 나는 과연 무엇을 좇아 살아온 것일까. 아니 작가로서 나는 또 무엇을 꿈꾸었던가. 나의 문장들은 꿈꾸던 대로 과연 생의 중심을 꿰뚫는 창이었던가. 세상에 소음을 더 보탠 것은 아니었을까. 인생에서 보편적 습관과 관습적 욕망들을 제거하면 무엇이 남을까.

나는 번뇌를 참지 못하고 침낭의 지퍼를 거칠게 가르고 나와 텐트 밖으로 고개를 뺀다. 어느새 비가 그치고, 찰나적으로 구름을 벗어버린 카일라스 정수리의 흰 광채가 아라한의 얼굴 같은 수많은 별들을 뒤로 거느린 채 눈을 성큼 찌르고 들어온다. 온갖 번뇌 망상을 한꺼번에 벗겨내고 솟은, 우주의 심지 같다.

> 일단 정견正見을 얻으면, 마음을 윤회로 이끄는 온갖 미혹이 떠오를지라도 당신은 하늘처럼 요지부동할 것이다. 하늘은 무지개가 나타나도 특별히 우쭐거리지 않으며 구름이 나타나도 특별히 실망하지 않는다. 깊은 충족감으로 가득할 뿐이다.
> – 딜고 켄체

티베트의 수많은 스승 중 하나인 '딜고 켄체' 선사는 티베트의 수행 전통을 설법하면서 이렇게 쓰고 있다. 티베트 불교에서의 수행 방법은 먼저 존재의 근원을 바르게 꿰뚫어 보고, 그다음 명상으로 다지며, 마지막엔 실재적 삶에 본 것을 합일시키는 행위로서 실천해야 한다는 것으로 요약된다. 일단 바로 보게 되면 존재의 근원은 어떤 얼룩에 의해서도 가려지지 않으니 이른바 상부 불멸의 본성이 그것이다. 한밤중 구름 속으로부터 홀연히 솟아오른 카일라스 북벽의 모습이 그렇다. '온갖 미혹이 떠오를지라도' 깊은 충만감으로 요지부동인 존재의 근원을 드러내는 표상 같은.

눈물의 돌마라 고개에서

다행히 아침에도 날씨는 계속 맑다. 디라푹곰파를 왼쪽으로 밀쳐 내며 한동안 걷고 나자 곧 나무다리 하나가 나타난다. 인더스강과 갠지스강의 물이 갈라져 나간다는 돌마라Dolma-la · 5,630미터 고개는 아직 보이지 않는다. 오늘 밤 묵을 주툴푹곰파까진 18킬로미터라지만, 쓰러지지 않고 돌마라를 넘어가려면 서둘러야 한다. 해발 5,000미터를 훨씬 넘겼으니 한 발 떼어놓는 것도 맷돌을 끌고 걷는 듯 무겁다. 노상 묘지라고 알려진 가파른 자갈길이 시작되고 있다.

카일라스 북동쪽 자락을 휘감고 흐르는 길고 가파른 비탈길에 당도하면 누구든 전율을 느끼고 걸음을 멈춘다. 카일라스 순례길의 정점인 '돌마라'로 이어지는 비탈길에서 기괴하고 충격적인 풍경을 만나게 되기 때문이다. 오른쪽으로 고개를 돌리면 카일라스 북쪽 사면을 타고 흘러내리는 거대한 빙하를 막힘없이 볼 수 있는 지점인데, 꼭대기까지 2시간 이상 걸어야 하는 긴 돌마라 고갯길은 그 전부가 기실 묘지나 다름없다.

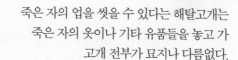

죽은 자의 업을 씻을 수 있다는 해탈고개는
죽은 자의 옷이나 기타 유품들을 놓고 가
고개 전부가 묘지나 다름없다.

이른바, '해탈고개'가 바로 이곳이다.

순례객들은 지난날의 죄 많은 자기 자신을 버리고 간다는 의미에서, 해탈고개에 이르면 누구든 옷이나 신발이나 머리칼 혹은 손톱, 발톱 등을 잘라 놓고 간다. 죽은 자의 업을 씻을 수 있는 고개로 알려져 있어 죽은 자의 옷이나 기타 유품을 놓고 가는 곳도 바로 여기, 이 골짜기다.

죽은 자뿐이 아니다. 병든 가족의 옷과 신발과 머리칼을 가져와 놓고 가는 일도 부지기수, 짊어지고 온 죽은 자와 산 자들의 옷을 입히고 신발을 신겨 세운 허수아비도 이곳에선 수없이 볼 수 있다. 비탈길에서부터 가파른 능선까지, 보이는 모든 곳이 그런 풍경이다. 고통에 찬 업이 깃들지 않은 것이라곤 하나도 없다.

어떤 옷과 신발들은 헤져 바람에 나부끼고 어떤 옷과 신발들은 젖어 쌓인 채 썩어가고 있다. 무섭고 끔찍하고 그로테스크하고 슬프고 절절한 풍경이다. 사방에서 소리 없는 아우성과 비명이 솟구쳐 나와 온 산협을 간절히 울리는 같다.

"몸이 아파요. 아프지 않게 해주세요."

"너무 배가 고파요. 부자 되게 해주세요."

"죽을 것처럼 고독해요."

"나는 노예처럼 살고 있어요. 자유를 주세요."

그런 아우성, 그런 비명들이다. 골짜기에 꽉 들어차 울리는 비명을 나는 그 길에서 생생히 듣는다. 어떤 비명엔 칼날 같은 욕망들이 묻어 있고 어떤 비명엔 삶의 유한성에 따른 끔찍한 고통이 묻어 있고 또 어떤

순례

비명엔 죽어서라도 별이 되고 싶은 숨은 갈망의 꿈들이 묻어 있다. 귀를 차라리 틀어막고 싶을 정도이다. 그 누구도 감히 이곳에선 입을 열어 말하지 못한다. 무겁고 깊은 침묵 속에 오직 바람 소리만 들릴 뿐이다.

이윽고 업경대業鏡臺에 도달한다.

업경대는 글자 그대로 전생의 모든 업인業因을 비춰 준다는 거대한 바위의 이름이다. 나는 업경대에 이마를 대고 눈을 감는다. 죽은 자를 위해 진혼제를 올리는 스님이 불경을 외우면서 내 옆을 스쳐 간다. 늙수그레한 남자가 당신의 신발을 벗어 솟은 바위 위로 힘겹게 올려놓는데 그 뒤에서 어떤 티베트 젊은 여자가 누군가의 윗옷을 돌에 입히면서 주먹으로 눈물을 훔쳐내고 있다. 일찍 죽은 정인의 옷인 모양이다.

나 역시 한참 동안 업경대에서 이마를 떼지 못한다.

업경대를 지나면 경사가 더 가팔라진다. 해발 5,600여 미터. 한 발 떼어 놓을 때마다 숨이 턱턱 막히고 토할 것만 같다. 나는 어금니를 질끈 물고 맷돌을 매단 것 같은 발걸음을 고통스럽게 떼어 놓는다. 온갖 소망을 담은 타르초, 오색깃발들이 하늘을 뒤덮은 돌마라 정수리가 드디어 저만큼 올려다보인다.

눈물짓는 슬픔에 찬 세상을 떠나서
고독한 동굴을 네 아버지 집으로
정적을 네 낙원으로 만들라.
사고思考를 다스리는 사고가 너의 기운찬 말이고

네 몸이 신들로 가득 찬 너의 사원이며

끊임없는 헌신이 너의 최선의 약이 되게 하라.

– 밀라레파

돌마라 고개를 넘으면 성자 밀라레파^Milaraspahi · 1040~1123가 머물렀었다고 알려진 수행 동굴이 있는 주툴푹 사원이 나올 것이다. 철없던 시절에 개인적인 분노와 원한에 사로잡혀 삼촌 가족을 비롯한 수십 명을 흑마술로 살해한 살인자였으나, 경전 번역과 탄트라의 달인으로 유명한 마르파^Marpa · 1012~1099를 만나 죽음보다 더 고통스런 수행 과정을 겪은 뒤, 마침내 1만 개의 노래를 지은 가인^歌人으로 성자의 반열에 오른 밀라레파는 쐐기풀만 먹으면서 카일라스에 기거했다는 전설 속의 위대한 스승이다. 그는 물질이 주는 안락은 본질적인 자유를 억압할 뿐이라는 걸 일찍이 깨닫고 카일라스의 동굴에 은거하여 안락과 사치에 빠져 사는 우매한 사람들의 부자유하고 불안한 삶을 연민으로 바라보았던 현자였다.

쐐기풀만 먹어 온몸이 푸르렀다는 밀라레파가 벌거벗고서 춤추며 걸어갔던 길이라서인지 나 또한 내 생애의 그 어느 때보다도 자유롭다. 몸은 지칠 대로 지쳤는데 뭔지 모를 충만감으로 온몸의 솜털까지 자연스럽게 바람에 나부끼는 느낌이다. 악마적인 외부 세계와 대결할 때 밀라레파가 사용한 가장 강력하고 본질적인 무기는 기실 언어였다.

마음을 풍요롭게 하는 것이 신성한 재산이니

이 재산을 원하는가?

그럼 이것을 저장하라.

천박한 열정을 제어하는 가르침이 정도正道이니

안전한 길을 원하는가?

그럼 이 길을 걸으라.

만족하는 마음이 가장 고귀한 왕이니

고귀한 스승을 원하는가?

그럼 이것을 찾으라.

– 밀라레파

놀랍게도 그 가파른 자갈길을 오체투지로 오르고 있는 순례객이 있다. 다르첸을 출발해 23일째라고 한다. 살이 찢어지고 무릎이 해졌는데도 시선이 마주치자 그이는 이를 드러내고 환히 웃는다. 눈빛이 깊어 보이는 중년 남자이다. 어디에서 왔느냐고 묻고 싶지만 순례에 방해가 될까 싶어 세속적 궁금증은 그냥 참는다. 오체투지를 위해 나무 슬리퍼를 쥔 손 여기저기가 갈라져 피떡이 져 있다. 안쓰러워하는 내 표정을 보았는지 그이가 다시 빙그레 웃는다. '모든 게… 괜찮아요!' 눈빛으로 전하는 그이의 말을 들리는 것 같다.

세계가 자본주의적 소비문화에 모두 함락되어있는 것 같지만, 겉으로 보아 그럴 뿐, 세계 곳곳에서 스스로 달콤하고 안락한 소비문화의 길을 버린 채 더 깊고 더 높은 영혼의 가치와 이상을 좇는 사람들이 줄지 않고 있다는 사실에 나는 크게 위로받는다. 오체투지로 카일라스 험한 자갈길을 돌고 있는 그 남자도 그런 사람 중 하나일 것이다. 진실로 영혼의 가치를 성자의 그것까지 높이려 하지 않는다면 누가 자갈길의 고통을 저리 깊은 눈빛으로 감당하겠는가. 아무렴. 바야흐로 세계는 자본주의적 안락을 죽어라 좇아가는 욕망과 그 안락의 일부를 버릴지라도 영혼의 평안을 얻으려는 근원적 가치가 격렬히 충돌하고 있는 중이다. 이것이야말로 인류의 미래를 결정지을 '3차 대전'일는지 모른다. 이 전쟁의 전선은 당연히 우리 모두의 가슴에 걸쳐져 있다. 나의 가슴, 당신의 가슴에.

드디어 해발 5,630미터의 돌마라 정상.

쓰러지듯 주저앉아 이미 구름 속에 몸을 감춘 카일라스를 눈으로 더듬어 찾는다. 구름에 가려 카일라스가 보이지 않는다. 우리가 '수미산'이라고 부르는 그 산은 본래 지도상에 존재하지 않는지도 모른다. 카일라스가 정말 수미산일까. 나는 묻는다. 나의 수미산은 어디에 있는가. 마치 꿈을 꾸고 있는 듯하다. 사방에 안개 자욱하니 겨우 북한산 어느 골짜기에서 길을 잃은 느낌이다. 나는 이제 어느 방향으로 가야 길을 찾을 수 있을까.

순례

나의 문장들은
꿈꾸던 대로 과연 생의 중심을 꿰뚫는 창이었던가.
세상에 소음을
더 보탠 것은 아니었을까.

우주의 자궁 마나사로바

카일라스에서부터 30여 킬로미터 남쪽으로 내려오면 '우주의 자궁'이라고 불리는 '마나사로바' 호수와 '악마의 호수'라고 알려진 '락샤스탈Rakshastal'이 있다. 형태로 보아 마나사로바는 원만한 원형이고, 락샤스탈은 동서로 넓은 아랫부분과 북쪽으로 솟아올라온 윗부분이 기묘하게 붙은 형태로 마나사로바를 향해 기립한 자세이다. 형태가 그렇기 때문에 일반적으로 마나사로바는 여성, 락샤스탈은 남성을 상징한다. 그리고 그것보다 더 일반화된 상징으로서 카일라스를 남성, 마나사로바를 여성으로 보기도 한다. 마나사로바는 '우주의 자궁'답게 락샤스탈 호수로 된 링감과 카일라스라는 두 남성성을 거느리고 있는 셈이다.

호수 둘레는 100여 킬로미터에 이른다. 그렇지만, 우주의 어머니에게 경배드리기 위해 순례객들은 걷거나 오체투지로 호수 둘레를 기꺼이 돈다. 해발 4,558미터에 위치한 호수로서 늪지대, 개울 등을 수없이 건너야 하는 고통스럽기 그지없는 길이다.

힌두 설화에 따르면 이 호수는 브라흐마의 작품이다.

창조의 신 브라흐마가 아들들이 금욕적인 수행 후 목욕할 곳으로 이 호수를 만들었다는 것이다. 힌두의 주신인 시바 신의 부인이 목욕하곤 했다는 전설도 있다. 고대의 한 인도 시인이 '호숫물을 마시면 백 년간 죄가 사라진다'고 썼을 만큼 힌두교도들에겐 성스러운 호수이다. 인도 건국의 아버지 간디의 유해 일부를 이 호수에 뿌렸을 정도이니, 힌두인으로서는 마나사로바 순례는 평생의 소망일 수밖에 없다.

물은 말할 것도 없이 생명의 원천이다. 불이 남성성, 전투력, 열정과 역동성의 상징이라고 할 때 당연히 물은 여성성, 화해, 정화와 포용력의 상징이 된다. 마나사로바 호수는 그런 의미에서 '정화의 바다'라고도 부른다. 개발의 시대를 불같은 전투력과 열정으로 빠르게 달려온 결과, 이제 배가 고파서 불행한 게 아니라 포만을 향한 잔인한 경쟁과 분열과 계급과 정파의 갈등으로 불행해진 우리에게 꼭 필요한 것은 우뚝 솟은 카일라스의 전언^{傳言}보다 마나사로바 호수가 전하는 물의 마음이라 할 것이다. 물의 마음을 갖지 않고서는 진실로 행복하거나 충만해질 수 없기 때문이다.

호숫가에 천막을 치고 생활하는 인도 순례객들이 성호^{聖湖}의 은혜를 만끽하고 있다. 어떤 사람은 향을 피우면서 소원을 빌기도 하고 어떤 사람은 호수 속으로 들어가 정화의 의식으로 씻기도 하고 또 어떤 사람은 호숫물을 그대로 마시기도 한다. 한결같이 오랜 꿈을 이룬 듯 충만한 표정이다.

"마야 부인이 여기서 목욕 후 부처를 잉태했지요."

반바지 차림으로 몸을 씻고 나온 인도 남자가 인사를 나누자마자 한 말이다. 성수聖水로 씻었으니 그의 표정은 호수의 물빛보다 더 맑다. 마나사로바에 오는 것이 그에겐 평생의 소원이었다고 했다. "내 인생에서 가장 행복한 순간입니다." 그가 말하고 "히말라야를 넘어서 왔나요?" 내가 묻는다. "그렇습니다. 내일부터 호수 둘레를 따라 코라순례를 할 생각이에요."

호숫가에는 무른 진흙이 쌓여 있다.

나도 '죄'를 씻으려고 물속으로 걸어 들어간다. 진흙이 거의 무릎까지 차오른다. 그러나 삶에서 얻은 모든 죄업을 씻고 신생아로 태어날 참인데 그까짓 진흙이 문제겠는가. 나는 마나사로바 호숫물을 쥐어 올려 얼굴까지 열심히 씻는다. 물은 생각보다 따뜻하다.

"저것이 굴라만다타산입니다."

인도인이 히말라야산맥 쪽을 가리킨다.

"나도 깨끗해졌습니다."

웃으면서 내가 동문서답을 한다. 해발 7,500미터가 넘는 굴라만다타가 아이처럼 환해진 우리를 내려다보고 있다. 우주의 에너지이자 정화의 부처에 깃들여 있으니 얼굴색과 언어는 다르지만, 인도인과 나는 정말 '우리'가 된다.

멀지 않은 곳에 오래된 치우곰파가 있다. 내친김에 '우리'가 된 인도인과 나는 동행해 치우곰파에 들른다. 첨탑 같은 거대한 바위 위에 지어 놓은 치우곰파는 연꽃 속에서 태어났다고 알려진 파드마 삼바바가 생애의 마지막 7년 동안 명상 수행한 동굴이 있는 사원이다.

힌두교의 세계관으로 보면 모든 사물에 신이 깃들어 있다.

가령 땅의 신은 로차나, 물의 신은 마마키, 불의 신은 판다라, 바람의 신은 타라이다. 땅과 물과 불과 바람을 다스리는 신은 모두 여신으로서 일반적으로 4대 여신이라고 부른다. 치우곰파를 떠받치고 있는 첨탑 같은 바위 또한 살아있는 신이라고 생각하면 된다.

치우곰파엔 두 명의 스님이 기거하고 있다.

젊은 스님은 말이 없고, 40여 년간 스님으로 살았으며 치우곰파에서만 수행한 지도 10년이 넘었다는 늙은 스님이 열쇠를 들고 와 파드마 삼바바가 수행했던 동굴의 문을 열어준다. 불과 한 평 정도의 동굴이다. 파드마 삼바바의 발자국과 손바닥 자국이 역시 동굴 안에 남아있다. 파드마 삼바바는 탄트리즘을 티베트에 전파한 위대한 스승이다. 마나사로바 호수 전경이 한눈에 내려다보인다. 나는 우리를 안내해준 노스님에게 40년 이상 수행해서 깨달은 게 뭐냐고 조심스럽게 묻는다.

"없어!"

노스님의 대답이 뜻밖에 단호하다.

내가 놀라서 "40년이나 오로지 수행했는데 깨달은 게 없다니요?" 하고 반문하자 "정말 없어! 아무것도 없다고!" 스님은 다시 세차게 고개를 젓는다. 구릉 위로 올라서자 카일라스 봉우리가 손에 잡힐 듯 가깝다. 노스님은 벌써 저만큼 구릉을 내려가고 있다.

발걸음이 청명하고 가볍다.

다시, 옴마니밧메훔

티베트에 가면 슬프도록 투명한 하늘을 보고, 황량하면서도 이상한 서기로 가득 찬 듯한 대지를 보고, 그다음 영혼과 육체를 물같이 부드럽게 풀어헤쳐 길을 따라 흐르면서 하늘과 땅 사이를 멀리 보는 게 좋다. 천천히 흐르는 기분으로 걸어보라. 티베트에선 빠른 것과 느린 것의 차이가 크지 않다. 시간을 다툴 필요 없고 듣고 본 정보와 지식을 간수하려고 애쓸 필요도 없다. 메모지와 카메라 따위는 던져 버리는 게 오히려 좋다. 보는 풍경들과 듣는 정보들과 만나는 인정까지, 모두 바람이 그물망을 빠져나가듯 내 갈빗대 사이로 통과하도록 내버려 두는 것이 티베트 여행에서 우선 갖추어야 할 덕목이다.

"옴마니밧메훔."
"옴 아 훔 바즈라 구루 페마 싯디 훔."

티베트 사람의 마음속에 DNA처럼 깃들어 있는 처음이자 마지막 언

순례

어는 만트라다. 만트라는 모든 경전의 말들을 가장 짧은 언어로 축약한 것이므로 우주의 모든 요소와 현상을 내장한 영혼의 뛰어난 반도체 칩과 같다고 할 수 있다. 가령 '옴'은 물의 정수精髓, '아'는 소리의 정수, '훔'은 마음의 정수이다. 만트라를 한번 암송하는 것은 모든 경전을 한 번 읽는 것이 되며, 동시에 나의 모든 것이 정화되었다고 티베트 사람들은 믿는다. 만트라를 곁에 두면 신과 대화할 때 다른 통역이 필요 없다.

티베트 고원에서 나는 무엇을 보았던가.

평균 고도만 해도 해발 4,500여 미터가 넘는 광대한 티베트 서부 고원은 나무 한 그루 없는 텅 빈 대지로서 그 자체가 무엇에 의해서도 '방해받지 않는', '마음'의 한 표상이라 할 만하다. 탄트리즘의 관점으로 보면 그것은 모든 '얽매임으로부터 풀려나 있고, 긴장이 풀린 상태로 유지'된다. 티베트에서 본 가장 잊을 수 없는 게 그런 것들이다. 삶은 얼마나 한정적인가. 그러나 우리는 정신의 깨달음을 통해 신의 경지로 삶을 끌어올릴 수 있는 '위대한 사유'라는 에너지를 갖고 있으며, 신과 인간 사이를 잇는 '위대한 말言語'을 갖고 있다. 티베트에 가면 자본주의적 소비 문명이 훼손한 그것의 원형을 볼 수 있고, 잘만 하면 훼손돼 우리 안에 잠복한 그것의 일부를 복원하는 축복도 얻을 수 있다고 나는 믿는다.

삶의 충만감은 물질세계의 만족으로 다 얻어낼 수 없다. 남보다 더 많은 물질을 소유하고 있다고 해서 꼭 남보다 행복해지지 않는다는 것을 우리는 알지만, 그러나 소유에 대한 경쟁의 정보로 가득 찬 문명사회에 살다보면 파드마 삼바바가 말한바, '텅 빈 마음'을 너무 멀리 두기 때문에 계속해서 욕망의 관성을 거부하지 못하는 딜레마에 봉착한다. 나아갈 수도 없고 머무를 수도 없는 엉거주춤한 자리에 우리를 위한 가짜 보료가 깔려 있는 셈이다. 문제는 그러므로 단호하고 혁명적인 실천이다.

현상은 영원한 게 없지만 본질은 영원하고, 이승은 유한하지만 죽음을 거쳐 다시 태어남으로 본원적으로 삶은 영원히 계속된다. 모든 살아있는 것이 언젠가 '어머니'였거나 아버지였다고 티베트 사람들은 생각한다. 중국 정부의 획책과 달리 이념의 도그마도 티베트를 온전히 무너뜨릴 수 없을 게 확실하다. 그런 점에서 티베트에서 내가 본 건 기실 티베트가 아닐는지도 모르겠다. 티베트를 보았다기보다 나는 티베트에서 아무것으로도 '방해받지 않는' 자유로운 내 본성의 한 귀퉁이를 본 게 아닐까.

"네가 찾는 것은… 이곳에 없다!"

티베트는 내게 '네 안으로 걸어가라'고 가르친다. 이제 다시 자본주의 욕망이 들끓고 있는 여기 서울에서, 나는 자주 '만트라'와 함께 티베트 하늘을 뒤덮고 나부끼던 오색깃발 '타르초'를 떠올린다. 라사에서, 아름다운 남쵸 호수에서, 고통스럽게 넘었던 카일라스 돌마라 고개에서 아픈 회한과 못다 한 정한과 숨긴 꿈을 담아 하늘로 내걸린 오색향기 '타르초'들이 아직껏 바람에 나부끼고 있을 것이라고 상상하면 어디서든 나는 이상한 안도감과 만난다. 그것은 내 혼魂에게 열린 하나의 길이기 때문이다.

만트라를 한번 암송하는 것은
모든 경전을 한 번 읽는 것이 되며,
만트라를 곁에 두면 신과 대화할 때 다른 통역이 필요 없다.

일찍이 달라이 라마는 이렇게 설파했다.

당신의 괴로움은
당신 자신의 업으로 말미암은 것이다.
어떤 방식으로든 그것을 정화하지 않는다면,
이 삶이든 다른 삶이든,
어쨌든 업의 과보果報를 받아야 한다.
– 달라이 라마

3장

그 길에서 나는 세 번 울었다

- 산티아고 순례

바람의 길에 대한 예감

나는 본래 길이었으며 바람이었다.

평생 머물고 싶었지만, 머물러 있는 자리에서의 나는 껍데기뿐이었다. 나는 그러나 의무를 소홀히 하진 않았다. 방어기제에 충실했다. 그러면서도 윤리적 의무에 갇혀 내 영혼을 폐기한 적은 거의 없었다. 나를 잘 아는 사람들은 내가 의무를 높여 책임을 다했기 때문에 지속적으로 나에게 속아주었고 용서해주었다. 그래도 나는 자주 불안했다. 의무를 다하고 있을 때는 그것이 내 진정이 아니라고 여겨 더러 죄의식을 느꼈고, 떠돌 때는 그것이 내 정체성에 합당할 뿐 아니라 감미로서의 진실이었기 때문에 나는 본질적으로는 죄인이 아니라고 더러 생각했다. 델리케이트하고 아이러니한 반어법적 이중생활이 나의 내적 불안이 되었다. 나는 작가로서 글을 쓰는데 그 불안감을 효과적으로 활용했으며 그만큼 성취도 거두었다.

그 먼 곳에서 바람으로 떠돌다가
혹시 집으로 돌아오는 길을 영영 잃어버리는 것은 아닐까.

어떤 '계기'를 만난 이후 최근에 나는 소설을 전혀 쓰지 않고 지냈다. 처음엔 이상한 함정에 빠져 완전히 길을 잃은 기분이었고, 그러자 모든 풍경이 낯설었다. 그렇다고 거기에 계속 머물 수는 없었다. 얼마 후부터 나는, 떠돌이로서의 나와, 의무를 전략적으로 드높여 여며온 가짜 붙박이로서의 나를 이런 기회에 합치는 게 좋지 않을까 하고 생각하기에 이르렀다. 사랑하는 사람들과 함께 지내는 시간이 비약적으로 늘어났으므로 생각에 따라선 축복의 나날이 도래한 것 같기도 했다. 머물러 세계를 보는 것으로 지금까지와 또 다른 신생의 길을 만날 수도 있을 것 같았다. 적어도 겉보기엔 평화스런 나날이 그렇게 흘렀다.

그러나 얼마 지나지 않아 본래 꾀꼬리였던 내가 죽어 박제된 듯한, 작은 바늘의 자의식들이 나를 찌르기 시작했다. 나는 자주 비명을 지르거나, 한밤중 거리로 나가 배회하는 날도 자주 있었다. 한밤의 거리를 혼자 헤맬 때, 늦은 밤 선술집 어둑한 귀퉁이에 앉아 소주잔을 기울일 때, 취한 걸음으로 거리에 나섰다가 불현듯 아침놀과 마주칠 때, 사는 게 부끄러워 아침 놀빛을 등지고 앉아 소주와 함께 먹은 파전을 토해낼 때, 나는 자주 내가 죽어 지금 심심한 혼령으로 살고 있으며, 이 심심한 나날이 영원히 지속될 것 같은 상상에 진저리를 쳤다. 어느 낯선 은하계 낯선 별의 투구 끝에 안간힘을 써서 매달려 있는 느낌이었다.

엊그제 밤 깊은 시각, 무심한 척 아내에게 말했다. "한동안 내가 집을 좀 비워도 혼자 견딜 수 있겠지?" 무슨 말이냐고 묻지도 않고 잠시 나를

순례

건너다보던 아내의 눈가가 사르륵 물에 젖었다. 아프고 미안했다. 평생 내게 더운밥을 해준 아내는 허리협착증 외에도 손목 신경 장애나 근막염 같은 자질구레한 병을 여럿 갖고 있을 뿐 아니라, 최근 나로 인해 얻은 마음의 병도 깊을뿐더러, 늙어가느라 마음도 많이 약해져 있었다. "아냐. 뭐 집에 있을게. 그냥 해본 말이니 마음 쓰지 마." 서둘러 말했지만 이미 엎어진 물이었다. 아내는 결코 내 뜻을 거스를 사람이 아니었다. 이미 아내 몰래 항공 티켓을 구매해 놓은 상태이기도 했다. "아이구, 잘 됐네 뭐. 나도 당신 없이 좀 자유롭게 지내고 싶었는데." 아내가 짐짓 히힛, 웃었다. "그럼 술이나 한잔하지." 술병을 찾으러 일어선 아내의 어깨너머로 눈발이 날렸다. 아내가 스러지는 눈발을 등지고 씩씩하게 걷고 있었다.

장자莊子가 아닐지라도 누구든 그걸 왜 느끼지 못하겠는가. 이승이 이승인지 저승이 이승인지 헷갈리는 순간이 많아지면, 모든 것이 초월에 가까워진다. 상하와 나뉨에 대한 분별이 사라지고 사랑과 미움, 기쁨과 슬픔의 경계가 무너지면 살아서도 장자의 '호접몽'에 이를 수 있다. 밤은 깊어지고, 한잔 두잔 기울이다 보니 어느덧 우리 부부 취기가 오른다. "내가 노래 한 자락 할게." 아내가 젓가락을 고쳐 쥐고 취한 눈으로 웃고, 나는 겸연쩍어서 고개를 외로 꼰다. 아내는 그야말로 일상 속 장군이다. 세상의 모든 아내들이 다 그러하겠지만.

새봄에 나는 혼자 '산티아고 순례길'을 걸으러 간다. 800여 킬로의 먼 길이니 쓰러지지 않는다면 7월쯤에나 돌아올 예정이다. 나는 아마 그곳에서 내가 오래 꿈꿔온 대로 '바람'이 될 것이다. 꿈꾸던 대로 본래의 내가 바람이었다면, '이야기하는 바람'이었다면. 봄날이 불러낸 참을 수 없는 충동이라 여긴다고 해도 상관없다. 그 먼 곳에서 바람으로 떠돌다가 혹시 집으로 돌아오는 길을 영영 잃어버리는 것은 아닐까.

순례

그해 봄 떠날 무렵
길 앞에서 중얼거리다

태초에 '말씀'이 있었다는 말을 나는 자주 태초에 '길'이 있었다고 고쳐 읽는다. 흙으로 빚어진 아담과 하와가 하느님으로부터 생명을 부여받은 다음에 무슨 일이 일어났겠는가. 상상하건대 깊고 어두운 바닷속에서 올라온 해녀가 처음 내뱉는 호흡 소리, 일테면 숨비소리 같은 숨소리를 냈을 것이고, 그다음은 더 넓고 더 멀리 보기 위해 어느 방향으로든 당연히 걸어 나갔을 것이다. 그 걸음이 인류 최초의 길이며 최초의 언어라 하겠다. 석가모니도 세상에 나온 후 먼저 사방으로 일곱 걸음씩을 걸은 후 '천상천하 유아독존天上天下 唯我獨尊'이라 일렀다고 하지 않던가.

길은 그러므로 살아있는 것의 최초이자 최종적 존재증명이라 할 것이다. 살아있으므로 우리는 누구나 오늘도 앞서간 사람들이 만든 길을 따라 걷는다. 스스로 길을 만들고 길 없는 길을 고집스럽게 헤치며 남보다 먼저 가는 사람들도 있다. 그런 사람이야말로 위대하다. 어쨌든 살아있는 한 우리는 어떤 순간도 길에서 벗어날 수가 없다. 길이 아니면 어떻게 그리운 사람에게 가고 또 어떻게 생의 불안과 권태와 부조리로부터 빠져나갈 수 있겠는가.

그러나 길은 언제나 우리를 보다 나은 차원으로 이끄는 것은 아니다. 길은 때로 우리를 속이기도 하고 때로 '싱크홀'이나 허방 따위를 숨겨놓아 우리를 시험에 들게 하기도 한다. 또한 길이 아닌 길도 있다. 2016년 가을에 내가 걸어간 길이 그러했다. 원하지 않았으며 받아들이기도 어려운, 미지의 누가 홱 등을 떠밀어 들어선 길이었다.

그로부터 산티아고 순례길로 떠난 2019년 봄까지, 나는 '소설'을 전혀 쓰지 못하고 지내왔다. 1993년 시대와의 오랜 불화에 따라 '절필'을 선언한 뒤 용인시 양지면의 외딴집 '한터산방'에서 지낸 3년여를 제외하고 거의 매년 새 장편소설을 발표해온 나의 '전투적인 글쓰기'를 감안하면 특별한 침묵이 아닐 수 없다. 이른바 '미투사건'에 연루돼 자의 반 타의 반 침묵해온 오욕의 시간이었다. 2016년, '끼끼'라는 닉네임을 가진 어떤 분이 트위터를 통해 몇 년 전 이러저러한 자리에서 이러저러한 것을 보고 들었다, 라고 밝힌 걸 언론이 받아 대서특필하는 바람에 벌어진 일이었다. '그분' 자신이 직접 언짢은 일을 당했다는 것도 아니므로 처음에 나는 곧 지나갈 소낙비라고 생각했다. 그분이 누구인지도 전혀 생각나지 않았다. 나로 인해 어떤 식이든 마음의 '상처'를 받은 분이 있다면 '그 누구에게든지 미안하다'라고 트위터를 통해 대범하게 말한 것도 그 때문이었다.

고소하라는 분도 더러 있었다. 내게 희롱을 당했다고 진술된 당사자들 여럿이 직접 나서서 내가 문제의 그 날 추행이나 기타 불쾌하게 여길 만한 어떤 행동도 한 일이 없었다고 공개적으로 천명해주었으므로 재판을 통해 충분히 혐의를 벗을 수 있다고 장담하는 변호사도 있었다. 물론 고소를 말리는 사람도 많았는데 그들은 주로 내 성품을 잘 아는 사람들이었다. 소송을 통해 '진실게임' 양상으로 번져 지속적으로 언론에 오르내리는 오욕의 과정을 견딜 수 있겠느냐고 묻는 친구들도 있었다. 내가 뻔뻔한 타입이 아니라는 걸 잘 아는 친구들이었다. 실체조차 불분명한 일로 구태여 재판의 기록을 남기다니, 나는 무엇보다 사람으로서의 품격을 잃고 싶지도 않았다.

스캔들이 터진 건 2016년 가을이었고, '추행'이 있었다고 알려진 시점은 2014년 봄이었다. '여의도벚꽃축제'에서 강연을 했고, 행사가 끝난 건 오후 4시쯤이었다. 세 그룹의 사람들이 나를 찾아와 기다리고 있었다. 나의 팬클럽 '와사등' 회장과 팬 한 분, 방송작가 두 분, (그 무렵 중요한 방송 프로그램 촬영을 앞두고 있었다) 모 출판사 편집장을 비롯한 편집부 직원들이었다. (산문집을 출간한 직후라 마케팅 차원으로 그 행사를 주선한 게 바로 그 출판사였다) 출판사 직원 두 분만 처음 보는 얼굴이었고, 다른 여섯 분은 나와 어느 정도 친밀한 사이였다. 그들 모두가 그룹별로 행사가 끝나기를 기다리고 있었으므로, 출판사 편집장이 먼저 차라도 한 잔 나누자고 권해 국회의사당 앞 대중음식점에서 2시간여 정도 반주를 곁들여 음식을 나누고 헤어졌을 뿐이었다. 그룹별로는 모두 초면이라 내가 인사 겸 소개를 시켰고, 분위기가 자못 어색해 여러 말로 판을 부드럽게 하려 애썼던 날이었다.

　이미 몇 년이 지난 일이었으므로 그 시간의 차이 때문에 나는 사건이 불거진 처음 문제의 그 자리에 누가 함께 있었는지조차 생각나지 않았다. 문제가 불거진 다음 날, 나의 팬클럽 회장께서 '그날 불쾌한 일은 전혀 없었다'라고 페이스북을 통해 밝혀 그 자리에 그분이 있었다는 걸 비로소 알았다. '끼끼'라는 분이 트위터에서 '내가 손을 잡고 포옹을 했다'고 지적한 당사자 중 한 분이었다. 이어서 두 분의 방송작가가 기억을 한데 모아 '추행이라고 느낀 일은 없었다'고 역시 페이스북으로 천명해주어 그분들이 동석했다는 사실 역시 뒤늦게 알게 되었으며, 나머지 네 분은 출판사 ＊＊＊의 편집장과 직원들이었다. 편집장은 내게 아무런 과오도 없었다면서, 그날의 일을 소상히 서술한 긴 메일을 여러 언론사에 보내고 '오늘의 유머'라는 사이트에 공개적으로 게재하기도 했다.

　가부장제 문화 속에서 내가 오랫동안 관행적으로 저질러온 여성에 대한 많은 과오들을 생각하게 하는 계기가 되기도 한 사건이었다. 사건이 터졌을 때 나는 고향에서 독자들과의 행사에 참여하고 있었다. 이틀 만에 겨우 집으로 돌아온 나를 맞이하며 아내가 미소 띤 얼굴로 말했다. "당신이 바빠 내가 요즘 외로웠었거든. 그래서 어떤 이를 아바타 삼아 망신을 주었더니 이렇게 집으로 돌아왔네!" 농반진반弄半眞半으로 한 말이었겠지만 죽비로 맞은 듯 눈앞이 서늘해지는 걸 나는 느껴졌다. 멀리는 어머니로부터 가까이는 아내에 이르기까지 가부장제라는 명분에 기대 여성들에게 관행적으로 상처받을 행동이나 말을 한 일이 왜 없었겠는가. 부끄러웠고, 후회했고, 자책했다. 그 사건에 대해 모든 인터뷰나 취재요청을 거부하고 지금까지 줄곧 입을 다물고 지내온 이유 중 하나가 그것이었다.

물론 한 인간으로서 억울한 마음이 전혀 없었던 것은 아니었다. 그분이 쓴 문제의 트위터 글엔 내 입장에서 볼 때 여러 문화적 편차에 따른 오해와 오류가 포함되어 있었다. 가령 내가 그 자리에서 일부 여성들의 손과 허리를 만지고 포옹을 했다는 하는 말, '젊은 은교' '늙은 은교'라고 불렀고, '약병아리'라고 했으니 성희롱이라는 지적 등이 그것이다.

내게 변호할 기회가 있다면, 팬클럽 회장 등과 손잡고 가벼운 포옹으로 인사를 나눈 건 사실이나(전부터 그렇게 해 온 사이) 초면인 세 그룹이 모여 앉은 대중음식점에서 허리 등을 만졌다면 어떻게 대상자들 한결같이 성희롱당한 일이 없었다고 증언하겠느냐 반문할 수 있고, 소설 《은교》는 늙어가는 고통을 다룬 소설로서, '은교'는 성적 대상이 아닌 공경의 표상이므로 그 무렵 아내에겐 '늙은 은교' 딸에겐 '젊은 은교'라고 부른 적도 많았다고 말할 수 있고, 유약했던 어린 시절의 내게 어머니가 자주 '약병아리'라 했으므로 체구 작은 편집장에게 '약병아리 같으니 많이 먹으라' 권했을 뿐이라고 변호할 수도 있으려니와, 무엇보다 대상자로 지목된 여성들 모두가 성희롱으로 느낀 바 없다고 말하고 있지 않냐, 라고 항변할 수 있을 것이다.

그러나 나는 인터뷰 등의 요청을 다 거부한 채 지속적으로 모든 말들을 품속 깊이 갈무리해두었다. 그저 낯부끄러웠고, 작가로 살면서 내가 세상과 독자들에게 받은 사랑과 축복에 비해 그 모든 과정이 에푸수수하고 소소한 형벌처럼 느껴졌기 때문이었다. 아울러 자아 성찰의 계기로 삼기도 했다. 가령 친숙한 사람끼리의 의례적 제스처도 처음 보는 이에겐 문화 편차에 따른 오해를 불러일으킬 수 있다는 점을 간과했고, 친밀감을 높이려는 의도였다고 해도 '늙은' 혹은 '젊은'이라고 나이로 구분해 말하는 게 바람직한 어법이 아니라는 점을 간과했으며, 선의였지만 '약병아리'라고 한 것 역시 상대편의 신체적 특징을 전제했으니 긍정적 비유는 아니라는 걸 나는 간과했다.

일부 언론의 폭력적 보도 태도에 대해서는 화가 난 순간도 많았다. 내게 성희롱당한 바가 없다는 당사자들의 공개 증언을 의도적으로 감추고 일방적으로 과장해 보도하는 기사를 볼 때마다 상처받고 좌절했다. 수십 년의 문학적 성과가 통째 생매장된다고 느낄 때 가장 고통스러웠다. 그것은 나뿐만 아니라 수많은 나의 독자에게도 과도한 모욕이라고 여겼다. 우울증과 공황장애가 밀어닥쳤다. 견디기 힘든 건 소설을 쓸 수 없다는 것. 처음 1년여는 사회적 지탄에 따른 타율적인 이유로 쓰지 못했으나 시간이 지나면서 곧 비대해진 나의 내적 갈등이 상상력의 우물을 황폐화시키고 있다는 사실을 아프게 깨달았다. 끔찍한 과정이었다. 이야기가 준비되어 있는데도 한 문장조차 쓸 수가 없었다.

순례

나 때문에 추문에 끌려 나와 불유쾌한 일들을 겪었을 팬클럽 두 분과 방송작가 두 분, 또 좋은 마음으로 문제의 자리를 만들었다가 상처받았을 출판사 편집장과 내 책 편집 담당 직원에게 아주 미안했다. 나로 인해 어떤 식으로든 혹시 상처받은 사람은 없었던가 하고, 지난날들을 성찰하며 살던 시기였으므로 더욱 그랬다. 그러니 나로 인해 난데없는 추문에 끌려 나온 그분들에게 내가 얼마나 미안했겠는가. 살아서 만날 기회가 온다면 모든 게 부덕한 내 탓이니 미안했었다는 말을 꼭 하고 싶다.

세월은 상처도 씻어 마모시킨다. 모든 일이 벌써 여러 해 지나 그런지 그분이나 언론에 대해 특별한 원망과 울분은 지금 거의 남아 있는 게 없다. 다만 한번 동석했을 뿐 이름조차 기억나지 않는 그분이 3년여나 지나서 왜 새삼 SNS를 통해 그날의 일을 거론했는지 그 배경을 알 수 없어 답답한 적이 있었고, 나와 내 가족이 매질을 당할 때도 그분은 '익명'에 가려 있어 더러 불편했으며, 일부 언론의 보도 태도에 대한 좌절감은 여전히 남아있지만, 오랜 가부장제의 반인간적인 문화를 고려할 때 언론에 명분이 전혀 없는 것은 아니라는 점에서 받아들일 수도 있다고 여겼다.

남은 건 예술품의 생산자와 수용자 사이에 개입되어있는 '이중성'과 '오해'의 문제였다. 모든 게, 결국 소설《은교》를 썼기 때문에 벌어졌다는 생각이 사건이 일어나고 몇 년 후 문득 비수처럼 가슴을 찌르고 들어온 것이었다.

그 무렵 소설 《은교》는 수십만 권이 팔린 베스트셀러였을 뿐 아니라 영화화를 통해 더욱 센세이셔널한 반응을 얻고 있었다. '웅교'라는 패러디 코미디드라마가 생겨났을 정도였고, '은교'를 매개로 한 성희롱 사건이 그 무렵 다수 보도되기도 했다. '노인, 열일곱 소녀를 탐하다!'라는 식의 헤드 카피을 앞세운 영화의 마케팅 전략도 불편했다. 사회문화 전반을 관통한 그런 식의 파장이 문제의 사건을 불러오는 데 결정적 영향을 미친 건 아닐까 상상한 뒤, 나는 그만 가슴을 치고 말았다. 내가 평생 오로지 사랑하고 헌신해온 '문학'이 나를 멸망으로 이끌어낸 셈이 아닌가. 아프기 그지없는 자각이었다. '존재론적 소설' 혹은 '예술가소설'이라고 자부했던 《은교》가 사회 일부에선 단지 성적 이미지로 소비되거나 회자되고 있으며 그로 인해 내가 '허방'에 빠지고 말았다는 자각과 정면으로 맞닥뜨렸을 때, 나는 온전히 길을 잃은 느낌이었다. 사건이 일어나고 여러 해가 지난 다음의 일이었다.

나는 거의 평생 반 엘리트적 지향을 따라 걸었다. '존천리 거인욕^{存天}^{理 去人欲}'으로 요약되는 주자학적 논리가 늘 싫었다. 주자학의 DNA를 지닌 일부 엘리트 평자와 엘리트 독자들은 21세기에도 여전히 명분과 실제가 유리된 권위적인 전각에서 살고 있었다. 나의 반 엘리트적 성향은 그들의 동의를 얻는데 늘 불리했다. 이를테면 감각적인 소설을 쓰더라도 관념적으로 포장해야 좋은 이미지를 쌓는데 유리한 사회에서 관념적이거나 거대담론적인 소설을 쓰고도 나는 자주 감각적 혹은 미시담론적으로 포장해 어필했다. "사랑만이 가장 큰 권력이지요!" 나는 말했다. 감수성이

순례

뛰어나다면 기뻤고, 어느 정파 어느 이데올로기 어느 문파에도 소속되지 않으려고 늘 주의를 기울였다. 굳이 말하자면 나는 유미주의 기질이 강한 편이었다. '영원한 청년작가'라고 불러주는 게 좋았고, 영원히 '현역작가'로 살고 싶기도 했다.

애당초《은교》를 쓴 게 사건의 본질적 발화지점일 수 있겠다는 상상은 결국 소설쓰기에 대한 자학적 환멸을 강력히 불러왔다. 시간이 지날수록 그런 자의식은 깊어졌다. 문학은 성찬이니 언제나 무릎 꿇어 받겠다고 생각하며 살아온 세월이 아니었던가. 오죽하면 "문학, 목매달아 죽어도 좋을 나무!"라고 말했겠는가. 그런데 바로 문학, 내가 쓴 '소설'이 나를 허방으로 밀어 넣은 셈이니 평생 헛짓 사랑으로 살아왔다는 생각에 이른 것이었다.

그 사건은 물론 한 인간으로서의 내게 새로운 삶의 마당을 제공하기도 했다. 바쁘다는 핑계로 계속 미루어온 가족, 친지들과 많은 시간을 보낼 수 있었고, 그림을 그리거나 책도 많이 읽었으며, 여행의 기회 또한 많아졌다. 그러나 무엇을 하든, 소설을 쓰지 않으므로 나의 생은 텅 비어있는 것 같았다. 사건이 나기 전 써두었던 역사모험소설《유리流離》와《구시렁구시렁 일흔》이라는 육필시집을 출간하기도 했지만, 문학 자체에 대한 자학적 환멸은 계속됐다. 못질을 면했을 뿐인 관속에 내가 누워있는 것 같았다.

작가 생활 반세기 남짓에 나는 두 번 '작가의 죽음'을 경험했다. 문화일보에 연재하다가 문득 연재를 중단하고 더 이상 글을 쓰지 않겠다고 선언한 것이 그 첫 번째였다. 이른바 1993년의 '절필 사건'. 나는 그때 상상력의 소진을 경험했으며, 오래 누적돼온 시대와의 불화로 인해 깊은 우울증을 앓고 있었다. 문학은 무엇이고 어디에 바쳐져야 하는 것인가, 따위의 내적 갈등이 견딜 수 없을 지경으로 고조됐을 때 나는 작가로서 스스로 '나의 죽음'을 선언하고 한동안 산속 외딴집에 들어가 혼자 살았다. 그러나 돌이켜보건대 그 '침묵의 3년'이야말로 역설적으로 글쓰기에 대해 가장 강렬한 열망에 사로잡혀 있던 시기였다고 할 수 있었다.

그러나 그때와 달리, 문제의 사건 이후 점진적으로 깊어져 온 지금의 무력증은 내 안에서 '글쓰기'에 대한 비이성적 환멸로 뒷받침되고 있어 전망 부재로 보인다. 이 끔찍한 환멸을 어찌 견딜 것인가. 고백하거니와 사람들의 머릿속에서 거의 잊혀 가고 있는 문제의 사건을 굳이 들추어내 여기 진술하는 이유가 그것이다. 소설쓰기에 대한 환멸은 독자에겐 물론이고 평생 '문학순정주의'로 일관해온 나 자신에게도 반윤리적이기 때문이다. 이 고백이 마중물로 작용해 관속에 누운 '나의 작가'를 다시 신명나는 이야기의 마당으로 끌어내기를 나는 감히 바란다. '이야기하는 바람'으로 사는, 그리운 그 '길'.

길은 권력인가 헌신인가. 아니, 길은 허무인가 승화인가. 스스로 하나의 길이고자 했던 니체는 다가올 시대가 니힐리즘으로 가득 찰 거라면서,

거대한 삶의 허무를 극복하려면 눈 부릅떠 그것을 정면으로 보고 그것을 담대히 초극해야 한다는 내적 관점으로 권력의지를 설파한 바 있다. 능동적 의지를 통해 적극적으로 창조적 삶을 실천할 때 불안과 권태, 허무와 부자유로부터 마침내 더 자유로운 존재로 거듭날 수 있다는 것이다.

니체식으로 말하자면 요즘의 나는 '권력의지'가 약해빠진 상태로 '영원회귀'의 톱니바퀴에 낀 사소하고 나약한 존재에 불과하다. 그러니 내가 관속에 있는 것일 게다. 창조적 불꽃으로 애오라지 타오르고 싶었으나 소소한 온정과 연민을 버리지 못해 결과적으로 자신을 기만하며 산 죄는 얼마이고, '문학순정주의'를 부르짖어왔으면서도 창조적 권력으로까지 그것을 밀어 올리려는 작가적 헌신이 부족한 죄는 얼마이겠는가. 오해하지 말라. 남들을 탓하거나 세상을 원망하고 싶지는 않다. 모든 걸 호도하고 싶은 것도 아니다. 이 모든 나의 말들은 그런 관점에서 떠날 길을 앞두고 중얼거리는 한 인간의 방백으로 읽는 게 좋다. 모든 문제는 지금 이 순간 오롯이 나 자신의 내적 문제로 되돌아와 있으니까.

이번에 떠나는 산티아고 순례길은 프랑스 남부 생장피에드포르에서 스페인의 산티아고 데 콤포스텔라까지 800여 킬로미터의 먼 길이다. 벌써 여러 해가 지났지만 이번 순례길에서도 나는 아마 그 사건이 준 분열, 상처, 격절을 품고 걸을 게 틀림없다. 성찰의 길이기도 할 것이다. 순례는 육체의 고통을 바쳐 영혼의 안식을 얻고자 하는 헌신일 터, 그 길에 나서면 나의 존재론적인 근원이 더욱 명백해질는지도 모르겠다. 길은 당연히 걷는 이를 보살핀다. 바라느니 이 길에서 나의 '작가'를 다시 만나고 싶다. 소망은 그뿐이다. 최소한 먹고, 최대한 많이 걸을 생각이다. 하루빨리 내 발에 물집이 곱빼기로 잡히기를. 무릎관절이 틀어지고 허리뼈가 고통스럽게 어긋나기를.

니체는 피폐해지는 자신을 구하려고 이탈리아의 작은 도시에 머물다가 어느 사거리에서, 힘에 부쳐 한사코 가지 않으려고 버티는 말을 향해 마부가 가차 없이 채찍을 휘두르는 광경을 보다가 발작해 쓰러진 뒤 수년 동안 정신병원에 갇혀 있다가 생을 마감했다. 그 역시 삶의 본원적 허무를 극복하지 못하고 생을 마감한 셈이다. 걷지 않으려고 버티던 말에게 길은 단지 고통에 찬 노동이었을 뿐이고, 마부에게 길은 생산성의 작은 수단일 뿐이었으며, 니체에게 그 길이 만들어 보여 준 광경은 신문명의 잔인한 예시에 불과했을 것이다.

그래서 온갖 수사를 물리고, 처음 작가가 되었을 때 품었던 질문을 견인해와 지금 다시 나 자신에게 묻는다. 나는 누구이고 문학은 나의 무엇이란 말인가. 이상한 환멸로 폐기 처분한 내 안의 '작가'는 어느 길가에 버려져 있는가.

산티아고 먼 길이 저기, 나를 손짓해 부르고 있다.

아주 오래된 길

아무것도 남지 않는다

당신이 지나고 나면
길은 그냥 텅 빈다

내가 이윽고 남몰래
길이 되어 눕는다
– 시집《구시렁구시렁 일흔》중 〈갈망〉

타고난 역마살 때문인지, 한때는 거의 매년 히말라야로 트레킹을 떠나곤 했다. 카일라스, 킬리만자로, 캅카스산맥 등을 순례하기도 했으며, 아메리카, 시베리아를 횡단한 적도 있었다. 늘 배낭을 서재 한쪽에 놓아두고 지냈다. 배낭을 보면 가슴 속에서 언제나 막 바람이 불었다. "나는 바람이다. 이야기하는 바람이다." 남몰래 중얼거리는 날도 많았다. "대체 무얼 찾아 헤매는 거야?" 아내가 물었다. "모르겠어. 미스 킴을 찾아 헤매는 건가?" 나는 웃으며 대답했다. '미스 킴'이 누구인지, 무엇인지 나도 잘 몰랐다. 그러면서도 자주 그 무엇이 그리워 미칠 거 같았고, 그러면 곧 길을 떠났다. 고소에 걸린 채 3개월 가까이 히말라야 산협을 혼자 헤매고 다닌 적도 있었다.

왜 하필 히말라야냐고 묻는 사람들이 더러 있었다. "내 교회이고 절이거든!" 나는 대답했다. 만년설이 쌓인 연봉들은 일종의 신성神性을 품고 있다고 여겼다. 일테면 히말라야나 카일라스 등은 부동심不動心의 표상으로서 내게 언제나 절대적인 가치의 편린을 보여주었다. 그것은 불멸에의 욕망과도 합치했다. 걷는 동안만이라도 죄를 짓지 않기 때문에 순례에 나선다는 말을 들은 적이 있거니와, 내가 욕망한 것은 단지 그냥 길이었을지도 몰랐다. 스스로 길이 되고 싶었다.

어떤 날 고향에서 공무원을 하다가 퇴직한 후배 김金이 찾아왔기에 불현듯 생각이 나서 물었다. "자네가 연전에 산티아고 순례길을 다녀오지 않았던가?" 후배가 반색했다. "예, 참 좋았지요. 내년쯤 다시 가려고요!" 후배 역시 나처럼 걷는 걸 좋아하는 사람이었다. "뭐 내년으로 미루나. 그냥 올봄에 나랑 함께 가세!" 꼼꼼히 계획을 세우고 세심하게 준비를 하다가는 언제 떠날지 모를 일이었다. 길로 떠나려는 사람에게 우선 필요한 것은 내적 충동을 믿고 그것에 온전히 자신을 맡기는 결기라고 할 수 있다. 후배는 내 충동에 선뜻 동의했다.

나는 마침내 배낭을 메고 인천공항을 떠났다. 2019년, 꽃피는 봄날이었다. 낯선 길에 대한 두려움은 없었다. 갈아입을 속옷 한 벌과 기능성 바지, 반바지와 허리, 무릎 보호대, 최소한의 비상약, 헤드 랜턴과 여름용 침낭을 챙겼더니 배낭 무게가 내 몸무게의 십 분의 일에 불과한 6.5킬로쯤되었다. "언제쯤 돌아와요?" 공항에 따라 나온 아내가 물었다. "아마 한 여름쯤?" 내가 반문하며 웃었다. 돌아올 날들을 미리 염두에 두지 않는 게 흐르는 길에 대한 예의라고 생각했다. 신을 찾아가는 길이 아닌가.

방랑과 순례는 본질적으로 다르다. 발길 닿는 대로 떠도는 게 방황이라면 순례는 뚜렷한 목표가 있다. 산티아고 순례길의 최종 목표는 스페인의 오랜 도시 산티아고 대성당에 안치된 성 야고보의 유해, 그이의 발치다. 이베리아반도 곳곳에 예수님 말씀을 전하고, 괄괄한 성격에다 욕망도 많아 예수님께 더러 꾸지람을 들었으나 열두 제자 중 최초로 순교해 마침내 당신의 소망대로 진실로 '높은 자리'에 먼저 앉으신 분, 성 야고보. 인종, 국적, 성별, 세대는 다 달라도 모든 순례자는 오로지 한곳, 그분의 유해를 향해 걷는다. 어디서 출발하든 최종 목적지는 같다.

여러 코스가 있지만 가장 대표적인 순례 코스는 프랑스 남부 '생장피에드포르'에서 피레네산맥을 넘어 이베리아반도를 북서진해 '산티아고데 콤포스텔라'에 이르는 약 800킬로의 '카미노 프란세스Camino Frances' 길이다. 중세기엔 연중 50만 명이나 되는 유럽인들이 참회를 위해 걸었던 길이며 또 유네스코에서 세계문화유산으로 지정한 길이기도 하다. 첫날은 26.3킬로의 비탈길을 통해 장대한 피레네산맥을 넘는다.

20킬로가 훨씬 넘을 때까지도 끈질기게 이어지는 오르막길로서 이 첫째 구간이 우리에게 요구하는 가치는 인내력이다. 날씨는 좋았지만 배낭이 문제였다. 최소한의 무게로 배낭을 꾸렸지만 10킬로가 넘고 나니 배낭끈이 어깨를 아프게 파고들었다. 눈 쌓인 피레네산맥이 아득히 바라보였다. 나폴레옹이 넘었다는 바로 그 길이었다. 나는 아주 천천히, 내가 바람인 듯 걸으려고 노력했다. 많은 사람이 걷고 있었지만 70대는 나뿐이었다. 20킬로쯤이 넘자 내가 걷는지 아니면 어떤 레일을 타고 실려 가는지 잘 모를 정도가 됐다. 아주 잘 떠나왔다고 나는 비로소 생각했다.

세계에서 유례없는 속도로 빠른 경제성장을 이룬 전투력에 따른 자부심은 버리는 게 좋다. 개발의 시대를 거치면서 우리가 반복적으로 세뇌받았던 제일의 가치는 생산성이라 하겠지만, 이 길로 들어서면 생산성을 좇는 질주의 습관을 버려야 한다. 그 습관을 좇아 피레네를 넘으면 나머지 먼 순례길을 완주하기 어렵기 때문이다. 순례자는 기실 걷는 게 아니다. 먼 순례길에선 이런 인식이 중요하다. 씨근벌떡 용을 써 걸을 게 아니다. 길 위에 올라선 채 길이 흐르는 대로 나를 가만히 맡겨둘 수 있어야 참 순례자라 할 수 있다.
생각하면 인생도 하나의 순례가 아니던가.

아주 오래된 욕망

산티아고 순례길은 5월만 돼도 태양 빛이 뜨겁다. 비는 거의 오지 않는다. 봄꽃은 지고 성미 급한 여름꽃들이 다투어 피어나기 시작하는 것도 순도 높은 햇빛 탓이다. 순례길 대부분은 구릉과 평원이다. 거의 열흘 동안 지평선을 바라보며 걷는 구간도 있다. 그늘 한 점 없는 광활한 대지, 살기 띤 햇빛, 가도 가도 끝나지 않는 포도밭이나 밀밭의 단조로운 연접은 그 한가운데를 오직 걸을 뿐인 사람의 인내를 시험한다. 부지런한 순례자들이 여명도 트기 전의 어스레한 새벽에 길을 떠나는 것도 한낮의 햇빛을 피하기 위해서다.

양치기 출신 성인 도밍고의 마을 '산토 도밍고 데 라 칼사다'를 떠난 날은 여름이 시작되는 6월 초하루, 순례길에 들어선 지 벌써 열흘을 넘긴 다음이었다. 열흘 동안 나는 매일 20킬로에서 30여 킬로씩 걸었다. 경사가 거의 없는 유순한 길이었다.

그제는 안톤 고개가 포함된 30여 킬로미터 칠십여 리 땡볕 아래를 걸었고 어제는 해발 700미터 붉은 언덕을 넘어왔으므로 체력은 이미 바닥난 상태. 그래도 아름다운 유채꽃밭들이 주었던 다채로운 대지의 황홀한 색감이 눈앞에 계속 아른거린다. 산토 도밍고 데 라 칼사다는 '수탉과 암탉의 기적'으로 유명한 유서 깊은 마을이다. 아름다운 막달레나 성당과 대성당 탑이 준 감동이 아직도 가슴에 남아있다. 어디 막달레나 성당뿐이겠는가. 스페인에선 작은 마을에서도 아름답고 놀랍게 웅혼한 성당을 언제든 만날 수 있다.

오늘 걸어야 할 벨로라도까진 대략 24킬로미터, 광활한 밀밭으로 이어진 고원길이다. 레온주로 들어서는 길이기도 하다. 새벽 5시 어둠 속에서 행장을 꾸린다. 수십 명의 순례자가 침낭 속에 고치처럼 들어앉아 함께 자는 방이라서 행여 남에게 폐가 될까 봐 휴대폰 불빛에 의지해 간신히 배낭을 정리하고 발뒤꿈치를 들고 식당으로 나와 어제 사둔 바게트를 찢어 우유와 함께 소리 내지 않고 먹는다. 우유는 앞서 지나간 순례자들이 먹다가 남겨둔 것이다. 식당 냉장고엔 앞서간 자들이 뒤에 따라오는 순례자들을 위해 남겨둔 마실 것, 빵, 계란 등이 늘 떨어지지 않는다.

밖은 아직 어둡다. 마을 안길이 어둠 속에 텅 비어 있다. 어두운 곳에선 길을 잃어버리지 않도록 유의해야 한다. 어두우면 길을 안내하는 조가비나 노랑 화살표 표식이 잘 보이지 않기 때문이다. 아니나 다를까 1킬로쯤이나 가서 길을 잘못 든 걸 알아차리고 되짚어 돌아오는데 비로소 여명이 트기 시작한다. 새벽이라서 바람 끝이 차다. 오하강을 지나니 '용자들의 십자가'가 나온다. 모든 길에서 늘 십자가를 매일 만나지만 똑같은 십자가는 없다. 안내서에 따르면 약 7킬로 이상 가야 다음 마을 그라뇽에 닿는다. 산토 도밍고의 출생지로 알려진 델 카미노 마을은 그라뇽에서 4킬로를 더 가야 한다.

쭉 곧은 길에 순례자들이 하나씩 둘씩 늘어난다. 눈이 마주치면 누가 먼저랄 것도 없이 "올라Hola" 혹은 "부엔카미노Buen Camino" 하고 속삭이듯 인사말을 건넨다. 올라는 스페인의 인사말이고 부엔카미노는 '좋은 길'이라는 뜻으로서 순례길에서 누구에게나 통하는 축복의 언어다. 부엔카미노, 부엔카미노, 하다 보면 사람과 사람, 사람과 풍경이 경계 없이 한통속이 되는 느낌이 든다. 바람에 흔들리는 밀밭 한가운데를 여러 시간 혼자 걷다가 불현듯 "부엔카미노!"라는 환청을 들은 적도 있다.

길은 하얗다. 야트막한 구릉을 가르고 가는 잔자갈이 많이 깔린 비포장 신작로가 계속되기 때문이다. 무릎 높이쯤 자란 밀들이 바람에 따라 부드러이 몸을 뉘었다가 춤추면서 일어난다. 지평선까지 온통 밀밭이다. 밀대 사이사이 개양귀비 붉은 꽃들이 화사하다. 길은 부드럽게 구부러지고 부드럽게 오르내린다. 가파른 길은 없지만 벌써 250킬로 이상 걸어온 나그네에게는 야트막한 구릉길도 큰 부담이다. 해는 점점 더 높이 떠오르고 배낭을 짊어진 등짝에서는 땀이 나기 시작한다. 목이 타고 배도 고프고 무릎이 시큰거린다. 나는 하나밖에 없는 무릎 보호대를 풀어 왼쪽으로 바꿔 채운다. 마음은 그러나 아주 온화하다.

> 나는 당신을 잘 모르지만
>
> 만난 적도 없지만
>
> 당신이 지금 내 안에
>
> 깃들어 있는 걸 보고 느낀다
>
> 길가 작은 들꽃들로
>
> 당신이 피어 있다는 것도
>
> 아무렴, 내 눈이 점점 밝아지고 있다
>
> – 졸시 〈성 야고보〉에게

길가 붉은 개양귀비밭에 앉아서 수첩에 쓴다. 벌써 전신에 땀이 흐른다. 시라기보다 '성 야고보'에게 쓰는 짧은 편지다. 몸은 천근만근인데 성 야고보가 내 안에 정말 깃든 것 같은 내적 희열 때문일까, 정말 마음의 눈이 아주 밝아지고 있는 느낌이다. 마을의 실루엣이 아득히 눈에 들어온다. 햇빛은 타는 듯 빛나고 바람은 몸을 관통해 지나가며 나는 절룩절룩 기분 좋게 걷는다. 저 마을에 도착하면 빵이나 간단한 샌드위치, 음료를 파는 카페가 있을 것이다. "저곳에 카푸치노가 있어." 나는 중얼거린다. 카푸치노 안에도 성 야고보의 은혜가 담겨 있다고 상상한다. 다른 아무것도 생각나지 않는다. 이제 눈앞에 어른거리는 것은 오직 하나, 설탕을 듬뿍 친 다디단 카푸치노 한잔이다.

'부엔카미노'는 순례길에서 누구에게나 통하는 축복의 언어이며,
사람과 사람, 사람과 풍경의 경계를 허무는 마법의 언어이기도 하다.

마을은 마을로 이어지고, 카페는 카페로 이어지고, 카푸치노는 카푸
치노로 이어진다. 돌아보면 지난 열흘간, 걸으며 내가 줄곧 그리워했던
건 길가 카페에서 마시던 카푸치노 한잔. 어쩌면 다음, 또 다음 카페에서
마실 카푸치노 한잔이 그리워서, 애오라지 그 힘에 의지해 마을과 마을
사이의 먼 길을 걸었던 것 같기도 하다. 이를테면 나의 산티아고 순례길
은 겨우 카푸치노에서 카푸치노에의 욕망으로 이어져 있을 뿐이라는 것
이다. 그라뇽 마을 카페에서 카푸치노를 마시고 델 카미노에서도 카푸치
노를 마신다. 카페는 지친 나에게 예배당 같은 느낌이다. 개울을 건넌다.
순례자들과 함께 흐르는 스페인의 개울은 어디든 거울 속처럼 맑다.

나는 평생 무엇을 품고 살았단 말인가.

돌아보면 그 무엇인가가 그리워 평생 떠도는 걸음새로 살아온 느낌이다. 일상의 삶은 붙박이에 의탁하고 영혼의 안뜰은 유랑에 맡겨 살아온 듯하다. 아내는 내 역마살을 두고 이기적이라고 비난했다. 나는 걸핏하면 짐을 쌌다. 가출이 내겐 하나의 습관이었다. 매년 히말라야로 떠났고, 킬리만자로 허리에 엎드려 운 일도 있었고, 캅카스산맥 삼나무 그늘이나 시베리아 자작나무숲에서 술에 취해 쓰러져 잠든 적도 있었다. "무엇을 찾아가는데?" "미스 킴 찾아!" "그게 누구?" "알면 더 이상 안 떠날 텐데." 아내와 나는 자주 웃으며 비슷한 문답을 반복했다. 그리운 '미스 킴'은 누구인가. 불멸인가. 그것은 어디 있는가. 그런 질문이 늘 나를 사로잡고 있었다. 내가 쓴 수십 권의 소설도 어쩌면 '미스 킴'을 찾는 이상한 도정에서 얻은 부산물 같은 것일지도 몰랐다.

그러나 보라. 본원적으로 그리운 무엇을 찾는다면서 지구의 반대편까지 날아와 절룩거리며 걸으면서도, 고백하거니와 내가 매일 매 순간 애오라지 그리워한 것은 겨우 카푸치노 한잔이었다. 신의 목소리를 찾아왔다고 말하면서 나는 카푸치노 한잔을 그리워하며 그 욕망으로 걸었다. 그렇게 비천한 게 바로 나였다. 사실이다. 그러므로 이 순례길에서 어떤 새벽 죽비로 맞은 듯 내가 깨달은 교훈은 단 하나, 여전히 나는 신에게 무릎 꿇어 기도해야 하는 나약하고 비천한 존재에 불과하다는 것이었다.
얼마나 더 걸어야 길이 끝나는 것일까.

　　　　　　　　　　순례

아주 오래된 짐

산에서만이 아니라 인생길에서도 우리는 배낭을 짊어지고 걷는다. 때로는 배우자도 서로 간에 배낭이라 느낄 수도 있겠다. 그러나 진짜 배낭처럼 느껴지는 건 자식들이다. 나는 자식이 셋이니, 인생길에서 배낭 세 개를 짊어지고 걸어온 셈이다. 짐이라는 뜻은 아니다. 배낭은 무겁기도 하겠지만 아주 소중한 것들이 그 안에 들어 있으니, 자식이라는 이름의 배낭을 두고 단지 무거운 짐이라고만 말할 수는 없을 것이다.

산티아고를 향해 걸을 때 나는 배낭의 무게를 대략 7킬로를 넘지 않도록 조절했다. 배낭의 무게는 몸무게의 10분지 1 이내가 좋다는 경험자들의 권유에도 불구하고 우리나라 순례자들은 대부분 이보다 무겁게 배낭을 꾸린다. 욕심 때문이다. 라면을 넣어오는 사람도 있고, 영양제나 건강보조식품 약품 등도 과도하게 챙기며, 여분의 옷가지는 물론 전자제품까지 가져오는 사람도 있다. 한번 가져오면 버리기가 쉽지 않기 때문에 계속 힘들게 지고 가다가 발목이나 무릎을 상해 순례를 망치는 사람도 더러 보았다. 내 경우, 기능성 셔츠 1, 여벌 바지 1, 반바지 1, 속옷 1벌, 무릎 보호대, 헤드 랜턴, 비상약을 챙겨 넣었더니 배낭의 무게가 약 6.5킬로 정도, 내 몸무게의 딱 10분지 1 정도 무게로 맞춘 셈이 됐다.

산티아고 순례길은 한 달 이상 먼 길을 걸어야 하기 때문에 순례자가 배낭을 부칠 수 있는 제도가 잘 되어있다. 배낭을 부치는 걸 현지에선 '동키'라고 한다. 이름과 도착할 숙소 이름을 쓰고 5유로를 봉투에 넣어 배낭과 함께 숙소 문 앞에 놔두면 동키를 전문적으로 하는 운전기사들이 와서 지정한 곳까지 배낭을 차로 날라다 준다. 동키를 하고 나면 여권, 현금, 물병 정도만 작은 가방에 챙겨 메게 되므로 발걸음이 날아갈 듯 가볍다. 중간 마을에서 충동적으로 숙박할 수 없다는 단점이 있지만 가뿐한 어깨가 누리는 행복에 비하면 소소한 단점이다. 오랜 시간 동안 축적된 시스템이라 배낭을 잃어버리는 일은 거의 없다. 나는 보통 하루에 20여 킬로미터 정도를 걷는 날은 배낭을 메고 걸었고, 25킬로미터 이상 걸어야 하는 날은 배낭을 부쳤다. 37일 걷는 동안 열흘 정도 배낭을 부친 셈이다.

보통 출발하고 10킬로 정도까진 날씨가 좋고 풍경이 특별하니까 어깨에 멘 배낭을 의식하지 않고 걸을 정도로 기분이 좋다. 콧노래가 나올 때도 많다. 그러나 10킬로가 넘으면 다르다. 배낭끈은 어깨살을 파고들고 배낭의 아랫부분이 허리토막을 강하게 압박하기 시작한다. 언덕이라도 만나면 고통은 배가된다. 15킬로쯤 걷고 나면 햇볕까지 뜨거워져 땀이 비 오듯 하는 데다 어깨, 허리 등에 은근한 통증까지 느껴져 그냥 배낭을 내던지고 싶을 뿐이다. '철천지원수'가 따로 없다.

그러나 여기가 끝이 아니다. 20여 킬로가 넘어 고통이 어떤 한계에 이르면 이상한 변화가 내 정신 속에서 일어난다. 온몸을 옥죄는 배낭의 무게가 이상야릇한 희열로 환원되는 느낌을 받게 되는 순간이 오는 것이다. '철천지원수'가 피붙이처럼 느껴지는 놀라운 경험이다. 천근만근의 무게로 배낭끈이 어깨살을 마구 파고들 때, 한 걸음 한 걸음에서 솟아나는 야릇한 환희를 어떻게 설명할 수 있을까. 소명을 다하고 있다는 짜릿함, 하느님께 헌신하고 있다는 자부심, 하느님의 축복이 내게 다가오고 있다는 희열 등이 그 환희 안에 다 녹아들어 있다. 일테면 억압돼 있던 본성이 솟구쳐 나와 내적 자유가 시시각각 확장되는 걸 실감나게 느끼게 된다고 할 것이다. 고통은 업장을 쓸어내는 가장 커다란 빗자루라고 했던가. 속살을 파고드는 배낭끈이 나의 속살 자체가 되고 마는 듯한 그 신비한 기쁨이야말로 고통을 뜨겁게 바친 순례자들만 느끼는 비밀스런 축복이라 할 만하다.

자식이 셋이면 인생길에서 배낭을 세 개 짊어지고 가는 셈이란 비유를 틀렸다고 할 수는 없다. 더구나 인생길에선 동키도 없다. 솔직히 말해 자식이라는 배낭을 짊어지고 걷는 많은 순간 그 배낭이 때로 얼마나 온몸을 짓누르는가. 내팽개치고 싶은 순간도 없지 않을 터이다. 그러나 보라, 자식의 웃음소리 한 번에 온몸의 피로가 가시고 자식의 눈빛 하나에 없었던 힘이 막 솟는 것도 사실이다. 혹시 모진 마음이 들다가도 자식을 생각하면 얼른 제 마음자리로 되돌아오니 자식이라는 이름의 배낭은 인생길에서 하나의 방부제 역할로도 손색이 없다.

그렇다. 자식이라는 배낭 때문에 허리가 휘어지는 것도 사실이지만, 그 배낭이야말로 인생길에서 시종 나를 뜨겁게 걷도록 도울 뿐 아니라, 하느님의 참다운 축복에 가까이 다가갈 수 있도록 해준다.

물론 자식만 인생길의 배낭인 것은 아니다. 내 경우는 소설 쓰기 역시 평생의 내 배낭이었다. 그것 때문에 발바닥에 물집이 생기고 등이 휘어질 것 같은 순간도 많았는데 그러나 바로 그 배낭이 내 인생에 의미를 부여해주고 매일 싱싱하게 걸어가도록 만들어 준 것도 사실이다. 혹시 지금 당신이 지고 있는 인생길의 그 짐이 너무 무겁다고 느껴진다면 내버릴 궁리만 할 게 아니라 그 배낭에 차라리 내 어깨를 흔쾌히 내맡겨보면 어떨까 싶다. 고통의 한계를 넘으면 아침처럼 찾아오는 희열을 당신도 만날 것이므로.

오늘 걸어야 할 길은 아헤스 마을에서 부르고스까지 20.8킬로미터 구간. 중간에 해발 1,080미터 알토 고개를 넘어야 하는 게 관건이다. 아헤스에서 아타푸에르카까지, 산만한 국도를 따라 걸어야 하는 것도 부담이다. 동키를 할까 했지만 나 스스로에게 적용하는 원칙대로 배낭을 멘 채 걷기로 한다. 아타푸에르카는 100만 년 전부터 기거해온 원시인류의 유적을 발굴한 곳으로 유명하다. 원시인류도 이렇게 걸어서 더 궁금하고 그리

순례

운 그 무엇을 찾아 걸었을 것이다. 자갈이 많은 울퉁불퉁한 고갯길이 시
작된다. 당연히 배낭끈이 어깻살을 잔인하게 파고들고 나는 배낭끈을 더
욱 바짝 조인다. 제일 좋은 상태는 나와 배낭이 완전히 한 몸이 돼 그것을
메고 있다는 사실조차 잊어버린 채 걷는 것이다. 나와 배낭이 분리돼 있
다고 생각하면 배낭은 당연히 더욱 무거워진다. 나에 대한 배낭의 앙갚음
이다.

바람의 숨결

　　순례자들이 모두 잠들어 있을 때, 어둠 속에서 소리죽여 배낭을 정리해 메고 어스름한 길로 나왔다. 캄캄한 고요가 당장 나를 사로잡았다. 사방이 지평선, 나는 정밀한 원의 중심을 어둠 속에서 오로지 혼자 걸었다. 끝없이 펼쳐진 밀밭 길이었다. 곧 여명이 트고 이윽고 해가 떠올랐다. 너무 고요한지라 신의 음성이 금방 들릴 것 같아 간혹 멈춰 서서 오래 귀를 기울이기도 했다. 밀들이 먼 대지 끝까지 물결치는 걸 나는 어느 때보다 밝은 눈으로 볼 수 있었다. 아주 원융하고 깊고 드높은 파도였다.

　　신은 나부끼는 바람 속에 있었다.

　　오래오래, 나는 오로지 내 발작 소리, 숨소리만을 듣고 걸었다. 내 발작 소리 내 숨소리를 그렇게 오래, 깊이 들어본 것은 그때가 평생 처음인 거 같았다. 발작 소리는 먼 변방의 군마 소리 같았으며, 숨소리는 가지런했으나 일률적이진 않았다. 생명의 본체이므로 그것은 고요한 폭풍, 정밀

고독과 정염과 분열은 물론
날숨과 들숨 사이에 깃든 아픈 방황도
나는 느끼고 보았다.
내 존재의 영광과 오욕이 그 숨결의 노래에 깃들어 있었다.

한 다이내믹함을 갖고 있었다. 나의 숨소리는 우렁차기 그지없었고, 한없이 깊었으며, 또 어떤 순간 나의 숨소리는 신의 음성처럼 자애롭고 헌칠했다. 내 안에 깃든 신이 숨 쉬는 것 같았다. 고독과 정염과 분열은 물론 날숨과 들숨 사이에 깃든 아픈 방황도 나는 느끼고 보았다. 내 존재의 영광과 오욕이 그 숨결의 노래에 깃들어 있었다.

온타나스에서 보아디야 델 카미노에 이르는 29.5킬로미터 구간을 걷던 날엔 중간에 길을 잘못 들어 무려 35킬로 정도를 걸었다. 바람에 나부끼는 밀밭의 황홀한 율동이 없었다면 그렇게 걷지 못했을 것이다. 나는 그날 밤 꿈속에서 밤새 키 큰 밀대가 되어 바람에 시나브로 나부꼈다.

순례

아주 오래된 도구

사자의 몸을 가진 스핑크스가 지나가는 사람들을 가로막고서 물었다. "아침에는 네 다리로 걷고 낮에는 두 다리로 걷고 저녁에는 세 다리로 걷는 생물이 무엇이냐?" 오이디푸스는 간단히 정답을 맞혔다. "그야 사람이지요!" 사람만이 어릴 때 기어 다니고 커서는 걸어 다니지만, 늙으면 지팡이에 의지해 세 발로 걷는다는 것이다. 인생길 마지막에 등장하는 지팡이는 그러므로 탄생 이전부터 부여받은 인간의 본원적 슬픔을 상징한다고 할 수 있겠다.

산티아고 순례길을 걸을 때, 내 몸에서 내내 떨어트리지 않은 게 두 가지가 있는데 하나는 배낭이고 둘은 지팡이다. 아니 '스틱'이다. 스틱과 지팡이는 같은 뜻이지만 이미지는 다르다. 지팡이는 자연산 나무로 만들어 허리가 꼬부라진 노인에게 어울리고, 스틱은 공학적으로 고안해 대량생산된 상품으로서 주로 등산할 때 쓰는 도구다. 산티아고 순례길 길가 가게에서 파는 건 모두 나뭇가지 형태를 살린 재래식 지팡이뿐이다. 서양의 나이든 순례자들은 지팡이를 든 사람이 많은데 한국에서 온 순례자들은 모두 스마트한 스틱을 들고 있다.

오르고 내릴 때 두 개의 스틱을 사용하면 대략 30퍼센트 정도 힘을 덜 쓴다고 하지만 나는 여러 번의 히말라야 트레킹 때도 스틱을 사용한 적은 거의 없다. 스틱을 들면 양손이 자유롭지 않기 때문이다. 그러나 이번 순례길에선 여러 사람의 권유도 있었거니와 워낙 장거리고 구릉이 많다는 점에서 후배가 사준 스틱을 들고 갔는데, 정말 요긴했다. 30퍼센트 힘이 덜 들뿐 아니라 늘 함께하니 동행자로서의 위로를 스틱에서 받은 적도 많았다. 외로운 길에 스틱 같은 친구가 있다면 얼마나 좋겠는가.

한번은 길가 바에 들렀다가 딴생각에 빠져 그만 깜박 스틱을 놓고 온 적이 있었다. 수족 같은 스틱을 잃어버린 셈이니 당황스럽기 이를 데 없었다. 순례를 시작하고 20여 일, 이미 500여 킬로를 걸어온 뒤끝이라 한 걸음 한 걸음이 무겁기 그지없을 때였다. 비싼 것도 아니니 버린 셈 치고 길가에서 재래식 지팡이를 하나 사서 쓰면 될 일이었다.

그러나 선뜻 발길이 떨어지지 않았다. 잃어버린 그 스틱은 내가 좋아하고 존경하는 후배 윤邦이 사준 것일 뿐 아니라, 지구를 반 바퀴 돌아올 때도 계속 함께했으며 무엇보다 이미 수백 킬로미터를 동행해온 소중한 동반자였다. 비싸지도 않으니까, 하고 잠시라도 교환가치로만 생각한 게 미안해 나는 결국 2킬로나 되는 길을 되돌아가 스틱을 결국 다시 찾았다.

순례

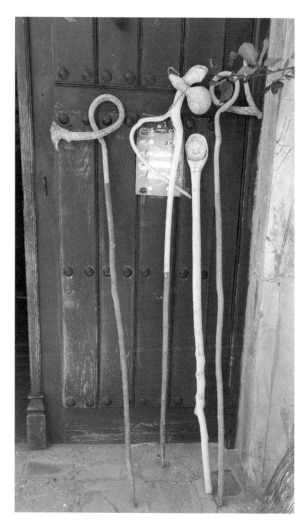

인생길 마지막에 등장하는 지팡이는
탄생 이전부터 부여받은
인간의 본원적 슬픔을 상징한다고 할 수 있겠다.

내 손에 익숙한 내 스틱을 찾아 쥐었더니 가는 길이 더 이상 외롭지 않아 좋았다. 내 손이 스틱을 길들였는지 스틱이 내 손을 제 성미에 맞게 길들였는지 모르지만, 자웅동체처럼 나와 스틱의 아귀가 딱 맞는 느낌은 순례 길에서 맛보는 또 다른 행복감이었다.

오른쪽 발목에 통증이 오면 스틱은 내 발보다 먼저 나가 슬쩍 발목을 받쳐주고, 부실한 허리 때문에 몸이 왼쪽으로 휘어지면 스틱은 왼쪽 7 오른쪽 3으로 힘을 자동 분배해 척추의 균형을 알뜰히 잡아주었다. 그뿐인가. 아무도 없어 두려울 때면 스틱은 다정한 발소리를 내 나를 위로해주었고 쉴 때면 나란히 앉아 호위무사 같은 표정으로 나를 안심시켰다.

배낭은 짊어지고 가지만 스틱은 손으로 잡고 간다. 배낭은 위에서 내 몸을 짓누르면서 내 사랑을 확인하려 들지만, 스틱은 아래에서 내게 힘을 보태거나 나누어 견디면서 한 몸이 되는 방법으로 내 사랑을 확인한다. 배낭과의 관계가 어느 정도 상대적이라면 스틱은 사뭇 절대적이다.

아, 인생길에도 이런 스틱이 하나 있다면 얼마나 좋겠는가. 아니, 돌아보면 내 인생길에 스틱이 없었던 것도 아니다. 잠깐씩 스틱이 돼준 사람도 많거니와, 오래 내 스틱이 돼서 이제 거의 자동으로 나의 부실한 부분을 받쳐주는 사람도 있다. 아내가 바로 그렇다.

거의 반세기를 함께 해온바 아내는 나에 대해 거의 모든 걸 다 안다.

내 발바닥 어디에 얼마만큼 물집이 잡혀 있는지, 내 척추의 몇 번 뼈와 몇 번 뼈가 어떻게 휘어져 있는지, 내 걸음걸음의 좋은 습관은 무엇이고 나쁜 습관을 무엇인지, 심지어 내 안에 깃든 옹이들, 일테면 분노, 소외, 분열, 갈등까지도. 사랑이라기보다 이것은 축적된 시간의 힘이 얻어낸 전리품이라고 해야 옳을 것이다. 옳거니, 하고 나는 생각했다. 무릎관절이 아파 스틱에 의지해 간신히 걷다가 물가에 앉아서 스틱의 먼지를 씻어내던 중 갑자기 눈가가 뜨거워졌을 때였다. 그 순간 나는 그 스틱이야말로 바로 집에 두고 온 늙어가는 아내와 같다고 느꼈다.

어찌 나만 그렇겠는가. 어떤 이에겐 오래 모셔온 신과의 관계가 그럴 것이고, 어떤 이는 또 가까운 친구나 가족들이 그럴 것이다. 스핑크스의 수수께끼는 그런 의미에서 아주 사실적인 문답이다. 사람은 불완전하므로 온전히 두 발로만 걷는 일은 거의 없다. 세 발로, 네 발로, 또 열 발로, 그렇고말고, 반드시 누군가와 함께 걷는다. 그게 동행이다. 아내든 친구든, 그 누구든지 간에 당신 곁에서 지금 스틱이 돼주는 그 사람에게 감사하라. 행복이 그 안에 있다. 그래서 나 또한 낯선 물가에 앉아서 지금 이 순간, 먼지가 잔뜩 묻은 스틱을 씻다 말고 아내에게 한줄기 카톡을 보낸다. "영원한 내 스틱이야, 당신!"

동행자

집 떠나온 지 스무날이 훨씬 넘었다. 프랑스 남부 생장에서 배낭 하나 달랑 메고 출발, 어느덧 스페인 산티아고 순례길 800킬로미터 반을 넘긴 게 엊그제. 이제부터 걸어온 길보다 가야 할 길이 나날이 짧아지는 여정이다. 집으로 '돌아가는 길'이라고 생각하니 마음이 따뜻하다.

함께 온 김金은 소년 같은 구석이 있는 착한 사람이다. 물론 지향과 성격이 잘 맞는 건 아니다. 그래도 앞서거니 뒤서거니 그럭저럭 맞춰 지내며 걷는 중이다. 어떤 사람들은 함께 왔어도 며칠 안 돼 마음이 맞지 않아 헤어진다고들 하는데 우리는 걸을 때는 헤어져 걷고 숙박할 때는 다시 만나 이웃해 자고, 그렇게 어정쩡한 관계를 유지하고 있다. 아마 며칠 이내 그와 나 역시 헤어질 것 같은 예감이 든다.

그는 기운이 좋아 비슷할 때 출발해도 보통 1등으로, 나는 보통 꼴등으로 다음 숙소에 닿는다. 순례길이 그에게는 러닝머신에 가깝다. 게다가 그는 또 한결같이 큰 마을의 대형 공립 알베르게를 지향한다. 한국 사람들이 많이 모이기 때문이다. 사람들을 불러모아 같이 밥도 해 먹고 시끌벅적

판을 벌이는 게 그에겐 큰 행복이다. 말을 쉬는 일도 거의 없다. 자신이 살아온 이야기나 자신이 잘 아는 정보를 일방적으로 소리쳐 말하는 편이다. 좌중을 사로잡아야 직성이 풀리는 모양이다. 힘과 신명이 좋고 스타 의식도 남다르니, 일테면 그는 광장을 지향한다고 할 수 있다.

그에 비해 이번 여행에서 나는 되도록 사람을 피해서 지내려 애쓴다. 안에 쌓인 상처도 상처려니와, 깊은 사유를 위해선 홀로 있는 시간을 많이 가져야 한다고 생각하기 때문이다. 순례에서 나는 골방을 지향한다고 보는 게 옳다. 줄곧 홀로 있는 게 꼭 좋은 건 아니지만, 그의 스타일대로 한국인과 만나 와자지껄 지낸다고 해서 존재론적 외로움이 덜어지지 않는다는 걸 잘 알기 때문이다. 아니, 한국인과 떼를 이루어 와자지껄 지내려면 이 먼 순례길을 왜 왔단 말인가.

길을 걸을 때도 순례자의 말소리가 등 뒤에서 들리면 나는 가만히 비켜서서 그들이 앞질러가 멀어질 때까지 기다린 다음 혼자 걷는다. 하룻밤 유숙하는 알베르게에서도 가급적 조용히 돌아앉아 혼자 자연과 만나고 싶다. 비교하자면 그는 사람들이 그리워 사람들을 더 만나려고 광장으로 걸어가고, 나는 다만 나를 더 깊이 만나려고 골방 속으로 걸어 들어가는 셈이다.

내가 되도록 작은 마을, 한국 사람이 별로 없는 소규모 알베르게로 가자고 말했더니 그는 금방 뿔을 낸다. "난 외로워서 그렇게 못해요!" 순례길은 외로워지자고 걷는 게 아니냐고 반문하고 싶지만 나는 입을 다물고 만다. 그는 늘 에너지 넘치고 나는 늘 지친 듯하며, 그는 쉼 없이 말하지만 나는 의도적으로라도 말을 아끼고, 그는 푸짐하게 먹는 스타일인데 나는 소식에 가깝고, 그는 매일 포도주 두 병을 마셔야 하지만 나는 한 잔 술이며, 그는 매일 손자 아내 등 여러 사람과 전화며 카톡을 하느라 부산하지만 나는 아직 한국으로 전화 한 통 한 적이 없다. 그런저런 점에서 그와 나는 하나도 맞는 게 없다. 예전 같으면 예민한 내 성격에 일주일도 못 넘기고 헤어졌을 것이다.

다른 한국 순례자들의 일반적 특징도 비슷해 보인다. 내가 본 우리나라 순례자의 보편적 특징을 열거하자면, 1. SNS를 통한 정보의 욕심이 많다. 순례길을 동시에 걷는 300명 넘는 사람들 단톡방에는 종일 수백의 정보가 쌓인다. 어느 어느 알베르게가 좋다면 그곳으로 몰리고 어느 어느 음식점이 좋다면 또 그곳으로 몰린다. 2. 일반적으로 많이 걷고 빨리 걷는다. 하루 40킬로미터를 넘게 걸었다고 자랑삼아 말하는 이도 많다. 미리 체력을 쌓고 걷기 연습을 많이 하고 온 사람이 대부분이다. 3. 가져온 먹거리도 만만찮다. 여러 종류 영양제와 라면은 기본이고 인스턴트 식재료를 한껏 짊어지고 온 사람도 많다. 4. 계획이 세세하고 목표에 대한 전투력이 아주 높다. 몸무게의 10분지 1 정도 배낭을 짊어지라 권유하지만 대부분 그보다 훨씬 많은 짐을 지고 다니다가 발목이나 물집 등으로 며칠씩 걷지 못하고 머물러 쉬는 사람이 여럿이다.

그에 비해 나는 1. 정보를 얻으려 하지 않고, 2. 미리 계획을 세우지 않고, 3. 되도록 적게 먹고, 4. 가급적 말을 하지 않고, 5. 버릴지언정 짐을 가벼이 하고, 6. 웬만하면 혼자 걷는다. 길과 풍경에 맞춰 내가 자연이 되어 합일하려는 방식이다. 나는 순례의 의미가 거기 있다고 믿는다.

생각해보면 47년째 함께 살고 있는 삶의 동행자 아내와도 단 한 가지도 맞는 게 없다. 아내는 국수 등 면류를 좋아하지만 나는 늘 가정식 백반을 좋아하고, 아내는 아주 느리지만 나는 아주 빠르고 급하고, 아내는 화려한 색상을 선호하나 나는 수수한 게 좋고, 아내는 뭐든 함께 하려고 하지만 나는 모든 걸 단독자로서 혼자 처리하려 하며, 아내는 지그시 눌러 참는 성격이나 나는 감정을 잘 참지 못하고 욱, 하고 만다. 아무리 생각해봐도 맞는 게 없는데 그리 오랜 세월 지지고 볶고 함께 살아온 게 이해가 안 된다. 안 맞는 걸로 치면 벌써 헤어졌어야 할 부부가 아닌가.

그런데도 별일도 다 있지, 이번 여행에서는 자식이고 누구고 크게 보고 싶지 않은데 유독 아내는 자주 보고 싶다. 나도 모르게 무심코 이렇게 중얼거린 적도 있다. "정원아, 내 배낭 속으로 들어와. 짊어지고 갈게!" 아내의 이름이 정원이다. 평생 이름을 부르고 살아온바, 정원이의 허리협착증 관절염 등이 모두 내 탓인 것 같고 해서, 이 광활하면서 아름다운 길을 함께 걷지 못하는 게 그리 미안하다.

인생길을 오래 함께 걷는 '동행자'란 무엇일까. 모든 사랑은 시간의 시험을 통과하지 못한다. 영원히 사랑한다고 하는 말, 말이야 쉽지 그걸 끝내 지켜내는 사람이 몇이나 되겠는가. 그런데 47년을 함께 살아온 아내와 나 사이, 정염으로서의 욕망은 사라졌다 하나 그것은 본래 가변적인 것인바, 이제 세계가 쳐들어온다고 해도 우리 사이를 가를 수 없으리니, 마침내 부동심에 따른 불변의 가치를 얻었다는 느낌이 든다는 것이다. 그것을 사랑이라고 불러야 할지 우의라고 불러야 할지는 잘 모르겠다. 어쨌든 사람 관계에서 부동심을 얻은 성취가 어디 소소한 일인가.

니체는 일찍이 상대편의 '그늘'을 보는 게 사랑이라 했거니와 잘 맞지 않더라도 상대편의 '그늘'과 '결핍'을 깊게 들여다보고, 그로써 서로 간을 맞춰가며 긴 시간을 견디고 나면 마침내 관계에서의 부동심을 얻을 터,

그것이야말로 사랑의 영원성이라고 나는 생각한다. 그거 하나만 얻어도 삶에서 크게 남는 장사를 한 셈이라고.

그런 점에서 이번 여행의 동행자인 김도 나름 좋은 짝이라고 여기려 한다. 순례가 끝나고 나서 너무도 다른 그와 나 사이, 우리들의 우의가 더 깊어진다면 그 또한 산티아고 순례길에서 얻는 은혜이자 축복일 것이다.

동행자란 같은 속도로 나란히 가는 이가 아니다. 지향을 같이 두고 가는 사람이다. 그러니 보라. 누가 됐든, 당신과 동행해 젖은 길 마른 길 오래 함께 걸어온 당신 곁의 지금 그 사람, 동행자의 그늘을 한 번쯤 웅숭깊게 들여다볼 일이다. 바쁘다는 핑계로, 혹은 이기심으로 보지 못했던 그이의 뒷모습을 찬찬히 들여다보면, 먼 시간 속을 여일히 함께 걷고 있는 동행자가 내 곁에 있다는 게 아, 뜨겁고 눈물겹지 않은가.

본성의 길

아름다운 도시 부르고스^{Burgos}에서 가우디의 건축물인 가세 보티네스와 스테인드글라스로 유명한 산 마르셀로 대성당이 있는 레온주의 주도 레온^{Leon}까지의 길은 광대한 메세타 고원을 가로지르는데 거의 고저^{高低}가 없다. 약 230킬로미터 구간으로서, 어디에서든 지평선까지 탁 트인 원의 중심을 걷는 구간이다. 성모승천의 전설이 서린 온타나스가 이곳에 있고, 중세 유적지 시아군이 이 지역에 있으며, 광대한 포도밭 사이의 중세 도시 만시야 데 라스 물라스가 또 이 구간에 있다. 특히 고원의 초반부, 해발 900미터의 모스텔라레스 언덕에서 내려다보던 광활한 고원의 풍경은 영원히 잊히지 않을 것이다.

메세타 길은 그늘이 거의 없으므로 선글라스와 모자와 물과 간식을 미리 잘 준비해가는 게 좋다. 마을과 마을 사이가 멀 뿐 아니라 농작물을 재배하는 곳을 하루 종일 지나가야 하므로 가릴 게 없어 생리현상조차 원활하게 해결하기 어렵다. 내가 희열에 가득 차서 가장 행복하게 걸었던 구간이 있다면 메세타 길에 들어서고 이틀째, 온타나스에서 보아디야 델 카미노까지의 29.5킬로미터 구간이다. 그 길이야말로 이른바 상주불멸의 본성에 가장 가까운 형상을 지녔다고 생각했기 때문이다.

고원에선 작열하는 햇빛이 더욱 문제다. 나는 그래서 다른 때보다 일찍 행장을 꾸린다. 아직 캄캄하다. 순례자들이 행여 깰세라 가만가만 배낭을 챙겨 알베르게 문 앞에 5유로 봉투와 함께 세워둔다. 30여 킬로의 장거리 구간이므로 짐을 옮겨주는 '동키' 시스템에 배낭을 맡긴 것이다. 물과 간단한 간식거리를 넣은 작은 보조 배낭만을 메고 온타나스의 알베르게를 나선다. 헤드 랜턴이 없다면 걷기 어려운 시각이다. 하늘에서 별이 마구 쏟아진다. 큰 배낭을 부쳤으므로 어깨가 가뿐하다. 다음 마을까진 어둡고 좁은 흙길이다. 성모가 승천했다는 성모승천 성당의 실루엣이 전방에 아련히 떠오른다. 바람이 차다.

헤드 랜턴에 의지해 산 안톤 아치에 도착할 때쯤 여명이 트기 시작한다. 중세 때 순례자들의 피부병 치료로 유명했다는 산 안톤 수도원이다. 뜻밖에, 누군가 나보다 앞서 걷는 사람이 있다. 걸음걸이가 경쾌해 반짝반짝하는 것 같다. 아이처럼 키가 작은 사람이다.

고갯길이 시작된다. 로마 시대부터 무수한 전투가 벌어졌다고 알려진 요새의 마을 카스트로헤리스Castrojeriz가 다가든다. "부엔카미노!" 앞서 걷던 사람이 문득 고개를 돌려 인사를 건넨다. 우리나라 사람이다. "안녕하세요!" 나도 반갑게 화답한다. "단톡에서 선생님이 이 길을 걷고 있다는 말을 들었는데 이렇게 만나 뵙네요. 독자인데, 제가 오늘 운이 좋은가 봐요!" '단톡'이란 비슷한 시기에 순례길을 걷는 사람들이 모여 정보 등을 주고받는 단체 카톡방을 가리킨다. 아마 김金이 내 이야기를 써서 올린 모양이다. 이른 새벽 먼 순례길에서 모국어를 들으니 선물 같다. 모자를 눌러 써서 나이를 가늠할 수는 없지만, 눈빛이 맑고 이마가 하얀 게 총명한 소년의 이미지다. 카스트로헤리스를 지나 강을 건너면 곧 모스텔라레스 고갯길. 순례자들이 하나씩 둘씩 늘어나기 시작한다. 여자는 걸음새가 나보다 오히려 빠르다. 한참이나 앞서가 기다리고 서 있다가 보온병에 담아 온 따뜻한 물을 건네주는 손길이 고맙고 사뭇 다정하다.

모스텔라레스 고개는 해발 900미터로서 광활한 메세타 평원이 한눈에 내려다보이는 특별한 곳이다. 이런 고개는 메세타 구간에 더 이상 없기 때문이다. 고갯마루에서 내려다보는 풍경은 그야말로 형형색색 황홀하다. 마치 수많은 색종이를 조각조각 붙여 만든 거대한 화판 같은 대지 사이로 난 곧은길이 한눈에 사무쳐 들어온다. 텅 빈 본성이라고 했던가. 온전히 비지 않으면 상주불멸에도 이를 수 없을 터, 그 언덕에서 내려다본 그 날의 평원은 서기瑞氣로 가득 찬 텅 빈 자유의 표상으로 아직도 내 가슴에 남아있다. 그곳에선 아무도 가면 뒤에 숨을 수 없고 그곳에선 또한 아무도 누군가에 대한 미움으로 불안해할 필요가 없다. 우리가 본래 그 텅 빈 본성으로부터 걸어 나왔다고 상상하면 신비하고 충만한 서기로 마음속이 환해질 것이기 때문이다.

그곳에선 아무도 가면 뒤에 숨을 수 없고,
아무도 누군가에 대한 미움으로 불안해할 필요가 없다.

언덕을 내려오면 수평을 이룬 곧은길이 수 킬로미터나 뻗어 있다. 밭
마다 심은 곡식의 품종이 달라서 언덕에서 내려다볼 때 색종이를 오려
붙인 듯했던 모양이다. 피오호 샘을 지나 다음 마을 '데 라 베가'까지의
길이 그 형형색색의 화판을 관통한다. 하늘은 맑고 구름은 모자이크를 한
듯 생뚱하다. 걷는 게 아니라 컨베이어벨트를 탄 느낌이다. 고갯길 초입
에서 만난 그분과 내가 어떤 말을 나누면서 서기로 가득 찬 아름다운 그

길을 함께 걸었는지는 지금 기억나지 않는다. 그분은 산티아고 순례가 두 번째라고 했다. 오랜 친구처럼 우리는 많은 이야기를 나누며 걸었다. 문학 이야기를 나눈 것도 같고 산티아고 이야기를 나눈 것도 같고 남겨진 가슴속 깊이 새겨둔 은밀한 정한의 이야기를 나눈 것도 같다. 분명한 것은 풍경과 나 사이가 전혀 분리되지 않는 온전하고 충만한 교감의 길을 그때 그분과 함께 걸었다는 것이다.

여러 시간 만에 도착한 데 라 베가 마을의 카페 겸 알베르게는 시설이 자못 훌륭해 보였다. 그분은 그곳의 알베르게를 예약해두었다고 했다. 나의 배낭은 동키로 부쳤으니 이미 8킬로미터 전방인 보아디아 델 카미노 마을에 가 있을 터였다. 우리는 차를 한잔 나누고 헤어졌다. 동구 밖까지 배웅해준 그분이 "병인지… 사람들을 잘 못 믿겠어서요, 한국에선 그것 때문에 늘 혼자인 것 같았어요" 하고 쓸쓸하게 말했고, "사람 못 믿으면 걷는 길을 믿어 봐요. 믿는 길에 믿을 수 있는 사람들이 있을 게고…" 나는 알쏭달쏭 화답하고 웃었다. 해가 서쪽으로 기울어져 가는 시각이었다. 18세기에 건설됐다는 피수에르 수로를 따라가는 길이 내 앞에 놓여 있었다. 이제부터 혼자 걸어야 할 8킬로미터 새로운 길이었다. 그분은 보이지 않을 때까지 손을 흔들며 그 자리에 정물처럼 서 있었다.

아주 오래된 침대

산티아고 순례길에선 순례자 숙소를 '알베르게'라고 부른다. 스페인 정부에서 운영하는 공립 알베르게도 있고 개인이나 성당에서 운영하는 사립 알베르게도 있는데 일반적으로 규모가 큰 공립 알베르게의 시설이 나은 경우가 많다. 시설이 나아봐야 침대는 고만고만, 특별히 좋고 나쁜 게 없다. 문제는 청결이다. 후진 숙소에 들면 베드버그^{bedbug}의 공격을 받을 수가 있다. 베드버그는 일종의 벼룩으로 물리면 여러 날 고생할 수가 있으니 조심해야 한다.

알베르게에는 샤워 시설은 물론 조리를 할 수 있는 식당과 세탁실 그리고 친목을 위한 리빙룸 따위가 갖추어져 있다. 가까운 슈퍼에서 닭과 마늘 등 장을 보아다가 닭백숙을 해먹은 적이 있었는데 꿀맛이었다. 여러 나라에서 온 사람들이 모여든 좁은 주방에서 각국의 음식이 다투어 조리되는 부산한 광경을 보면 세계가 오래전부터 한통속이었다는 생각이 저절로 든다. 아울러 순례길에서 음식을 먹을 땐 포도주를 곁들이는 게 기본이다. 슈퍼 가격으로 한 병에 1유로짜리 포도주도 수두룩하다. 수도꼭지를 틀면 포도주가 나오는 '와인 샘'도 길가에서 만날 수 있다. 누구나 마실 수 있는 샘이다.

물론 조리를 할 수 없는 알베르게도 많다. 조리를 허용하면 근처의 식당들 매출이 떨어지기 때문이다. 그런 곳에선 근처 식당으로 가서 순례자 메뉴를 사 먹거나 패스트푸드로 끼니를 때워야 한다. 모든 식당에 구비된 '순례자 메뉴'는 내용이 똑같진 않지만 그래도 가장 가성비가 높은 메뉴로서 10유로 전후를 내야 한다. 세탁기와 건조기를 사용하는 것 역시 따로 사용료를 내는 게 일반적이다.

알베르게에 도착하면 먼저 접수대에서 순례자 증명서와 함께 5~10유로의 돈을 내고 등록을 해야 한다. 등록을 하면 대개 비닐로 된 일회용 침대 시트와 베개 커버를 준다. 공립 알베르게의 경우는 자원봉사자들이 주로 일을 돕는다. 나이가 좀 많이 든 사람은 보통 아래층 침대를 배정해주지만 무조건 도착순에 따르는 알베르게에선 나이가 들었어도 아래층 침대를 배정받지 못할 수가 있다. 일회용 시트는 잘 찢어지므로 끼울 때 유의해야 한다.

알베르게는 보통 정오에 문을 열고 밤 10시쯤 문을 닫는다. 10시가 되면 소등을 하고 아예 출입문 자체가 잠긴다. 그 시간엔 어쨌든 자신의 침대에 누워야 한다. 다른 이들을 위해 소리를 내지 않아야 하므로 잠이 안 오면 큰 고통이다. 코를 시끄럽게 골거나 이갈이가 심한 사람이 있으면 귀마개를 하는 게 좋다. 한 방에서 백여 명 이상이 자야 하는 대형 알베르게도 적지 않다. 잠자리에 남녀 구분은 전혀 없다. 손만 뻗으면 닿을 내 옆 침대에서 여자가 잔 적이 많다. 여자들이 속옷 차림으로 돌아다니는 것이나 제 침대에 앉아 옷을 갈아입는 것도 산티아고 순례길 알베르게에선 자연스러운 일이다.

선착순이니까 시설이 좋은 알베르게에 들려면 일찍 도착해 도착 순서에 따라 배낭을 내려놓고 알베르게가 문 열기를 기다리는 게 좋다. 늦게 도착해서 좋은 알베르게를 차지하지 못하면 더 비싸거나 시설이 좋지 않은 데에서 잘 수밖에 없다. 순례자가 많은 계절엔 부지런히 걸어야 시설이 나은 알베르게에서 잘 수 있다. 부지런히 알베르게에 들어가 침대를 배정받고, 부지런히 샤워하고, 부지런히 빨래해서 널고, 부지런히 침대 시트를 껴두고, 부지런히 침낭을 펴서 영역 표시를 해두는 게 좋다. 순례길에서도 끊임없이 생존경쟁을 해야 하다니 참 아이러니하다고 할 수밖에 없다.

삶은 끝없는 만남과 이별의 연속이다. 산티아고 순례길에선 알베르게가 바로 만남과 이별의 장소이다. 수많은 국적, 인종, 수많은 다른 언어를 쓰는 생면부지의 사람들이 자연스럽게 모여들고 자연스럽게 헤어지는 곳이 바로 알베르게이기 때문이다. 타인에 대한 배려는 기본이고 타인에 대한 어떤 간섭도 금기이다. 혹시 다른 사람 때문에 불편한 일이 생겨도

삶은 끝없는 만남과 이별의 연속이다.
산티아고 순례길에선 알베르게가
바로 만남과 이별의 장소이다.

하룻밤 자고 나면 헤어질 거라 생각하면 참는 게 어렵지 않다.

일찍이 히말라야 8천 미터 이상의 14봉을 최초로 완등한 라인홀트 매스너는 그가 쓴 《죽음의 지대》에서 이르길 "정상이란 모든 선이 모여들고 또 모든 선이 갈라지는 곳"이라고 말한 바 있다. 산티아고 순례길에선 알베르게야말로 '모든 선이 모여들고 갈라지는 곳' 일테면 진정한 '정상'이라 해도 좋을 것이다. 다양한 국적의 순례자들이 모두 이곳에 모여들고 하룻밤 지나고 나면 모두 이곳에서 갈라져 떠나고 마는 곳이기 때문이다. 알베르게에선 또한 누구나 아침 8시 전에 나가야 하고 원칙적으로 이틀 연속 잘 수는 없다.

생각해보면 내가 사는 집, 내가 사는 세상도 하나의 알베르게라고 할 수 있겠다. 회자정리會者定離라, 만나서 하룻밤 자고 나면 모두들 다시 떠나야 하는 게 알베르게인 것처럼, 만나서 한 생을 살고 나면 모두 흩어져 떠나도록 운명 지워져 있으니 가족들이 모여 사는 내 집이든, 사람들이 모여 사는 이 세상이든, 생각하면 모두 하나의 알베르게 아닌가. 가정은 작은 알베르게, 세상은 큰 알베르게라 할 것이다. 그러니 돌아보라, 당신과 함께 있는 지금 그 사람 역시 '하룻밤'을 보내고 나면 헤어져 떠날 사람이 아닌가. 가족이든 친구든 동료든 간에 하룻밤 지나면 헤어질 참인데 화낼 일이 무엇이고 원망할 일이 무엇이겠는가.

순례

아주 오래된 행복

이베리아반도의 태양은 힘이 좋다. 하늘은 거의 매일 얼룩 하나 없는 투명한 블루, 아침 9시만 돼도 햇빛은 살기를 띤다. 오후 2시쯤 되면 주민들의 대부분은 겉창을 내리고 속절없이 낮잠에 빠진다. 순례자라고 그 시간대의 햇빛을 어찌 견디겠는가. 순례자들이 새벽에 서둘러 길로 나서는 것은 대지가 최고로 달구어지기 전에 다음 숙소에 닿는 것이 좋다는 걸 알기 때문이다.

산티아고 순례길의 일반적인 표식은 두 가지다. 하나는 조가비고 다른 하나는 노란 화살표다. 길로 나서면 어디에서든 성 야고보의 유해가 보존된 산티아고 대성당을 가리키는 노란 화살표를 만날 수 있다. 자칫 길을 잃을 염려가 있을 만한 지점엔 어김없이 노란 화살표가 나타나 길을 안내한다. 어떤 이가 말하기를 "인생길에도 저렇게 노란 화살표가 있으면 얼마나 좋을까요?" 했다. 옳거니. 인생이란 매일 매 순간 갈림길의 연속이다. 인생길에선 그러나 다른 누가 그려주는 노란 화살표가 없다.

인생길에선 그러나 다른 누가 그려주는 노란 화살표가 없다.
인생길에서의 화살표는 당연히 자기 스스로 그려야 한다.

인생길에서의 화살표는 당연히 자기 스스로 그려야 한다.

　길은 늘 두 갈래다. 세상이 가리켜 보여주는 보편적인 길을 눈치껏 살
피면서 가장 무난한 길을 선택해 걸어갈 수도 있고 자신의 정체성에 따
른 특별하고 고유한 길을 선택해 걸어갈 수도 있다. 보편적인 길을 따라
무난히 걸으면 안정적이지만 무미건조하기 쉽고, 정체성에 따른 고유한
길을 선택하면 존재의 의미는 얻을지 몰라도 위험하거나 세계로부터 유
리돼 고독하다.

순례길에 들어선 지 어느덧 한 달여, 길가 카페의 와이파이에 의지해 모처럼 서울에 사는 친구들의 단톡방에 들어가 봤더니 주말이라 그런지 시위 때문에 이곳저곳이 막혀 도로가 주차장이 됐다고들 야단이다. 서울 풍경이 그렇다. 도로를 점령한 시위대의 스크럼과 피켓들, 그리고 답답하게 차들이 정체된 거리들이 두서없이 떠오른다. "아, 데모!" 나는 중얼거린다. 순례 시작하고 겨우 한 달이 지났을 뿐인데 시위라는 말 자체가 벌써 낯설게 느껴진다. 이곳에선 시위하는 걸 본 적이 없기 때문이다. 현수막과 피켓과 구호로 뒤덮이는 주말의 광화문 광장이나 청와대 앞거리 같은 풍경은 눈을 씻고 봐도 찾을 길이 없다. 주말마다 스크럼과 피켓의 물결이 도심을 뒤덮는 풍경은 우리만 가진 긍정적 역동성의 한 상징인가, 아니면 불안한 미래에의 현몽일까.

이곳의 주말엔 사람들이 집단으로 도심에 몰려나와 노래하고 연주하고 춤추는 모습을 흔히 연출한다. 시위가 아니라 축제가 일상적이라고 할 수 있다. 세대와 성별과 신분에 따른 가름도 보이지 않는다. 남녀노소가 자연스럽게 섞여 마시고 춤추면서 한데 어울려 논다. 춤추는 사람들이 번화가를 꽉 채워 보행이 불가능할 정도가 되는 일도 흔하다. 스페인의 국민소득은 우리와 비슷하지만, 유럽에선 겨우 중위 그룹에 속한다고 할 수 있다. 한때 세계를 경영해본 기억이 있는 제국으로서의 스페인을 생각하면 현실에 대해 불만을 토로하거나 콤플렉스도 느낄법하지만 그런 자학적 모습은 거의 찾아보기 힘들다. 이들의 낙천적인 정서와 자유로움은 어디에서 연유하는가.

돌아보면, 연애 한번 한 생이 덧없이 흘러가고 만 것 같다. 확실한 것

그 길에서, 나는 혼자 걸으면서도
나의 '지금'이 오롯이 충만해 있다고 자주 느꼈고,
자유롭다고 느꼈고, 그러므로 자주 행복했다.

은 인생이란 생각보다 길지 않다는 것이다. 수십 년 동안 나는 일벌레처럼 살았다. 개발의 이데올로기를 온몸으로 실천해온 세대였다는 명목 뒤로 숨고 싶지는 않다. 산티아고 길을 걸으며 내가 자주 만났던 회한은 그것이었다. 욕망에 사로잡혀 원하지 않았던 소모적인 일에 낭비한 시간들. 남의 행복을 들여다보고 질투하는데 우리는 얼마나 많은 순간을 소비하는가. 내 중심의 잣대로 남을 재고, 남을 비판하는데 복무한 시간은 또 얼마나 긴가. 단지 나를 방어하기 위해서, 나를 돋보이게 하기 위해서, 알량한 승리감에 따른 가짜 자부심을 얻기 위해서, 그해 봄이나 그해 가을, 진짜 하고 싶은 일이나 진짜 하고 싶은 말을 줄기차게 참거나 뒤로 미루면서, 우리 자신의 영혼을 한사코 갑옷 속에 가두어두었던 순간들은 또 얼마나 많은가.

순례길을 걸으면서 앞뒤로 순례자들이 없을 때는 자주 큰소리로 기도하거나 노래를 부르면서 걸었다. 탁 트인 길이었다. 마을과 사람이 전혀 보이지 않는 지점을 걸을 때도 있었다. 그 길에서, 나는 혼자 걸으면서도 나의 '지금'이 오롯이 충만해 있다고 자주 느꼈고, 자유롭다고 느꼈고, 그러므로 자주 행복했다. 치매에 걸려 죽어가는 노부부의 이야기를 담은 장편소설 《당신》에서 회한에 가득 찬 노인의 입을 통해 나는 이렇게 말한 적이 있다.

"그동안 나는 얼마나 많은 봄꽃을 그냥 무심히 지나치며 살아온 것일까."

아주 오래된 갈망

숙소인 알베르게를 떠날 땐 하룻밤 함께 보낸 길동무들과 "또 만나", "좋은 하루", "고마웠어", 왁자지껄하지만 5킬로, 10킬로, 15킬로…, 걷다 보면 처음부터 함께 온 사람이든 여행길에서 만난 사람이든, 먼 순례길에선 결국 흩어져 걷는다. 여일한 동행은 거의 없다. 속도에 대한 감수성이 근본적으로 다르기 때문이다. 쾌속 보행도 있고 절룩 보행도 있고 자주 쉬는 사람 안 쉬고 걷는 사람도 있지만, 아무도 상관하지 않는다. 오로지 자신의 본성과 합의해 걸을 뿐이다.

길 역시 각자의 속도에 따라 흐른다. 시속 5킬로 가는 사람에겐 길도 당연히 5킬로로 흐르고 시속 3킬로 가는 사람에겐 길도 당연히 3킬로 속도로 흐른다. 걷는 사람에 따라 자유자재 속도를 맞추어 조절해주고 더불어 흐르는 자동 컨베이어벨트가 일테면 길이라 할 수 있다. 말하자면 나의 속도와 길이 흐르는 속도가 지속적으로 일치한다는 느낌을 받아야 행복한 순례가 된다는 것이다. 나와 길이 배타적이면 순례의 환희는 만날 수 없다.

순례

순례길은 내면 속으로 깊이 잠입해 들어가
삶과 죽음의 민낯을 볼 수 있는 길이며,
근원에서 울려 나오는 외침을 들을 수 있는 각성의 길이다.

순례길은 대부분 정갈하고 명료하다. 일직선으로 뻗은 길이 3킬로, 5
킬로가 넘는 구간도 많다. 휘어져도 휘어지지 않는 듯 휘어지고, 언덕을
수시로 넘지만 언덕이 나를 억압하거나 겁주는 법도 없다. 늘 어서 오라
는 듯 다소곳한 표정의 구릉길이다. 해발 1,500미터가 넘는 고개를 가끔
넘어야 하지만 그런 고갯길조차 수 킬로미터에 겨우 해발 200~300미터
정도 올라갈 뿐이다. 때론 밀밭 때론 포도밭 때론 해바라기밭이 지평선까

지 이어져 있다.

여러 가지 점에서 산티아고 순례길은 기실 젊은이에게 잘 어울리지 않는다. 노인들에게 어울린다. 시간을 가로질러온 노인들의 깊은 주름살과 굽은 등이야말로 이 길과 닮았기 때문이다. 유독 한국에서만 젊은이들이 많이 오는 건 특이한 현상이 아닐 수 없다. 특히 우리나라의 경우만 젊은 순례자들이 유독 많은 이유는 무엇일까. 그만큼 경쟁이 심한 사회라서 청년들의 삶이 고단하기 때문인가. 아니면 순례도 하나의 유행인가.

과일 속 씨처럼, 살아있는 모든 것의 중심엔 죽음의 씨가 들어있다. 시간이 지나면 과육이 조금씩 썩고 씨앗 하나만 발라당 배를 내밀고 누워있게 되듯이, 사람도 그러하다. 늙는 건 그 씨앗의 민낯을 만나려고 걷는 지난한 과정이라 할 수 있겠다. 문명권의 우리들은 보통 죽음을 끝이라 생각하므로, 죽음으로 가는 그 길에서는 분노, 부정, 울분, 절망, 불안, 공포 등 갖가지 어두운 감정과 실존적으로 부딪힌다. 그런 점에선 노화야말로 잔인한 형벌이라 할 만하다.

로마 시대엔 전쟁에서 이기고 돌아오는 개선장군을 환영하는 퍼레이드를 할 때 장군의 마차 후미에 탄 노예가 장군이 환호성에 희희낙락할 때마다 반복적으로 이렇게 소리쳐 오만을 경계했다고 한다. "메멘토 모리(너의 죽음을 기억하라)!" 그렇다. 산티아고 순례길 역시 '메

274   순례

내 몸에서 붉게 핀 저 개양귀비꽃도
가끔 입 맞춰 주시옵고

멘토 모리'의 길이라고도 할 수 있다. 내면 속으로 깊이 잠입해 들어가 삶과 죽음의 민낯을 볼 수 있는 길이며, "메멘토 모리! 메멘토 모리!" 근원에서 울려 나오는 외침을 들을 수 있는 각성의 길이다. 순례의 희열이 그런 각성에 거기 있다.

이제 순례길이 끝나 가는데, 오늘도 어김없이 길을 걷다가 죽은 이의 표지석을 만난다. 여든 살에 길에서 죽은 이도 있고 중년, 혹은 더 젊은 나이에 길에서 죽은 이도 있다. 죽은 이의 표석을 만날 때마다 나는 묻는다. 그들은 왜 길을 걷다가 죽었는가. 무엇을 쫓아 길에서 산목숨과 끝내 이별했는가. 죽어서 그들은 어디로 갔는가.

> 인생길 짧아 애련하고
> 갈 길 멀리 남아 아득하다
> 업장을 쓸어내는 빗자루라고 했던가
> 길 위에서 쓰러진 당신
> 산티아고 카미노에서
> 마침내 별이 되셨는가
> 부엔 카미노
> 나는 죽어서 별이 되진 않으련다
> 자갈길 비탈길 진창길 되리니
> 먼 데서 오신 당신
> 부디 조심조심 디디고
> 슬로비디오로 건너가시기를
> 내 몸에서 붉게 핀 저 개양귀비꽃도
> 가끔 입 맞춰 주시옵고
> 부엔 카미노
> — 시집 《구시렁구시렁 일흔》 중 〈길에서 죽은 W씨에게〉

'산티아고'를 비롯한 수많은 사람이 목숨을 바쳐 그이의 뜻을 따르고 자 했던 예수는 못나고 모자라고 버림받은 사람들을 당신의 백성으로 삼

순례

아 사랑에 기반한 왕국을 건설해 영구집권의 놀라운 체제를 만든 분이다. 그만큼 뜨거운 갈망을 가진 이는 없을 것이다. 그러나 우리도 본디 그분의 형상을 닮아 태어났으니 그분만은 못할지라도 갈망이 없을 수는 없다. 그리움이 깊지 않다면 수많은 사람이 왜 길 위에서 죽겠는가. 참된 갈망은 죽음을 넘어서는 불멸에의 꿈에 닿아 있다. 백 년을 못 산다 해도 의미 있게 산다고 느끼면 영원히 사는 것이 된다. 나는 왜 이 세상으로 왔는가. 소명을 만났는가. 완성했는가. 어디로 가는가. 길 끝엔 무엇이 있는가. 이 길 끝에서 내가 만나고 싶은 것도 그렇다. 수만 장의 원고지를 채우며 평생 질기게 물어왔던 것, 불멸의 벌거숭이 민낯을 한 번쯤 보고 싶다는 것. 그 영원성의 그림자.

아주 오래된 기도

성 산티아고^{성 야고보}는 괄괄한 성격이라 예수께 더러 꾸지람도 들었지만 열두 제자 중 최초로 순교했으며 이베리아반도에 적극적으로 예수님의 말씀을 전한 사람으로서, 그분의 유해가 바로 스페인 서북부의 산티아고 대성당에 안치되어 있다. 참수된 후 예루살렘 근교에 묻혔으나 처음엔 그 유해가 어디 있는지 알려지지 않았던 모양이다. 9세기경 별빛이 내려와 숲속 한 동굴을 비추어 사람들이 들어가 보았더니 야고보의 유해가 있었다고 한다. 유해는 결국 산티아고로 모셔졌으며, 그를 위해 웅장한 산티아고 대성당이 완성된 건 16세기였다.

수많은 유럽인들이 피레네산맥을 넘어 이곳 산티아고 대성당까지 먼 길을 찾아오기 시작한 것은 그 후의 일이며, 현대에 들어와 세계인의 순례길이 된 건 유네스코에서 이 길을 세계문화유산으로 지정한 후부터라고 하겠다.

37일을 꼬박 걷고 나서야 산티아고 대성당에 도착했다.
걷는 동안 나는 세 번 눈가를 닦은 적이 있다.

　순례 중 어느 수도원에 들렀을 때 파견되어 수도 중인 한국 신부 한
분께 "성 야고보의 유해를 반드시 만나야 순례의 의미를 거둘 것"이라는
뜻의 말씀을 들었는데, 나는 크게 공감하지 않았다. 성 야고보께서 아직
껏 그 좁은 금칠의 관속에 누워 계시겠는가, 라고 나는 생각했다. 설령 누
워계신다고 해도 오래전 하늘나라로 가신 그분이 과연 실체적인 축복을
나에게 주시겠는가. 그분의 유해가 담겼다는 그 관을 하나의 상징으로 받
아들인다면 좋겠지만 그런 식의 교조적 도그마는 순례의 참된 의미가 아
니라고 여겼다.

순례 첫날, 프랑스 남부에서 피레네산맥을 넘어가는 코스는 나무가 거의 없어 사방으로 환하게 열려 있었다. 오월이었으므로 길은 종일 환했다. 놀라운 영적 경험이 순례 첫날 그곳에서 일어났다. 새벽에 출발해 일고여덟 시간 이상 걸었을까, 산맥의 정수리를 넘어 완만한 내리닫이 어느 모서리를 돌아들 때였다. 나는 한순간 성 야고보의 영혼이 가슴 안으로 홀연히 스며드는 것 같은 신기한 느낌을 받았다. 가슴에서 어떤 파동이 솟구치는 것 같았다. 이상한 울분과 자기연민에 사로잡혀 소설조차 쓰지 못할 만큼 황폐해진 내 안에서 신성神性의 징후와 다시 생성되는 느낌이었다.

그날 이후, 나는 매일 오십 리에서 팔십 리 사이를 걸었으며, 수십의 침대가 놓은 수용소 같은 건물에서 잤고, 바게트 등으로 최소한의 식사를 했다. 지향과 속도가 맞지 않아 함께 떠나온 후배와 헤어진 후부터는 일부러 한국인들이 잘 머물지 않는 작은 마을과 숙소를 찾아 머물렀고, 아름다운 스페인의 전원풍경이 내 안으로 들어와 나의 주인이 되도록 마음을 기울였다. 덕분에 피레네산맥을 넘던 길에서 만난 신묘한 느낌을 그 이후에도 자주 느꼈다. 수많은 사람들이 각자의 고통과 소망을 짊어지고 내 앞뒤에서 걷고 있었다. 나는 그래서 종종 이렇게 기도했다.

"주님, 저보다 고통받는 사람이 이리 많을진대 바쁘실 테니 저까지 자상히 돌보실 건 없어요. 이 길을 걷는 동안은 물론 요 다음에도 저는 제가 돌볼게요. 다만 주님, 제가 이 세상에 왔다 간 거, 주님 공책에 이름 석 자는 꼭 적어 남겨주세요. 바라는 건 그뿐이어요."

37일을 꼬박 걷고 나서야 산티아고 대성당에 도착했다. 대성당 안에 놓인 성 야고보의 관은 너무 작아서 어린아이의 유해가 담긴 것만 같았다. 상상했던 대로 그것은 하나의 상징에 지나지 않았다. 그러므로 나의 성 야고보는 산티아고 대성당에 안치된 관속의 그분이 아니라 내 영혼에 깃들었던 그분, 나와 함께 계속 걸어와 준 성 야고보 그분이었다. 영원한 정적이자 말씀, 또는 영원한 사랑이자 불꽃인 그 무엇. 내가 자나 깨나 그리워해 온 그 길, 신성, 혹은 성 야고보 님.

집을 떠나기 전, 아들딸이 모여앉아 "아빠는 틀림없이 6월 15일 이전에 돌아오게 될 거에요!" 농담 반 진담 반 내가 완주에 실패할 거라고 말했는데, 그들의 예측을 깨서 나는 기분이 좋았다. 신께 감사했다. 이로써 800여 킬로미터 산티아고 순례길은 온전히 내 길이 되었다. 내일은 버스로 백여 킬로쯤 더 가야 닿는 대서양 땅끝마을 '피스테라'까지 다녀올 생각이다.

다이내믹하고 원시적인 히말라야의 길들에 비해 오래 서구문화의 세례를 받고 완성된 산티아고 순례길은 사뭇 인문학적이다. 정돈된 경작지들과 아름다운 성당들, 잘 가꿔진 마을, 야트막한 구릉들 사이로 부드럽게 휘어져 나간 원만한 순례길이야말로 인문학의 표식이라 할 만하다. 편안하고 다감한 길이다. 그리고 조금만 더 예민하게 본다면 그 길의 평화 너머로 한때 세계를 지배했던 스페인의 제국주의적 이상과 식민주의적 약탈 문화의 그늘 또한 엿볼 수 있을 것이다.

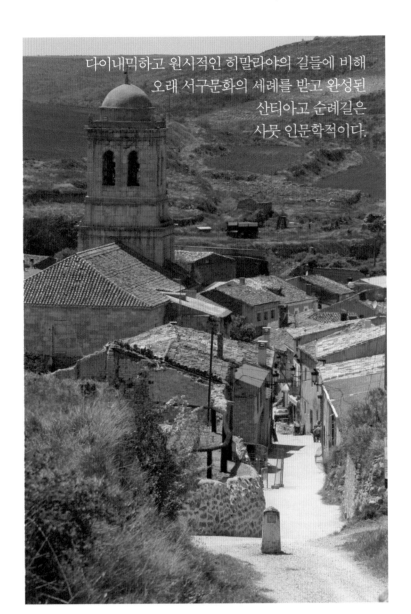

다이내믹하고 원시적인 히말라야의 길들에 비해
오래 서구문화의 세례를 받고 완성된
산티아고 순례길은
사뭇 인문학적이다.

그러나 그런저런 생각은 순례에 방해가 될 뿐이다. 장대한 자연이 나에게 복종과 경배를 요구한다고 느끼게 되는 히말라야 길들과 달리 산티아고 순례길에선 편안하고 다정한 느낌을 계속 부여받을 수 있다. 오랜 인본주의 전통의 축적에 따른 결과물로써 걷는 이의 내부에서 길이 평안과 관용을 이끌어내기 때문이다.

걷는 동안 나는 세 번 눈가를 닦은 적이 있다.

순례를 시작하고 나서 나흘째던가, 해발 790미터의 페르돈Perdon봉 정상에 올랐을 때였다. 이른바 '바람의 언덕'이었다. 철제로 된 순례자들 형상이 여럿 바람 속에 있었다. '별이 지나가는 길을 따라 바람이 지나가는 곳'이라는 표지가 보였다. 언덕길을 올라왔으므로 나는 쓰러지듯 주저앉아서 내가 걸어온 길과 내가 걸어가야 할 길을 가만히 내려다보았다. 바람이 차가웠다. 나는 바람에 몸을 맡기고 넋이 나간 듯 오래 앉아있었다. 그런데 어떤 순간 눈물이 주르륵 흘러 나는 당황했다. 마치 자동 발생 눈물인 거 같았다. 일흔 살이 넘게 걸어왔는데도 아직 걸어가야 할 길이 멀리 남아있다고, 그 순간 나는 생각했다.

두 번째 내가 눈물을 흘린 것은 오래된 도시 폰페라다Ponferrada가 환히 내려다보이는 아세보 언덕에서였다. 유서 깊은 마을 폰세바돈에서 아름다운 도시 폰페라다에 이르는 구간은 27.4킬로미터로서 해발 1,515미터의 푼토봉Punto Alto을 넘어야 한다. 푼토봉으로 오르는 언덕 돌무더기 사이에는 드높은 '철십자가'가 하나 세워져 있다. 그곳에 당도하면 누구나 저절로 숙연해져서 흔히 기도문이나 소원지, 혹은 묵주 등을 올려놓고 간다. 나 역시 나 자신이 그처럼 되기를 바라면서 둥글고 원만한 돌멩이 하나를 찾아 철십자가 앞에 놓았다.

금방이라도 쓰러질 것 같았다. 나 역시 그처럼 되기를 바라면서 둥글고 원만한 돌멩이 하나를 찾아 철십자가 앞에 두고 떠났는데, 영 걸음이 나아가질 않았다. 아세보 마을이 저만큼 내려다보였다. 후배와 헤어지고 혼자 걷는 게 벌써 여러 날째, 아세보 마을에서 유숙할 요량인데 거기까지 가는 것조차 쉽지 않았다. 나는 양지바른 둔덕 노란 꽃들이 무더기로 피어있는 길섶에 앉아 고개를 돌려 까마득히 높은 철십자가의 상단을 간절히 바라보았다. 서재에서 그냥 멍하니 앉아만 있던 여러 날들이 그때 떠올랐다. 책상 앞에 앉았다가도 내 안의 우물이 메말라 있는 걸 확인하고 쓸쓸히 돌아앉고 말던 무위의 나날이었다. 해가 기우는 중이었고, 순례자는 아무도 없었다. 길은 텅 비어 있었다. 나는 수첩을 펴고 '청춘이 나를 떠나가 돌아오지 않고…'라고 썼다. 그러자 눈물이 쑥 솟아나왔다. 나는 엎드려 오래 혼자 울었다. 순례를 시작하고 어느덧 24일째가 되는 날이었다.

드높은 철십자가 밑을 지나
좁은 협곡을 내려오다가
아세보 너른 산등에 엎드려 그만

순례

혼자 울었네 이베리아반도의

눈 밝은 햇빛이 내 등짝에서 떠나가고

청춘이 떠나가고

사랑이 떠나가고

문학이 나를 떠나가고

내가 문학을 떠나왔으니

혼자 엎드려 오래 울었네

아무도 영 영

돌아오지 않아서 울었네

가도 가도 길은 끝나지 않는데

갈 길이 없어서 나는 울었네

문장들이 줄지어 내게로 스며들고

내가 그것들에게 활강滑降으로 흘러가

어둡고 환한 골방에서

우리가 매일 밤 한 몸이 되던

반세기 밤낮이 그리워 울었네

헛것들이었던가 하고 울었네

길이 아니었던가 하고 울었네

떠나간 햇빛 떠나간 청춘은 오지 않고

떠나간 사랑 떠나간 문학도 오지 않고

문학에서 떠나간 나도 아마 돌아오지 않으련만

영 영 오지 않는 것들이

아직도 하 사무쳐서 울었네

남은 목숨이 부끄러워 울었네

– 시집《구시렁구시렁 일흔》중〈세례〉

그리고 순례 중 마지막으로 눈물이 난 것은 산티아고 대성당에 도착한 다음이었다. 복대와 무릎 보호대를 한 채 절룩거리며 성당의 너른 마당으로 들어섰다. 하오의 햇빛이 광장 가득 쏟아지고 있었다. 비틀, 광장의 돌바닥에 쓰러져 누웠는데, 피뢰침 같은 대성당 첨탑들이 햇빛을 튕겨내며 내 눈을 찌르고 달려들었다. 바로 그때 콧날이 빙 울리더니 예고 없이 또 눈물이 터져 나왔다. 왜 눈물이 나오는지 알 수 없었다. 슬프지도 기쁘지도 않았다. 아무렇지 않게, 무심히 터져 나온 눈물이었다. 광장에는 순례를 끝낸 수많은 사람들의 득의만면한 노랫소리, 발작 소리, 환호성이 가득했다. 우는 사람은 나뿐이었다.

함께 떠나온 후배가 나를 바라보고 있었다. 민망했다. 그러나 고백하건대, 크게 부끄럽진 않았다. 성 야고보께서 내 머리를 따뜻이 쓰다듬어준다고 상상했으며, 마르지 않는 나의 눈물이야말로 여전히 내가 정신의 산성화를 거부하고 있다는 기꺼운 증표라고 느꼈다. 나는 여전히 푸르렀고, 내 영혼의 속살은 붉었다. 떠나간 모든 것이 다시 돌아오지 않는다는 슬픔으로 길을 떠나서, 마침내 모든 것이 내 곁으로 돌아오고 있다는 유순한 예감과 만나며 순례를 끝냈으니 축복이 아닐 수 없다. … 고맙다.

순례

나는 여전히 푸르렀고,
내 영혼의 속살은 붉었다.

꽃으로 필 다른 날들을 기다리며

　주인이 있으나 없으나 나무들은 허공과 겨루고 꽃들은 마지막 영광을 얻는다. 여기는 논산시 가야곡면 와초재臥草齋. 산티아고 순례길에서 돌아와 지금 여러 달 만에 남다른 감회로 와초재의 앞뜰 뒤뜰을 돌아본다. 한여름이다. 앞뜰엔 배롱나무가 붉게 피어있고 뒤뜰엔 보랏빛 수국들이 천지를 받들어 생긴 대로 터져 나왔는데 그 기세가 참 대단하다. 주인이 남의 나라에 가서 수백 킬로 길을 걸을 때 이것들도 제 열망에 따라 볼통하게 여물어 주인의 그것보다 더 험하고 먼 길을 무찔러 와 여기 이렇게 꽃으로 핀 것이다.

　모든 존재는 제 몫의 삶을 살 때 비로소 완성되어 향기롭다. 괜히 먼 나라 먼 길을 다녀온 게 아닐까. 이 배롱나무 밑에서, 이 수국 옆에서 그들과 함께 기다리고 발화했더라면 더 아름다운 별을 품을 수 있었을지도 모르는데.

순례

순례길 다녀와 여러 가지 병을 얻었다. 체력보다 더 욕심껏 걸은 벌일 테다. 그중에서 가장 고생한 것은 폐렴. 순례길을 완주하고 산티아고 도착한 이틀 후였다. 밤에 고열이 났는데 준비해간 해열제를 먹어도 열이 영 내려가질 않았다. 할 수 없이 산티아고 시립병원으로 실려 갔고 밤새 많은 검사를 받았다. 폐렴이란 판정이 나온 것은 이튿날 아침이었다.

어찌어찌 겨우 열이 내리자 여의사는 웃으면서 귀국은 아마 가능할 거라고 했다. "그 대신 당신의 나라에 가서도 병원치료를 계속 받아야 해요." 나는 어렵게 귀국했고, 이미 스페인에서 확진을 받은 터라 스페인 의사의 진단서를 들고 변두리 내과에서 치료를 받았다. 전신이 엉망진창이었다. 허리와 무릎의 통증 역시 치료를 받아야 했고, 발바닥에 '족저근막염'을 얻은 건 설상가상이었다. 내과와 정형외과와 한의원을 차례로 다녔다.

폐렴 치료를 계속 받던 중에 폐 엑스레이 사진을 가리키면서 동네 가정의과 의사가 말했다. "여기요, 폐 이쪽에 뭔가 결절 같은 게 보이잖아요. 큰 병원에 가서 정밀검사를 받아보는 게 좋겠어요. 폐렴 치료는 계속해야 하지만, 이 결절은 폐렴과 상관없는 거라서요. 일단 큰 병원에 가서 CT를 찍어보세요." 마치 폐암이라도 들어앉아 있다는 듯한 말투였다. 설마했지만 의사가 워낙 간곡히 권해서 CT를 찍었고, 그로써 암 중에서 사망률이 두 번째로 높다는 폐암에 걸렸다는 걸 알았다.

이상하게도 크게 놀라진 않았다. "폐를 절제하는 수술을 받으셔야 해요!" 대학병원 폐 전문의는 말했다. 나는 아내의 권유를 받고 다른 대학병원으로 크로스 체크를 하러 갔다. 폐암의 명의라고 알려진 다른 의사가 말했다. "이건 구십구 퍼센트 암이라고 봐야 해요." 죽음의 그림자가 눈앞에서 어른거리는 느낌이었지만 여전히 나는 담담했다. 죽음을 맞이하는 심리적 변이는 일반적으로 분노-부정-협상-우울-순응의 다섯 단계를 거친다는 말이 떠올랐다. 앞의 네 단계에서 내가 질척거리거나 머뭇댈 것 같진 않았다. 네 단계를 단번에 넘어서서 곧장 다섯 번째 단계를 맞아들일 수 있을 것 같은 느낌은 그동안 내가 걸어온 길들이 준 은혜일 것이라고 상상했다.

거의 두 달 만에 돌아와 마주한 '와초재'의 수국과 배롱나무 붉은 꽃잎들은 죽음의 그림자 앞에서일지라도 더욱 의연하고 깊어져야 한다고 내게 말하는 것 같았다. 그렇고말고. 간악한 암종이 나의 숨구멍에 똬리를 틀어 나를 짓누른다고 하더라도, 주인조차 없는 집에서도 제 결기로 찬란히 꽃 피운 수국과 배롱나무꽃들이 전하는 감동을 가로막을 수는 없다. 이렇게 꽃을 피운 산목숨의 의지야말로 모든 존재의 근원일 터, 여일하게 뜨겁고 또 영원하지 않은가. 꽃이 붉으니 맞은편의 호수 물빛도 덩달아 가슴에 사무치게 들어온다. 평생 품고 살았던 '나의 작가'는 시시때때 얼마나 붉었었던지. 그러므로, '나의 작가'여, 당신은 대체 지금 어디 있는가.

4장
새로운 순례길의 황홀한 초입에서

— 폐암일기

길이 걷는 나를 보살핀다

그리운 당신.

암종癌腫이 나의 숨구멍에 똬리를 틀고 앉았다는 전갈을 듣고 나는 순간적으로 이제까지 걸었던 길과는 전혀 다른 새로운 순례가 시작되겠구나 하고 생각한 것 같아요. 마침내 하나의 먼 길이 끝나고 또 다른 하나의 먼 길이 시작되는 문 앞에 당도한 느낌이라고 할까요. 내가 이 책의 말미에 이 글을 덧붙이는 건 그 때문이에요. 마음 아프게 받아들이지 마세요. 죽든 살든, 어차피 한 세상 사는 건 당연히 하나의 순례니까요.

선암腺癌은 선암禪庵의 일종이라고 나는 지금 생각해요.

선암은 점액을 만들고 배설하는 기관의 비정상적 변형에서 유래하는데 예후로 보면 다른 악성보다 착한 편이지요. 그렇다고 해서 가벼이 봐도 좋다든가 쉽게 치료된다든가 하는 건 아니에요. 암은 암이니까요. 암종도 스트레스가 불러온다고 하니, 나는 병인病因을 알고 있다고 생각했어요. 누구를 원망하고 싶진 않아요. 검은 망토를 두른 죽음이 문 앞에 와 있다고 상상하니까 뭐랄까요, 이상야릇 수줍어지면서 갑자기 담배를 한 대 피우고 싶더라고요. 폐렴 이후 이미 여러 달째 피우지 않은 담배를요. 이런 글을 쓴 적도 있어요.

오랫동안의 흡연이 폐암을 불러왔다고들 사람들은 말하지만 동의하지도 후회하지도 않는다. 줄기차게 솟아 나왔던 내 문장들이야말로 흡연의 자식들이기 때문이다. 좋은 문장은 긍정으로 잉태되고 사랑으로 자라는 게 아니다. 좋은 문장은 분열로 잉태되고 자학으로 자란다. 자학의 한 방편인 흡연은 그러므로 죄가 없다.

요컨대 생의 마지막 순례길에 들어선바, 삶의 본원적 부끄러움을 감추기 위해서라도 담배를 피워야겠다고 생각한 것 같아요. 당신, 나무라고 싶어도 참아주세요. 암보다 더 무서운 건 죽음과 배타적인 관계에 돌입해 안간힘을 쓰는 상태가 아닐까요. 죽음과 배타적인 관계일수록 불안과 고통은 배가되고, 그로써 삶의 끝자락도 비천해질 테니까요. 그러니 선암을 품고 선암禪庵, 선종禪宗의 청결하고 드높은 어떤 암자를 짐짓 떠올리는 나를 부디 이해해주세요.

우리는 태어나면서부터 줄곧 죽음의 집을 향해 걸어요. 내가 프랑스 남부 생장피에드포르에서 성 야고보의 유해가 안치된 스페인 서쪽 끝자락 산티아고 데 콤포스텔라 대성당까지 오로지 걸었던 것처럼요. 많은 이가 이 순례의 마지막에 무엇이 우리를 기다리고 있는지 모르고 걷지요. 인생이라는 순례길에서 최종적으로 도달하는 지점은 결국 모두 같아요. 죽음의 문에 다다라서 아무런 준비도 없이 거기 이른 걸 알고 뒤늦게 울고불고해 본들 그때는 이미 아무 소용도 없답니다.

사랑하는 당신. 돌이켜 보면 순정이 가득했던 십 대에 나는 지금보다 죽음을 더 잘 이해했다고 생각해요. 어스레한 자의식의 골방에 살던 십 대 끝 무렵, 열심히 사 모은 수면제를 한 움큼 삼키고 익산-대전 사이의 통학 기차 속, 딱딱한 의자에 널브러진 채 비몽사몽 내다보았던 철로 변의 미루나무 상단이 지금 떠올라요. 얼마나 푸르렀던지, 나는 그때 내가 스스로 부른 죽음이 하나의 온전한 자유라고 확신했어요. 죽음이란 순례의 끝이 아니라 순례의 도정에 삽입된 자유로운 또 하나의 다른 길이라고요.

지금은 안타깝게도 그때처럼 죽음을 순정적으로 이해할 수 없어요. 나이로 쌓아온 죽음에 대한 정보와 데이터가 그 순정에 이르는 길을 가로막고 있으니까요. 정보와 데이터가 쌓일수록 본질적 이해가 더 어려워진다는 아이러니를 당신도 아시겠지요. 고흐는 한 생을 일러 '걸어서 별까지 가는 것'이라 했어요. 나보다 훨씬 더 외로웠으니 나보다 훨씬 더 선암조차 선암禪庵으로 이해했을 고흐가 그리운 나날이에요.

어느 길을 어떻게 걷든지 간에 나는 나를 보살피고 이끄는 힘은 내

순례

가 걷는 그 길에 있다고 믿어요. 인생길도 그렇겠지요. 살아있다는 건 시간의 남은 길이 내 앞에 놓여 있는 것일진대, 길이 나와 함께 흐르니 혼자 걸어도 이미 혼자가 아니라고 나는 생각해요. 설령 죽음과 만날 때가 오더라도 나는 내 앞에 놓인 길의 보살핌을 받고 있다고 여길 거예요. 우리 모두 순례자로 태어났으니까요.

사람의 폐는 두 쪽으로 나뉘어 있는데, 알고 보면 다섯 덩어리로 구성되어있어요. 얇은 막으로 둘러싸인 다섯 덩어리가 왼쪽에 두 개, 오른쪽에 세 개가 포개어져 있답니다. 심장이 왼쪽으로 치우쳐 있어 왼쪽 공간으로 두 덩어리만 배치된 모양이에요. 나는 내일 왼쪽의 두 덩어리 폐 중에서 더 큰 상엽을 잘게 조각해 끌어내는 수술을 할 거예요. 암종이 다른 기관까지 속수무책 번졌는지 어쨌는지는 가슴을 열어보아야 알 수 있대요.

수술시간이 얼마나 걸리겠느냐는 내 질문에 담당 의사가 피식 웃어요. "임파선까지 번졌다면 임파선도 떼어내야 하니까요." 평생 나의 숨을 받아들이고 줄기차게 내쉬기를 반복해온 내 폐의 꽈리들이 보고 싶어요. 오랫동안 수고했다고, 꽈리 하나하나에 입 맞추어 주고 싶지요. 그렇다고 큰 걱정은 하지 마세요. 선암肺癌은 선암仙庵, 또 선암禪庵이니, 수술하는 동안만이라도 부디 고요한 암자에 엎드려 앞으로 걸어갈 마지막 순례길에 내가 경배드리고 있다고 상상해주세요. 선암은 정말 선암禪庵일지 모르니까요.

어느 더운 여름날의 추억

2019년, 8월 5일 11시 30분. 암 병원 2층 폐암 센터 8호실.

폐암 수술의 베스트 닥터이자 흉부외과 의사가 얼마 전 찍은 내 폐 CT를 살피면서 "99퍼센트 폐암으로 봐야 해요. 폐렴 때문에 폐가 깨끗하질 않아 지금 수술은 곤란하고요. 상태를 살펴 수술 날짜 잡아야 하니 우선 호흡기내과 진료를 받으세요." 그의 입술은 흐릿한 회색에 가깝다. 의사의 입에서 암이란 구체적 병명이 나온 건 오늘이 처음이다.

산티아고 순례길 완주하고 난 뒤 현지 병원에서 폐렴 확정 판결을 받은 건 7월 1일. 항생제 처방을 받고 귀국해 폐렴 치료를 계속해 받던 중 동네 의원 의사가 폐 엑스레이 사진 앞에서 고개를 갸웃거리며 "폐 CT를 찍어보는 게 좋겠어요." 한 것은 7월 하순이다. "암이라면, 어느 정도 진행됐나요?" 사이를 두었다가 내가 묻고 "뭐, 초기이기를 빌어야겠지요." 의사가 무미건조한 목소리로 대답한다. 수술이라니, 그건 좀 무섭다.

곧 호흡기내과로 옮겨 조영제 폐 CT 촬영 예약날짜를 받는다. 호흡기내과 젊은 의사는 가져온 CT 사진도 잘 살피지 않는다. 암을 감기쯤으로 취급하려는 듯 무성의한 데다 모든 게 다 건성이다. 마음에 들지 않지만 꿀 먹은 벙어리처럼 나는 그이 앞에 앉아있다.

이것저것 간호사의 지시를 듣고 에스컬레이터를 타고 1층 원무과로 내려왔는데, 아내가 번호표를 뽑다 말고 "여기가 2층이야, 1층이야?" 뚱딴지같이 내게 묻는다. 보호자로 따라왔으면서 나보다 더 정신이 없다. 아니 아내만이 아니다. 간호사가 마지막으로 뭘 더 지시했는지 우리 둘 다 기억을 해내지 못해 허둥허둥 아내가 다시 2층 폐암 센터로 올라간다.

한참 후에야 원무과에서 돈을 내고 검사 예약통지문을 받은 뒤 지하 주차장으로 내려간다. 조영제 폐 CT 촬영과 더불어 뇌 MRI 촬영 예약도 되어있다. 폐 CT 촬영은 당연하지만, 뇌 MRI 예약은 왜 해야 하는지 얼핏 이해가 되지 않는다. 두통이 있는데 폐암과 관계있을 수 있냐고 내가 먼저 의사에게 물어봤다는 사실이 잠시 후에야 생각난다. 폐암은 뇌로의 전이가 빠르다니, 그것 때문에 뇌 촬영을 추가한 모양이다.

나는 차를 직접 운전하고 암 병동 지하 주차장을 빠져나온다. 혜화동 로터리 근처엔 젊은 사람들이 바글바글하다. 어느 카페 앞엔 스무 살도 안 돼 뵈는 남녀가 찰싹 들러붙어 금방이라도 속살을 막 더듬을 기세다. 혜화동 로터리를 지나 성북동 주택가, 스카이웨이, 국민대 앞을 통과해 평창동 집으로 간다. 가을이 오긴 올까. 북악의 숲이 울울창창 무섭게 번져 있다. 아내는 계속 말이 없고, 나는 무심히 양희은의 노래 〈한계령〉을 흥얼거린다.

저 산은 내게 오지 마라 오지 마라 하고
발아래 젖은 계곡 첩첩산중
저 산은 내게 잊으라 잊어버리라 하고
내 가슴을 쓸어내리네

괌 앞바다에서 발생한 태풍 프란치스코가 북상한다는 뉴스를 보았는데도, 바람 한 점 없는 날씨는 여전히 찌는 듯 덥다. "점심을 먹어야지." 내가 말하고 "뭘…." 아내가 말을 더듬는다. 폐암이라도 때가 되면 밥은 먹어야 한다.

우리는 함께 동네 **쌀밥집으로 간다.

밥맛이 좋은 집이다. 주문한 돌솥밥을 여러 채소와 섞어 비벼 먹는다. 우리는 거의 말이 없이 숟가락질만 열심히 한다. 아내나 나나, 적어도 표정만은 우울하거나 슬프지 않다. 이런 날이 올 줄 피차 미리 알고 있었다는 듯 담담한 편이다. "우리 부부, 비교적 맘을 잘 닦아온 거 같아. 죽을지 모를 통보를 받고도 밥 한 그릇 뚝딱하고…." 숟가락을 먼저 내려놓고 난 내 말에 "죽긴 뭐, 당신이… 그렇게 쉽게…." 아내가 눈을 흘기고 나더니, "점심값은 내가 낼게. 당신 진료받느라 힘들었으니" 하고 선뜻 카운터로 나간다. 찌는 듯한 여름 어느 날의 풍경이다.

얻어먹는 밥이야 언제나 맛있다.

순례

존재의 품격

선뜻 눈을 떴는데 새벽 4시다. 8월 8일 새벽. 멀고 황량한 어느 굽잇길을 헤매는 꿈을 꾸었던 거 같지만 구체적으로 생각나진 않는다. 가슴이 말라붙은 느낌이다. "물을 많이 마셔야 좋다"면서 딸이 사다 준 에비앙 물병이 머리맡에 놓여 있다. 물병을 잡으려는데 허리께 걸쳐져 있던 아내의 오른손이 툭 떨어진다. "추워!" 아내가 비몽사몽 중얼거린다. 나는 리모콘을 찾아 에어컨을 끈다. 희망온도가 26도에 맞춰져 있는데 '춥다'고 하는 건 미상불 감수성 게이지에 닿는 아내의 주관적 느낌일 것이다.

마지못해 물을 마신다.

창을 비집고 들어온 가로등 잔영에 드러난 아내의 어깻살이 유난히 비죽 올라서 있다. 나는 시트를 끌어 올려 아내의 어깻죽지를 덮어준다. 암이란 판정을 받은 뒤 몸이 더 마른 건 내가 아니라 아내 쪽이다. 살집이 빠져 아내의 어깨는 새의 날갯죽지 같다. 그동안 얼마나 많이 이 연약한 어깨에 지친 머리를 부려놓고 나는 잠이 들었을까.

아내의 어깨와 머리칼을 쓰다듬어본다.

젊은 윤기가 다 가시고 난 일흔 살 아내의 머리칼은 맥이 없고 푸석하다. 연애 시절 남해 어디든가, 여객선 이물에 서 있을 때, 바닷바람에 날려 곁에 선 내 얼굴에 찰나적으로 와 닿던 스물세 살, 반짝반짝 풍성했던 젊은 아내의 머리칼이 불현듯 떠오른다. 엊그제 일처럼 생생한 느낌이다. 벌써 반세기 전의 일인데.

"왜… 잠 안 자고…."

아내가 잠결에 중얼거린다. 폐 절제 수술을 할 것인가, 말 것인가? 나의 상념은 거기 붙들려 있다. 창에 어른거리는 나뭇잎들 그림자를 망연히 본다. 아내와 함께 오래전에 심은 덩굴장미 잎사귀다. 어디 덩굴장미뿐이겠는가. 정원에 있는 꽃과 나무들 하나하나엔 아내와 함께한 무수한 기억들이 오보록 내장되어 있다. "으응… 수술은… 무서워…." 나는 가만히 혼잣말을 한다. 아내가 내 말을 듣지 못해 다행이다. 생존율이 불과 27퍼센트에 불과하다는 폐암, 수술을 받는다고 해도, 과연 살아 돌아와 저 덩굴장미를 다시 보긴 볼 수 있을까.

죽음 자체는 무섭지 않다.

'메멘토 모리!' 거의 평생, 나는 죽음과 동숙해온 듯하다. 어린 시절은 약병아리 같아서 걸핏하면 혼절해 쓰러졌고, 젊은 날엔 이유 없이 자살미수를 몇 번이나 저질러 사랑하는 이들의 애간장을 태운 바 있으니 그 죄가 결코 가볍지 않다. 죽음이야말로 내 삶의 참된 알집이었는지도 모르겠다. 그러므로 단언컨대, 무서운 건 죽음이 아니다.

무서운 건 그것에 이르는 어수선한 과정이다.

순례

몸속에 쓰윽 칼을 집어넣고, 또는 갈빗대를 톱으로 잘라 들어 올린 뒤, 나의 숨결을 주관해온 폐를 마구, 어쩌면 무심히 재단해낼 무례한 수술 과정과 내 의지와 인내를 무도하게 요구할 후유증을 견딜 일이야말로 진짜 무섭다. 내 나이와 이미지에 합당한 존재의 품격은 유지되지 못할 것이다. 유난히 아픈 걸 못 참는 나, 걸핏하면 경기로 쓰러져서 어머니를 늘 애타게 했던 나, 목숨을 보전하게 하려고 무당에게 수양아들로까지 맡겨졌던 나, 나는 여전히 다 자라지 않은, 엄마 품속의 병약한 그 아이니까.

숨결은 자연스러운 생명의 리듬일진대, 그것의 근본을 재단해 칼로 잘라내고, 수치를 재서 봉합하고, 플라스틱 대롱을 꽂아 들숨 날숨을 조절하는, 아 수술이란 얼마나 반생명, 반인간적인 짓인가. 그러니 수술할 것인가, 아니면 암종을 달래면서 사는 데까지만 살 것인가, 그 선택은 쉽지 않다. 더불어 고려해야 할 사항은 목숨은 온전히 내 것인가 하는 점. 아내를 비롯한 사랑하는 사람들이 내 목숨에 개입할 권리는 없는 것인가. 아내와 아이들이 수술해야 한다고 강권해오면 그때 어떻게 대응해야 할까.

보자기로 싼 폭탄을 안고

두 개의 종합병원에서 나온 결론은 동일하다. 폐암인지 아닌지 상관없이, 폐 절제 수술을 해야 한다는 게 그 첫째이고, 그러나 폐렴 후유증으로 현재 폐가 매우 불건강한 상태니 폐가 어느 정도 건강해지길 기다렸다가 수술을 해야 한다는 게 그 둘째이다. 건강하지 않은 상태로 폐를 수술하면 폐렴 재발은 물론 여러 합병증이 와 더욱 큰 위험에 빠질 수 있다.

생존율 27퍼센트에 불과하다는 중병에 걸렸는데도 아무 조치 없이 기다리는 나날이 무심히 흐른다. 수술 날짜조차 잡아주지 않는다. 하루하루가 지루한데 벌써 3주째다. 그 사이 암종이 더 깊고 더 넓게 번졌을지도 모른다. 가족 모두 초조하고 불안한 눈치가 역력하다.

2019년 10월 3일 아침.

침실 문을 열고 나오며 무심코 "엄마!"를 부른다. 누군가에게 쫓겨 도망쳐온 악몽 뒤끝이다. 비몽사몽의 가수假睡 상태에 있을 때 어쩌다가 아내를 향해 "엄마!"하고 부르기 시작한 게 언제 생긴 버릇인지 모르겠다.

순례

46년간 내 잠을 깨우고 내 옷을 챙기고 내 먹이를 만들어 먹여왔으니 미상불 엄마라 불러도 크게 엇나가진 않으려니와, 아내가 그런 호칭도 덤덤히 받아들여 주니 습관처럼 된 셈이다.

부엌에 있던 아내가 거실로 나온다.

나는 화장실로 가 좌변기에 앉는다. 좌변기가 편하다. 열어둔 화장실 문 쪽으로 아내가 주춤주춤 다가온다. "보자기 말이야. 뭔가, 폭탄 같은 걸 싼 보자기를 안고서, 잠자고, 먹고, 똥 싸고, 아무 일 없는 듯, 그리 산다고 생각해봐. 매일매일이 얼마나 길겠어?" 미리 생각해둔 말이 아니다. 내 입에서 거의 연설 수준의 멘트가 갑자기 솟구쳐 나오기 시작한다. 목소리도 쩌렁하다.

"내 말은, 보자기 안의 폭탄이 어느 정도 폭발력을 가졌는지, 죽을지 살지에 대해선 아무 말도 안 해주면서, 그렇다고 안을 확인해 볼 방법도 없이, 수술할 때가 아니니 그저 기다려라, 폭탄 싼 보자기를 안은 채 계속 기다려라, 참 이게 뭔 짓이냐고, 여보!" 열린 화장실 문밖에 엉거주춤 다가선 채 아내가 내 연설을 망연히 듣는다. 부엌 쪽 창 너머 아침 하늘은 청죽처럼 푸르다.

"더구나, 솔직히 여보!"

아내를 보지 않고 하는 말이니 내 말은 우렁찬 방백과 다름없다. "확률상으론 불리한 게임이잖아. 생존율이 겨우 27퍼센트라는데, 병원에서 하라고 한다고 무조건, 가슴을 찢어 열어 재껴야 할까. 수술하지 말까 봐. 의사들이 칼로 가슴을 찢을 때 무슨 생각을 할 거 같아? 나를 뭐 사람 취급할 것 같아? 옆구리 터진 인형, 고쳐봤자 도긴개긴일지 모르는데도, 가만히 있을 수도 없으니, 다른 헝겊 좀 대고 쑹덩쑹덩 꿰매는, 그런 형국일 거라고 봐. 그 짓보다, 차라리 공기 좋은 곳 가서 산책하고 책도 읽고… 그러면서 몇 년 버티면, 평균수명 얼추 되니깐, 그리 사는 게 훨씬 낫지 않을까. 인간적으로다가, 품위 있게 말이야. 품위 있게 죽음을 맞아들여야지. 내가 뭐 그래도 작가잖아. 청년작가잖아!"

여전히 어조는 우렁찬데 아뿔싸, '작가'라는 낱말이 나오니까, 오로지 원고지만 껴안고 살아온 반세기 세월이 갑자기 한꺼번에 지쳐 들어와 내 눈물샘을 탁 건드린다. 눈물이 많은 내가 정말 싫다. 아아, 다시는 쓰지 못하겠지… 하고, 나는 또 속으로 중얼거린다. 오래 살고 싶은 게 아니다. 짧더라도 내가 의미 있다고, 더 자유롭다고 생각하는 나머지 삶을 살고 싶다는 것.

갑자기 터진 눈물샘에 놀란 아내가 달려와 내 얼굴을 당신 뱃살로 감싸 안는다. 애를 셋이나 낳은바 아내의 뱃살은 군살까지 넉넉히 보태 몰캉몰캉 야들야들하다. 눈물에 콧물까지 묻어나오면서, 정작 나와야 할 나의 오줌 줄기는 뚝, 뚜우욱, 끊어진다.

"그러엄… 당신 청년인데…."

아내의 목소리도 덩달아 젖는다. 배경은 화장실이다. 나는 좌변기에 앉아있고 아내는 엉거주춤, 늙은 남편의 얼굴을 야들야들한 뱃살로 감싸 안고 있다. 꼴이 우습다. 아내를 뿌리치는 듯하며 내가 다시 내뱉는다. "아참, 쪽팔리게. 저리 좀 가. 오줌발 끊어지잖아!" 아내가 그제야 눈가를 훔치고 거실로 물러나면서 억울한 듯 볼통한 목소리로 토를 단다.

"그까짓 오줌발이 뭐 그리 중요하다고…."

순례

고양이 한 마리가 부엌 창틀에 올라앉아, 2016년 8월 어느 아침 녘, 우리 부부의 변덕스런 수작을 물끄러미 들여다보고 있다. 우리 부부, 여전히 기운차게, 여전히 유쾌하게, 여전히 사랑으로 생을 연기하고 있다. 암도 걸려 보고, 아이고 참, 역설적으로 말하자면 죽을지 살지 모를 요즘 이야말로 진짜 사는 맛이 난다.

나의 모든 사랑에게

사랑하는 당신.

아직도 끝나지 않은, 곡해와 오류의 감옥에서 이 편지를 써요. 내게 남은 고통은 다만 내 생각의 그릇에 마음이 진득하게 담기지 않은 거지요. 생각과 마음을 하나로 결합시키는 데는 뭐니 뭐니 해도 시간이 제일 가는 약이라고 봐요. 그 무엇에 의해서도 결코 훼손되지 않을 나의 본원은 오늘도 기다리고 있어요. 당신, 그리고 사랑하는 사람들의 목소리요.

혼자 강물을 따라 걸어요.

강안엔 나무들이 아직 푸르고 갈대들이 바람에 나부끼고 새가 자유롭게 날고 있어요. 살아있는 모든 존재가 얼마나 풍요롭고 예쁜지요. 돌무더기 사이를 뚫고 나온 작은 들꽃이 노랑색 꽃을 피우고 있어요. 뽀뽀라도 해주고 싶어요. 이 작은 한 송이 꽃을 피우기 위해 이것은 얼마나 많은 고통과 인내를 바쳐왔을까요. 살아서 누리는 게 있다면 반드시 그 값을 내주어야 하는 게 존재의 운명이겠지요. 많은 사람들이 그렇게 살아왔어요. 어스레한 삶의 뒤란에서 당신 역시 사랑하는 이들을 위해 기꺼이,

순례

무엇인가를 떼어 내주며 살아왔다는 거, 알고 있어요. 그러면서도 늘 '내가 세상에서 제일 행복한 사람'이라며 순하게 웃는 당신, 당신은 참 놀라운 사랑이에요.

나는 지금 빠르게 서쪽으로 가고 있어요.

그렇게 상상해요. 선인들은 서쪽 끝에 당도하면 강이 있을 거라 했어요. 그 강을 넘는 일이 두렵지 않은 건 아니겠지만 난 그래도 비교적 편안히 건너갈 수 있을 거 같아요. 사랑하는 당신이 배웅해줄 테니까요. 당신을 살아서 만나 참 좋아요. 어디 당신뿐일까요. 나와 함께했던 모든 '당신'. 당신들에게 지금 말하고 싶어요.

고맙다는 말, 함께해온 시간이야말로 축복이었다는 말.

광대한 이 우주의 한 귀퉁이에서 우리가 함께 있었던 그 시간이야말로 참된 아름다움이라는 걸 깊이 인식하기 바라요. 상처받거나 쓸쓸해지면 길 건너 저만큼, 내가 나란히 걷고 있다는 걸 상기하셔요. 악업을 선업으로 갚을 수 있는 것처럼 악연도 착한 인연으로 바꾸어갈 수 있다고 믿고 언제나 당신의 안뜰에 저 순은의 햇빛을 마구 들여놓으세요. 그럼 언제나 세상이 온통 환해질 거니까요.

사랑해요, 당신.

생존율 27퍼센트의 길

폐암 선고를 받았을 때 먼저, 폐암이란 말이 낯설어 이상하게 수줍은 느낌이었고 그다음엔 오래 기다려온 손님이 드디어 안마당으로 들어서는 걸 확연히 본 느낌이어서 가슴이 뻐근해졌고, 그리고 마지막으로 아내를 비롯해 몇몇 사랑하는 사람들에게 미안하단 생각이 들었다. 그 이후는 물 흐르듯 자연스럽고 담담하게 시간이 다가왔다. 놀랄 만큼 내가 죽음을 잘 준비해 왔다고 느꼈다.

수술은 원만히 진행됐다. 의사는 내 옆구리에 완두콩만 한 구멍 두 개를 뚫고 7센티 정도를 수평으로 또 가른 뒤에 그곳으로 카메라와 가위 등을 넣어 왼쪽 폐의 상엽을 깔끔하게 절제했다. 놀라운 건 그다음 과정이었다. 위생용 비닐봉지를 폐 안으로 밀어 넣어 자른 왼쪽 폐의 상엽 조각들을 집어넣고 밀봉한 다음, 여러 번 달래고 얼러서 낚시하듯 좁은 구멍으로 그것을 꺼내는 것이 다음 일이었다.

순례

의사는 떼어낸 나의 폐 조각들은 폐기물함에 던져 넣고 나서 수술실 문밖으로 나와 초조히 기다리던 아내를 불렀다. "부군께선 선암腺癌 초기로 수술 이외 다른 치료는 더 할 필요가 없습니다!" 선암 초기란 말을 듣고 아내가 기뻐할 줄 알았으나 의사의 말이 끝나자 아내는 울었다. 아이들이 함께 있었지만, 아내가 왜 우는지 그 속마음을 정확히 아는 사람은 없었다. 아내는 나중에 말했다.

"당신이 폐암이란 말, 나는 전혀 믿지 않았어. 심지어 수술에 들어갈 때조차 이 모든 게 오진이거나 꿈이라고 생각한 것 같아. 내가 사랑하는 사람이, 내 남편이 암일 리는 절대 없다고 굳게 믿고 싶었나 봐. 수술을 끝낸 의사가 와서 암종을 잘 떼어냈다고 말하자, 그 암이 선암이라고 말하자, 그제야 당신이 진짜 폐암에 걸렸구나, 실감이 막 나더라고. 그래서 울음이 나온 거야."

사람들은 내가 폐암 초기여서 천만다행이라고들 말했다. 전신마취에서 깨어난 나는 그사이 무슨 일이 있었는지 알지 못했으므로 여전히 담담했다. 크게 기쁘지도 않았고 천만다행이라고 가슴을 쓸어내리지도 않았다. 생이 더 연장된다고 여기니 한편으로 좀 지루하다는 생각이 얼핏 들었을 뿐이었다.

수술을 한 건 2019년 9월이었고, 내 팬클럽 '와사등' 송년회로 여러 독자들을 만난 건 그해 12월이었다. 함께 밤을 보내고 몇몇이 남아 쌍계사에 들렀을 때 나는 누군가의 권유를 받고 내 소망을 써서 일주문 줄에 걸었는데, 이렇게 썼다. "2020년, 환하게, 아름답게, 너그럽게 살게 하소서!" 키워드는 마지막 문장에 있었다. "타인에 대한 너그러움보다 나 자신에게 너그러워지고 싶었고, 그리하면 남은 생이 환해질 거라고 믿었다."

그렇다. 이제 나는, 나 몰래 암종을 품은 불충으로 내게서 분리돼 폐기물이 되고 만 나의 왼쪽 폐 상엽을 용서하고자 한다. 날로 침침해지는 눈, 무례하게 빠져나온 어금니, 깊어지는 주름살, 늘어나는 백발도 다 용서해야겠다. 걸핏하면 뒤틀리는 여러 관절의 반역은 물론 날이 갈수록 나무늘보처럼 늘어져 있을 뿐인 뇌, 너의 한심한 나태도 용서할 것이다.

어디 그뿐인가. 상처와 분열들을 옹이로 몸 안에 쟁인 채 나날이 더 굳은살이 돼온 자학적인 자애심, 타인에게 가는 길을 찾지 못한 죄를 타인에게 미루어온 우매한 습관, 작은 것들이 주는 기쁨을 단지 작은 것으로 치부해 스스로 행복의 영토를 줄여온 염세주의적 자만심도 모두 너그러이 용서하고 싶다. 용서해야 그것들이 내게서 떠날 것이므로. 부디, 2020년은 부디 긍정의 테두리를 더 넓혀 진실로 내가 자유로워지기를.

순례

취꽃

2019년 9월 15일, 저 쪽빛 가을하늘, 정말이지 미치겠다.

수술 후 폐렴이 다시 와서 입원 일자가 예상보다 좀 길어진 것을 감안하면 열이틀 만의 퇴원은 바람직한 결과라 할 수 있다. 수술을 끝내고 아내와 함께 돌아온 집은 여일하다. 마당에선 내가 입원해 있는 사이 취꽃이 가득 피었는데, 지난주 스쳐 간 태풍 '링링' 때문에 꽃대들이 가로세로 산만하게 쓰러져 있다.

나는 아내의 만류를 뿌리치고 곧 뜰로 나가 지지대를 만들고 그것들을 세워 하나씩 묶어준다. 내가 입원해 집을 비운 사이 주인 없는 빈집을 지키며 잔인한 폭풍 속에서 쓰러지고 또 쓰러지면서도 기어코 꽃을 피운 것이 참으로 대견하다.

쓰러진 취꽃을 하나하나 일으켜 세워 지지대에 묶는데 땀이 비 오듯 하고 숨이 가쁘다. 해마다 하던 일인데 예전과는 확연히 다르다. "에고, 방금 폐를 떼고 나온 사람이…." 아내가 혀를 찬다. 나는 숨을 진정시키려고 작업의 속도를 슬로비디오로 늦춘다.

평생 직진보행, 빠른 것을 내 본질로 여기고 살았는데 폐를 4분의 1이나 떼어버렸으니 이제 살려면 속도를 늦추어야만 한다. '느림의 미학'이 아니라 '느림의 생존'이다. 신이 제공한 맞춤형 삶의 새 양식인지도 모르겠다. 하늘은 너무도 맑다. 솜사탕처럼 생긴 구름 조각들이 물고기 떼처럼 헤엄쳐 더러 모이고 더러 흩어진다. 그야말로 투명한 쪽빛 하늘이다. 쪽빛 하늘이 되고 싶다.

그러나 나는 한숨을 쉬고 만다.

나의 눈과 머리는 맑은 쪽빛 하늘에 대고 있지만, 나의 가슴 안뜰은 여전히 어스레하기 때문이다. 스스로 쪽빛이 되려면 얼마나 더 먼 길을 걸어야만 하는 것일까. 필요한 건 너그러운 쪽빛 긍정, 본래 저 가을의 쪽빛에서 내가 유래했다는 걸 굳세게 믿으면 되는 일인데.

가을은 거대한 회복실

오래전 닳아 없어진 무릎연골들

저기 어린 물고기 떼처럼

헤엄쳐 돌아오는 하늘가를 좀 봐

언젠가 비에 젖은 뒷골목

매캐한 어느 선술집

어둔 목로 사이에 흘리고 온

4번 5번 사이 허리뼈 연두부 테

고향으로 돌아와

안성맞춤 제집에 들어앉는

저기 물푸레나무보다 투명한

희푸른 바람끝 좀 봐

사는 건 오장육부를 빼서

시나브로 팔아먹는 일

잃은 게 어디 그뿐이겠어

덧난 발바닥은 발바닥대로

침침해진 눈은 눈대로

늘어진 위장은 위장대로

지친 숨골은 숨골대로

나사 빠진 똥꼬는 똥꼬대로

살면서 팔아먹은 젊은 부품들이 돌아와

아하 틀니처럼 제 자리 맞춰 앉는

가을은 이제 청명한 회복실

저기 물 맑은 쪽빛하늘을 좀 봐

본래 우리가 저곳에서

걸어 나왔다는 걸 믿으면 되는 거야

본래 쪽빛사랑이었다는 거

쪽빛숨결 쪽빛 꿈이었다는 거

쪽빛 회복실의 주인이었다는 거

두고 봐 끝내 나는 저기

저 가을하늘 쪽빛테두리가 될 테야

외로운 당신의 회복실이 될 테야

－ 시집《구시렁구시렁 일흔》중 〈청명가을〉

비밀

내 가슴이 텅 비었어요. 폐를 잘라냈기 때문이지요. (폐는 간과 달리 자라나지 않아요) 그래서요, 귀를 기울이면 내 가슴 텅 빈 들판을 스치는 바람소리가 막 들려요. (엄살 좀 섞어서) 무엇으로 이 빈 곳을 채울까 생각해요. 사랑? 헌신? 기도? 비판? 원망? 울분? 이런 구분이 무슨 의미가 있을까요. 비었으니 무엇이 됐든 일단 끌어다가 채워 넣어야 하겠지요. 내 가슴 빈 공간을 채울 나의 새해 소망을 그래서 생각해봐요. 그리워요, 당신. 그런 말이 먼저 내 가슴 숨은 샘에서 솟아 나오는 걸 느껴요. 아참, 그런데요, '당신'이 누구인지, 사람인지 사람의 형상을 한 다른 무엇인지, 그걸 잘 모르겠으니 답답해요. 나는 대체 무엇이 그리워서 삶의 이 먼 순례길을 계속 걷고 있는 걸까요? (아내에겐 '그리운 당신'이란 바로 당신이라고 말을 하지만)

옹골찬 파동

팬클럽 초창기 멤버로 언제나 마음 씀씀이가 여일했던 사람 이＊＊ 님이 저승으로 떠났을 때쯤, 막내아들이 둘째 아이의 임신 사실을 알려왔다. 이＊＊ 님은 불과 50대 중반으로 출가하지 않은 딸 둘과 아들 하나를 남겨두고 이승을 등졌다. 가슴 아픈 죽음이었는데, 그 소식을 듣고 불과 하룻밤 사이 막내아들이 전화로 며느리의 임신 사실을 알려와 나는 생의 아이러니를 느꼈다. 한편으로 애도하고 한편으로 축복해야 했으니까.

퇴원하고 열흘도 채 되지 않은 시점이었다. 집에 있는 게 너무 답답해서 그 무렵 나는 광주시와 담양군 경계쯤 어느 호숫가의 외딴 농가에 내려와 머물고 있었다. 광주에 사는 정원설계사 황＊＊ 님이 찾아준 농가였다. 호수가 보이고 산이 보이고 아스라이 돌아 마을로 들어오는 굽잇길이 보이는 농가는 아주 고즈넉했다. 황＊＊ 님은 행여 내가 쓸쓸해할까 봐 매일매일 그 농가까지 가깝지 않은 길을 찾아와주었다. 사려 깊고 참 따뜻한 사람이었다. 폐를 떼어낸 나를 위로하느라, 어떤 날은 뛰어난 연주가를 데려오기도 했고 또 어떤 날은 서울에서 불러 내린 눈 밝은 후배와 동행하기도 했다. 동행해오는 사람들도 모두 그이를 닮아 더없이 다정하고 따뜻한 사람들이었다.

마당 끝에 닭장이 있어 새벽마다 나를 깨우는 건 닭 우는 소리였다. 오랜만에 들어보는 새벽닭 우는 소리는 언제 들어도 청명하기 이를 데 없었다. 병아리들은 오종종 몰려다녔고 어미 닭은 부지런히 알을 낳았다. 광주에 나가 살고 있는 집주인은 성품이 워낙 넉넉한지라, 사료를 좀 주고 그 대신 달걀을 마음대로 먹으라 했다. 새벽닭이 울고 나면 이슬에 젖은 마당을 가로질러가 막 낳은 따뜻한 달걀을 두 손으로 감싸 쥐고 서서 해가 떠오르는 걸 매일 지켜보았다. 막 낳은 달걀은 언제나 따뜻했다. 그것은 깨지기 쉽기 때문에 조금 슬프기도 했고, 따뜻하고 둥근 것이어서 내가 늘 그리워했던 가치, 이를테면 아주 원융한 느낌을 주기도 했다.

호수가 내다보이는 그 마당에서 이＊＊ 님의 임종 소식을 전화로 들었다. 저물녘이었다. "아주 편안히 가셨어요." 전에 만난 적도 있는 그이의 젊은 딸이 목멘 목소리로 말했다. 가슴에서 부웅 하고 낮은 바람 소리가 났다. 마음결 고운 그이가 세상을 떠나며 내는 옷깃 소리 같았다. 밤새 그이의 꿈을 꾸었다.

다음 날 신새벽이었다. 꿈을 꾸듯이 마당을 가로질러 닭장에 갔더니 막 낳은 달걀이 눈 안에 들어왔다. 어미 닭이 홰를 치며 나를 맞이해주었다. 나는 손을 흔들어 안녕, 하고 아침 인사를 한 뒤 그이가 막 낳은 달걀을 두 손으로 쥐었다. 따뜻했다. 여명이 트고 있었고, 그에 따라 호수가 시시각각 붉어지고 있었다.

달걀을 감싸 쥔 채 굽혔던 허리를 막 펼 때였다. 달걀을 쥔 손바닥 안에서 어떤 순간, 아주 미세하면서도 옹골찬 어떤 파동이 느껴졌다. 아주 비밀스러운 파동이었다. 나는 놀라서 숨을 들이쉬었다. 갓 부화한 병아리를 손에 쥔 느낌이었다. 가슴이 두근두근해졌다. 나는 그것이 세상을 떠난 이＊＊ 님이 내게 전하는 파동인지도 모른다고 상상했다. 그이의 영혼이 살아있을 때보다 내게 더 가까이 다가와 있는 것 같았다.

막내에게서 며느리가 둘째 아이를 가졌다는 카톡이 온 건 그 직후였다. '저희가 둘째 애를 가졌는데요, 아직 손가락만 하다네요!' 첨부된 초음파 사진엔 손가락 마디보다 더 작은 한 생명의 빛이 반짝이고 있었다. 그 역시 은밀하고 옹골찬 하나의 파동이라고 생각했다. 간밤에 하늘로 떠나간 이와 이제 막 세상으로 막 오고 있는 새 생명이 보내오는 파동이 몹시 닮아있다는 사실에 나는 진한 감동을 느꼈다. 호수와 나뭇잎들과 풀들이 아침 햇빛과 만나 하나같이 반짝이고 있었다. 모두 생명의 옹골찬 파동이었다.

며칠이 지나서도 그날 아침에 느꼈던 파동의 이미지는 계속 내 가슴에 머물러 있었다. 서울행 기차를 탈 때 비로소 폐암 선고를 받은 채 속수무책 기다리던 나날, 내 맘속에서 반짝이던 간구야말로 그런 파동이었다는 걸 알았다. 따뜻한 달걀을 두 손 모아 쥐었을 때와 같은 파동. 그래서 나는 알게 되었다. 한 생의 마감으로 순례가 끝나는 게 아니라는 것. 하나가 기울면 다른 하나가 솟아나고 하나가 사멸하면 다른 하나가 생성된다는 것. 순례는 영원히 계속된다는 것. 그러니 보아라, 내 폐의 '일부'는 소멸했지만 남은 다른 폐의 일부가 그것을 채워 다른 '전부'가 되지 않았는가. 그래서 나는 오늘 이렇게 기도하고 있다.

"만약 내가 이 세상을 떠나게 된다고 해도 사랑하는 이여, 나의 죽음을 결코 차갑게 여기지 마소서. 내가 태어날 때와 내가 죽을 때를 구별하지 마소서. 혹 슬플지라도 '환하고 따뜻한 슬픔'으로 나를 느끼소서. 내 평생 따뜻한 물로 흐르며 살기를 간구했으니, 갓 낳은 달걀을 두 손으로 쥐었을 때처럼, 탄생처럼, 죽음으로 떠나는 나의 영혼도 부디 따뜻한 파동으로 느끼소서."